93년

93년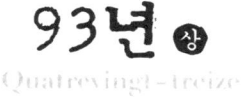

Quatrevingt-treize

빅또르 위고 장편소설 이형식 옮김

QUATREVINGT-TREIZE
by VICTOR HUGO (1874)

일러두기

1. 번역 대본으로는 갈리마르 출판사의 1979년판을 사용하였습니다.
2. 영어를 제외한 모든 외국어 및 외래어는 한글 음운 체계가 허락하는 한 현지음에 가깝도록 표기하였습니다.
3. 고대 그리스어는 에라스무스의 발음 체계를, 라틴어는 1세기 전후의 발음으로 유추되는 고전 라틴어 발음 규범을 따랐습니다.
4. 복합어의 경우, 원래의 형태를 드러내기 위하여 연음시켜 표기하지 않았으며, 단어와 단어를 연결하는 선(-) 또한 살렸습니다. 그 선의 유무에 따라 의미가 달라지기 때문입니다.
5. 〈f〉 음은 한글 음운 체계에 존재하지 않으므로 혼동 여지의 유무, 인접한 철자와의 관련, 관행 등을 고려하여 〈ㅍ〉이나 〈ㅎ〉으로 표기하였습니다. 〈ph〉, 〈th〉 등도 같은 경우입니다.
6. 이중 모음을 살려 표기하였습니다(쟝, 자끄, 쟈베르 등).
7. 특정 교단에서 사용하는 어휘들(수단, 가톨릭, 그리스도, 모세 등)은 원래의 어형이나 발음대로 적었습니다(소따나, 카톨릭, 크리스토스, 모쉐 등).
8. 우리말은 실제 통용되는 단어들을 위주로 사용하였습니다. 국립국어연구원의 표준국어대사전에서 〈~의 잘못〉 혹은 〈~의 북한어〉라고 한 언급들은 따르지 않았습니다.

이 책은 실로 꿰매어 제본하는 정통적인 사철 방식으로 만들어졌습니다.
사철 방식으로 제본된 책은 오랫동안 보관해도 손상되지 않습니다.

제1부 바다에서

제1권 쏘드레 숲   9
제2권 경순양함 클레이모어   32
제3권 알말로   88
제4권 뗄마르   114

제2부 빠리에서

제1권 씨무르댕   159
제2권 빵 로의 선술집   190
제3권 혁명 의회   238

제1부
바다에서

제1권
쏘드레 숲

 1793년 5월 하순, 쌍떼르[1]가 브르따뉴로 이끌고 간 부대들 중 하나가, 아스띠예[2]의 그 무시무시한 쏘드레 숲을 샅샅이 수색하고 있었다. 군사들의 수는 채 3백을 넘지 못하였다. 격전을 치르는 동안 많은 사람들이 목숨을 잃었기 때문이다. 아르곤느 지방의 발미[3] 전투와 제마쁘[4] 전투를 치르긴 하였지만, 빠리에서 출정한 의용군 6백 명으로 구성되었던 첫 부대에서 스물일곱 명, 두 번째 부대에서 서른세 명, 세 번째 부대에서 쉰일곱 명만이 겨우 목숨을 건진 그 무렵이었다. 진정 처

---

1 Antoine Joseph Santerre(1752~1809). 급진 과격 혁명파인 에베르파의 일원으로, 당시 전쟁상이었던 부쇼뜨의 배려에 힘입어 방데 지방 반란 진압군을 지휘하게 되었다고 한다. 1793년 7월 반란군에게 패하였다고 전한다.
2 마이옌느 지방 도청 소재지 라발로부터 서남쪽 10여 킬로미터 지점에 있는 마을이다.
3 1792년 9월 20일, 뒤무리예와 켈러만이 지휘하던 프랑스 혁명군이, 브라운슈바이크 공작의 오스트리아-프러시아 연합군의 침공을 발미에서 막았다고 한다.
4 1792년 11월 6일, 뒤무리예가 이끌던 프랑스 혁명군이, 몽스 근처 제마쁘라는 곳에서 오스트리아 군대를 격퇴하였다고 한다. 훗날(1830년) 프랑스 옥좌에 오른 루이-필립(1773~1850) 또한 프랑스 혁명군과 함께 그 전투에 참가하였다고 한다.

절한 투쟁의 시절이었다.

빠리 혁명 정부가 방데 지방으로 출정시킨 전투 부대들은 각각 912명으로 구성되어 있었다. 각 부대는 대포 세 문씩을 보유하고 있었다. 그들은 매우 신속하게 출정 준비를 마쳤다. 고이에가 법무상이고 부쇼뜨가 전쟁상이었던지라, 봉-꽁세이유[5] 혁명 지부는 4월 25일, 의용군들로 구성된 토벌군을 방데 지방으로 파견하자고 제안하였다. 혁명 정부의 일원이었던 뤼뱅이 당시 제출하였던 보고서에 의하면, 쌍떼르는 5월 1일 야포 서른 문과 1개 포병 대대를 포함하여 병력 1만 2천을 이미 준비시켜 놓았다고 하였다. 그토록 신속히 편성되었음에도 그 부대들의 구성이 어찌나 훌륭했던지, 오늘날[6]까지 그 부대들이 부대 편성의 표본이 되고 있다. 최전선 전투 중대를 편성할 때면 그 부대들을 표본으로 삼는다. 병사들과 하사관들의 전통적 구성 비율이 그 무렵에 바뀌었다.

4월 28일, 빠리 혁명 정부는 쌍떼르의 휘하에 있던 의용군들에게 다음과 같은 명령을 내렸다. 〈자비도 유예도 없다.〉 5월 말, 빠리에서 출정한 1만 2천의 병력 중 8천이 죽었다.

쏘드레 숲으로 진입한 부대는 잔뜩 경계 태세를 취하였다. 그러면서 조금도 서두르지 않았다. 모두들 전후좌우를 동시에 살폈다. 그리하여 끌레베르가 이런 말을 하였다. 〈병사는 등에도 눈을 하나 가지고 있다.〉 그렇게 걷기 시작한 지 오래 되었다. 몇 시나 되었을까? 하루 중 어느 때쯤일까? 그러한

---

5 Bon-Conseil. 〈훌륭한 조언〉이라는 뜻을 지닌 명칭이다. 빠리의 모꽁세이유Mauconseil 구역(알 중앙 시장, 몽또르괴이유 로 등)을 대표하던 혁명 지부였는데, 〈모꽁세이유〉가 〈잘못된 조언maux-conseils〉이라는 말과 같은 음인지라 〈봉-꽁세이유〉로 바꾸었다고 한다.

6 이 소설이 출간된 것은 1874년이다.

물음에 답하기는 난감했을 것이다. 원시림처럼 빽빽한 그 잡목림 속에는 항상 일종의 저녁나절 같은 것이 서려 있어, 주위가 환한 일이 없기 때문이다.

쏘드레 숲은 비극적이었다. 1792년 11월부터 내란이 특유의 범죄 행각을 시작한 것은 그 잡목림 속에서였다. 그 사나운 절름발이 무스끄똥[7]도 그 깊고 치명적인 숲에서 나왔다. 그 속에서 자행된 엄청난 학살 때문에 머리끝이 쭈뼛해졌다. 그곳보다 더 무시무시한 곳은 없을 것이다. 병사들은 극도로 조심하며 천천히 숲 속으로 들어가고 있었다. 사방이 온통 꽃천지였다. 가지들로 이루어진 파르르 떠는 장벽이 그들을 에워싸고 있었는데, 가지들로부터는 잎들의 매혹적인 신선함이 넘쳐흐르고 있었다. 그 초록색 어둠 속 여기저기에 햇살들이 구멍을 내고 있었다. 지표면에서는 글라디올러스, 늪지 붓꽃, 야생 수선화, 청명한 날씨를 예고해 주는 그 작은 꽃 제노뜨,[8] 봄철 사프란 등이 온갖 식물들로 짠 두툼한 융단에 수를 놓거나 장식 끈을 꿰매 주고 있었으며, 그 융단 위에서는 애벌레로부터 별들에 이르기까지 온갖 사물의 형상을 닮은 이끼들이 개미들처럼 굼실거리고 있었다. 병사들은 가시덤불을 조심스럽게 헤치며 조용히 전진하고 있었다. 착검한 그들의 총 위쪽에서는 새들이 재잘거리고 있었다.

[7] Mousqueton. 〈기병용 단총(短銃)〉이라는 뜻을 가진 별명이다. 학살을 즐기고 몹시 포악했던 사람으로, 1793년 10월 반란군을 이탈하여 혁명군이 라발을 지날 때 투항하였다고 한다.

[8] *génotte*. 잡목림 바닥의 낙엽 사이에 잠시 모습을 드러냈다가 사라지곤 하는 식물. 꽃은 백색 산형(繖形)이고, 잎은 쑥과 비슷하다. 그 구근의 모양이나 크기 맛 등이 개암과 비슷하여, 프랑스 일부 지역에서는 〈땅밤*châtaigne de terre*〉이라 부르기도 한다. 마땅한 번역어도 없고 프랑스에서도 통용되지 않는 단어라, 작가의 표기를 그대로 적는다.

쏘드레 숲은 빽빽한 잡목림이 우거진 곳으로, 옛날 평화롭던 시절에는 우이슈–바[9]라고 하는 야간 새 사냥을 즐기던 곳이었건만, 이제 그곳에서 사람 사냥을 하게 되었다.

잡목림에는 자작나무, 너도밤나무, 떡갈나무들투성이었다. 지면은 평평하였고, 두터운 이끼와 실한 풀이 발소리를 흡수하였다. 오솔길 하나 없었다. 혹은 그것들이 어렴풋이 보이는 듯하다가 이내 사라지곤 하였다. 호랑가시나무, 야생 흑오얏, 고사리, 울타리를 이룬 골담초, 키 큰 나무딸기 등이 우거져, 열 걸음 밖에 있는 사람이 보이지 않을 정도였다.

가끔 가지들 사이로 왜가리나 쇠물닭이 지나가는 것으로 보아 근처에 늪지가 있는 것 같았다.

모두들 계속 걸었다. 자기들이 찾고 있는 것을 만날까 두려워 불안감에 휩싸인 채 무작정 나아갔다.

때로 불에 탄 자리, 밟힌 풀, 나무 십자가, 피에 젖은 나뭇가지 등 야영한 흔적들이 발견되었다. 그곳에서 음식을 조리하고 미사를 올리고 부상자들을 치료하였던 모양이다. 하지만 그곳으로 지나간 사람들은 이미 사라져 버렸다. 그들이 어디에 있을까? 아마 이미 멀리 갔을지도 모른다. 혹은 아주 가까운 곳에 숨어서 나팔총을 움켜쥐고 있을지도 모른다. 숲에는 인적이 끊긴 것 같았다. 부대원들은 더욱 조심하였다. 적막하니 의심이 부쩍 팽배하였다. 아무도 보이지 않았다. 누군가를 두려워해야 할 또 다른 이유였다. 평판이 좋지 않은 숲을 상대하고 있었다.

매복이 있을 수도 있었다.

척탄병 서른 명으로 구성된 정찰대가 중사 한 사람의 지휘

9 *Houiche-ba*. 브르따뉴 혹은 건지 섬의 토속어인 듯하다.

하에, 본대와 상당한 거리를 유지하며 앞서 나아가고 있었다. 그 부대의 종군 상인 여자도 척탄병들 사이에 끼어 있었다. 종군 상인 여자들은 대개 전위 부대와 함께 움직이기를 좋아한다. 위험을 감수해야 하지만, 그래야 무엇인가를 볼 수 있다. 호기심이란 여성적 용감성의 한 형태이다.

문득 그 작은 척후대 병사들이, 사냥꾼들에게는 잘 알려진 야릇한 전율을 느꼈다. 짐승의 굴이 가까이에 있음을 알려 주는 전율이다. 어느 덤불 속에서 숨소리 같은 것이 들렸고, 잎들이 떨리는 것 같았다. 병사들이 서로에게 신호를 보냈다.

척탄병들에게 위임된 감시나 정찰에 장교들이 끼어들 필요는 없다. 해야 할 일들이 저절로 이루어지기 때문이다.

움직임이 있던 지점을 순식간에 포위하였다. 그 지점을 겨눈 총들이 둘레에 원을 그렸다. 빽빽한 잡목림의 어두운 중앙 지점으로 모든 총구가 집중되었다. 그리고 병사들은 방아쇠에 손가락을 올려놓은 채, 그리고 수상한 지점을 응시하며, 중사의 명령이 떨어지기 무섭게 총탄을 퍼부을 기세였다.

그러는 동안 종군 상인 여자가 우연히 덤불숲 사이를 통하여 그 지점을 유심히 바라보았고, 중사가 사격 개시 명령을 내리려는 순간, 그녀가 먼저 잠시 멈추라고 소리쳤다. 그리고 병사들을 둘러보며 말하였다.「동지들, 쏘지 말아요!」

그러고는 즉시 잡목림 속으로 서둘러 뛰어들었다. 병사들도 그녀의 뒤를 따랐다.

정말 그곳에 사람이 있었다.

잡목들이 우거진 중앙부, 나뭇가지들 사이로 뚫린 구멍처럼 생긴 일종의 방 속, 살짝 열린 알꼬바[10] 같은 공간에 여인 하나가 이끼를 깔고 앉아 있는데, 젖을 빠는 아이 하나를 안고 있었으며 다른 두 아이가 금발의 머리를 그녀의 무릎에 얹은 채 잠들어 있었다.

잔뜩 경계를 하던 매복처가 기껏 그러했다.

「여기에서 뭘 하고 있어요?」 종군 상인 여자가 언성을 높였다.

여인이 고개를 쳐들었다.

종군 상인 여자가 맹렬히 화를 내듯 한마디 더 하였다.

「이런 곳에 와 있다니, 미쳤군요!」

그녀는 다시 말하였다.

「자칫 몰살당할 뻔하였어요!」

그러고 나서 병사들을 바라보며 말하였다.

「여기에 있는 사람은 여자예요.」

「젠장, 우리들 눈에도 잘 보인답니다!」 척탄병 하나가 대꾸하였다.

종군 상인 여자가 계속하였다.

「학살당하려고 숲 속으로 들어오다니! 이런 멍청이 짓 저지를 생각을 하다니!」

여인은 넋을 잃은 듯, 기겁한 듯, 돌처럼 굳은 표정으로, 마치 꿈속을 헤매는 사람처럼, 자기를 둘러싸고 있는 총들과 군도들과 대검(帶劍)들과 사나운 얼굴들을 바라볼 뿐이었다.

잠들었던 두 아이가 깨어나 투정을 하였다.

「배고파!」 한 녀석이 칭얼거렸다.

「무서워!」 다른 녀석의 말이었다. 제일 어린 것은 계속 젖

---

10 *alcoba*. 큰 방의 벽을 파서 조성한 작고 아늑한 침실을 가리키며, 낮에는 커튼 등으로 입구를 가려 둔다. 일반적으로 은밀한 사랑의 장소를 가리키는 에스빠냐어로, 프랑스어로는 〈알꼬브*alcôve*〉라고 한다.

을 빨고 있었다.

　종군 상인 여자가 그 어린것을 향하여 한마디 하였다.

　「네가 옳다.」

　아이들의 엄마는 두려움에 사로잡혀 아무 말도 못 하였다.

　중사가 그녀에게 큰 소리로 말하였다.

　「무서워하지 말아요. 우리들은 붉은 모자[11] 군사들이니까.」

　여인의 몸이 머리끝부터 발끝까지 덜덜 떨렸다. 그녀가 중사를 뚫어지게 바라보았다. 눈썹과 코밑수염, 그리고 이글거리는 숯덩이 같은 두 눈밖에 보이지 않는 험상궂은 얼굴이었다.

　「붉은 십자가 군사들이에요.」 종군 상인 여자가 얼른 덧붙였다.

　중사가 말을 계속하였다.

　「당신은 누구시오?」

　여인이 겁에 질린 기색으로 그의 얼굴을 유심히 살폈다. 그녀는 야위었고, 젊으며 안색 창백한데, 누더기를 걸치고 있었다. 브르따뉴 지방 촌 여인들의 헐렁한 벙거지를 쓰고, 양털 덮개를 몸에 둘러 그 두 귀퉁이를 끄나풀로 매어 목에 걸었다. 그녀는 암컷 짐승처럼 무심히 젖가슴을 드러내 놓고 있었다. 양말도 신발도 신지 않은 발에서는 피가 흘렀다.

　「가엾은 여자군.」 중사가 말하였다.

　그러자 종군 상인 여자가 군대식 어조로, 그러나 여인의 감춰진 부드러움이 감도는 음성으로 다시 물었다.

11 급진 공화파들이 쓰던 붉은 빵모자를 말한다. 또한 왕당파들이 공화파 인사들을 그렇게 불렀다고 한다. 빠리의 급진 공화파(쟈꼬뱅)들 중 한 지부(支部)가 처음에는 〈붉은 십자가〉로 자신들을 호칭하다가, 그 명칭이 혹시 종교적 광신주의의 독소를 존속시킬까 저어하여 〈십자가〉를 〈모자〉로 바꾸었다고 한다.

「이름이 뭐예요?」

여인이 거의 알아들을 수 없을 만큼 작은 소리로 우물거렸다.

「미쉘 플레샤르.」

그러는 동안 종군 상인 여자는 투박한 손으로 젖먹이의 작은 머리를 쓰다듬었다. 그러면서 물었다.

「이 몸므는 몇 살인가요?」

아이들의 엄마는 그 말을 이해하지 못하였다.[12] 종군 상인 여자가 다시 물었다.

「이것의 나이가 몇이냐고 묻는 거예요.」

「아! 18개월 되었어요.」 그제서야 엄마가 대답하였다.

「다 컸군. 이제 더 이상 엄마의 젖을 빨면 안 되겠어. 젖을 떼게 해야지. 우리들이 이것에게 죽을 먹이겠어요.」

엄마가 안심하기 시작하였다. 잠에서 깬 두 아이는 두려워하기보다 호기심에 사로잡혔다. 그들은 군인들의 모자 깃털 장식에 반해 있었다.

「아! 아이들이 몹시 주렸어요.」

엄마가 그렇게 말하더니 다시 덧붙였다.

「이젠 젖도 나오지 않아요.」

「아이들에게 먹을 것을 주겠소, 그리고 당신에게도. 하지만 아직 이야기가 끝나지 않았소. 당신의 정치적 견해는 무엇이오?」 중사가 큰 소리로 물었다. 여인은 중사를 바라볼 뿐 대꾸를 하지 않았다.

---

12 〈아이〉를 뜻하는 〈몸므*môme*〉라는 통속어가 빠리에서 널리 사용되기 시작한 것은 1820년 무렵부터이다. 따라서 1793년에 종군 상인 여자가 그 말을 이미 사용하였을지는 몰라도, 브르따뉴 촌 여인이 이해하였을 리 만무하다.

「내가 묻는 말을 알아듣겠소?」

그녀가 더듬거렸다.

「저는 아주 어렸을 때 수녀원으로 보내졌지만 결혼을 하였어요. 저는 수녀가 아니에요. 수녀님들이 저에게 프랑스어를 가르쳐 주셨어요.[13] 사람들이 마을에 불을 질렀어요. 저희들은 급히 빠져나왔고, 그래서 저는 신발을 신을 겨를도 없었어요.」

「나는 당신의 정치적 견해가 무엇이냐고 묻고 있소.」

「무슨 말씀인지 모르겠어요.」

중사가 계속하였다.

「여자 간첩들이 있기 때문이오. 그런 여자들은 모두 총살하오. 이봐요. 말해 보시오. 당신이 떠돌이 보헤미아 여인은 아니지요? 당신의 조국이 어디요?」

그녀는 무슨 말인지 모르겠다는 듯 그를 물끄러미 바라보기만 하였다. 중사가 같은 질문을 반복하였다.

「당신의 조국이 어디요?」

「모르겠어요.」 그녀의 대꾸였다.

「고향을 모르다니, 어찌 그럴 수 있소?」

「아! 제 고향요, 물론 알지요.」[14]

「좋아요, 당신의 고향이 어디요?」

13 19세기 말엽까지도 빠리 사람이 브르따뉴에 가면 마치 외국에 온 듯 그곳 사람들의 말을 알아들을 수 없었다고 한다. 오늘날에도 브르따뉴어는 프랑스어와 함께 공용어로 통용된다.

14 중사는 그녀가 어느 고장 사람이냐고 물으면서 *patrie*(출생지, 고국, 조국)라는 말을 사용하였고, 따라서 여인이 그 단어를 이해하지 못한 것이다. 〈고향〉으로 옮긴 *pays*라는 말을 사용하였으면 여인이 즉시 알아들었을 것이다. *patrie*가 *pays*에 비해 조금 어려운 말이라는 점뿐만 아니라, 대혁명 이후 〈조국*patrie*〉이나 〈애국자*patriotique*〉라는 말이 일종의 유행 혹은 강박 증세처럼 사용되던 현상을 작가가 넌지시 암시하고 있다.

여인이 대답하였다.

「아제 소교구에 있는 씨꾸와냐르의 소작지예요.」

그 대답을 듣고 이번에는 중사가 놀라며 어리둥절한 기색이었다.[15] 그가 잠시 생각에 잠기더니 다시 물었다.

「뭐라고 하였지요?」

「씨꾸와냐르.」

「그것은 조국이 아니오.」

「저의 고향이에요.」

그러면서 여인이 한순간 생각에 잠기는 듯하더니 덧붙여 말하였다.

「이제 알겠어요. 댁은 프랑스분이고 저는 브르따뉴 사람이에요.」[16]

「그래서요?」

「같은 나라가 아니죠.」

「하지만 같은 조국이오!」 중사가 언성을 높였다.

여인이 고집스럽게 같은 대답을 반복하였다.

「저는 씨꾸와냐르 사람이에요.」

「좋아요, 씨꾸와냐르라고 합시다. 가족이 모두 그곳 사람

---

[15] 중사가 놀란 것은 〈씨꾸와냐르Siscoignard〉라는 지명의 발음 때문인 듯하다. 당시 꾸와냐르Eugène Coignard라는 사람이 빠리에 요양원을 차린 다음, 반혁명적이라는 의심을 받아 투옥된 사람들 중 부유한 이들을 물색하여 그들을 치료하겠다며 감옥에서 빼돌렸는데, 싸드 후작이나 라끌로 등도 그 덕분에 목숨을 부지할 수 있었다고 한다. 따라서 〈꾸와냐르〉는 요양원의 명칭으로 유명했는데, 중사는 여인의 말을 얼떨결에 *six Coignards*(여섯 꾸와냐르)로 들었던 모양이다.

[16] 여인이 말하는 〈프랑스〉는 빠리를 중심으로 한 그 인근 지역을 가리킨다. 16세기 중엽 브르따뉴가 프랑스 왕국과 통합된 이후로부터 심지어 20세기 후반까지도, 브르따뉴에서는 분리주의 운동이 면면히 이어져 왔다.

들이오?」

「예.」

「그들은 무엇을 하오?」

「모두 죽었어요. 저에게는 이제 아무도 없어요.」

입심 좋은 편인 중사가 심문을 계속하였다.

「제기랄! 지금 부모가 있거나 혹은 전에 있었겠지. 당신 누구요? 말하시오.」

여인은, 인간의 말보다는 짐승의 울부짖음에 더 가까운 그 〈우 옹-낭-나 위*ou on en a eu*(혹은 전에 있었겠지)〉라는 말에 귀를 기울이며 얼빠진 사람의 표정을 지었다.[17]

종군 상인 여자는 자기가 다시 끼어들어야겠다고 생각하였다. 그녀는 젖을 빨고 있던 아이의 머리를 쓰다듬은 다음, 다른 두 아이의 볼을 다정하게 토닥거렸다.

「젖을 빨고 있는 아가씨의 이름은 무엇이에요?」 그녀가 물었다.

「죠르제뜨.」 엄마의 대답이었다.

「그리고 큰아이, 이 건달 신사께서는?」

「르레-쟝.」

「또, 아직 볼이 통통하지만 신사분이신 동생은?」

「그로-알랭.」

「아이들이 참 점잖아요. 벌써 어른처럼 의젓하군요.」 종군 상인 여자의 말이었다.

그동안에도 중사는 고집스럽게 계속 물었다.

17 대명사 〈*on*〉, 〈*en*〉 및 동사의 시제 〈*a*〉, 〈*eu*〉 등 복잡한 문장 구조는 물론 모음 충돌 및 연음 현상 등이 그녀에게는 몹시 기괴하게 들렸을 것이다. 또한 프랑스어의 그러한 측면에 대한 위고의 가벼운 빈정거림도 느껴진다.

「어서 말해 봐요, 부인. 집은 있나요?」

「하나 있었어요.」

「어디에?」

「아제에.」

「왜 집에 있지 않고 여기에 있나요?」

「사람들이 그것을 태워 버려서.」

「그게 누구요?」

「몰라요. 한바탕 싸움질을 벌이더니.」

「어디에서 오는 길이오?」

「그곳으로부터.」

「어디로 가는 것이오?」

「몰라요.」

「요점만 묻겠소. 당신 누구요?」

「몰라요.」

「당신이 누구인지 모르겠다고?」

「저희는 피신하는 사람들이에요.」

「당신은 어느 편이오?」

「몰라요.」

「청군이오? 혹은 백군이오?[18] 당신은 누구와 함께 있소?」[19]

「제 아이들과 함께 있어요.」

잠시 심문이 중단되었다. 그 틈을 타서 종군 상인 여자가 한마디 하였다.

「나는 아이를 가져 보지 못하였어요. 그럴 시간이 없었죠.」

중사가 심문을 다시 시작하였다.

---

18 〈청군〉은 혁명군(공화파 군대), 〈백군〉은 왕당파 군대를 가리킨다.
19 〈어느 편이냐 *avec qui*〉는 표현을, 여인이 한 답변을 참작하여 직역한다.

「하지만 당신의 부모님은! 이봐요, 부인, 당신의 부모님에 대해 말해 봐요. 가령 저에 대해서 말하자면, 저의 이름은 라두이고 계급은 중사, 셰르슈-미디 로에서 태어났고, 저의 아버지와 어머니도 그곳에서 태어나셨고……. 저는 저의 부모님에 대해서 그렇게 말할 수 있어요. 당신의 부모님에 대해서도 저처럼 말해 봐요. 당신의 부모님이 어떤 분들인지 우리에게 자세히 말해 봐요.」

「플레샤르라는 분들이었어요. 그게 전부예요.」

「그래요, 라두 씨는 라두 씨인 것처럼, 플레샤르 씨 또한 플레샤르 씨지요. 하지만 누구에게나 직업이 있소. 부모님의 직업이 무엇이었소? 무슨 일을 하셨소? 그리고 지금은 무슨 일을 하시오? 당신의 그 플레샤르들께서 화살로 무엇을 쏘아 대셨소?」[20]

「농사꾼들이셨어요. 저의 아버지는, 나리께서, 그의 나리께서, 우리들의 나리께서 내리신 몽둥이질을 당하여 불구가 되셨고, 그래서 일을 하실 수 없었어요. 저의 아버지가 토끼 한 마리를 잡아 사형 언도를 받으셨지만,[21] 나리께서 관대한 처분을 내리셨어요. 나리께서 용서를 베푸시면서 몽둥이질 1백 번만 가하라고 하셨지요. 그래서 저의 아버지는 병신이 되었어요.」

20 플레샤르Fléchard라는 이름을, 〈화살로 쏜다flécher〉는 말과 어떤 버릇이 있는 사람을 경멸적으로 혹은 상스럽게 가리킬 때 붙여 사용하는 어미 -ard가 복합된 말로 간주하여 던진 농담이다. 중사의 말에서 플레샤르라는 이름에는 〈툭하면 화살을 쏘아 대는 자〉라는 의미가 함축되어 있다. 〈쏘아 댄다〉는 말은 fléchader를 옮긴 것이다. fléchard나 fléchader 모두 통용되지 않는 말들로, 작가의 조어인 듯하다.

21 영주의 숲에서 몰래 짐승을 잡다가 발각된 사람은 즉석에서 나뭇가지에 목을 매달아 죽였다고 한다.

「그리고?」

「저의 할아버지는 위그노파[22] 신교도였어요. 그래서 소교구 사제가 그를 도형장으로 보냈어요. 제가 아주 어렸을 때였어요.」

「그리고?」

「제 남편의 아버지는 소금 밀수꾼이셨어요. 왕께서 그분의 목을 매달았어요.」

「그리고 당신의 남편은 무슨 일을 하오?」

「얼마 전까지 싸움을 하였어요.」

「누구를 위해서?」

「왕을 위해서.」

「그리고?」

「물론 자기의 나리를 위해서도.」

「그리고 또?」

「물론 교구 사제님을 위해서.」

「짐승 같은 놈들의 더럽게 신성한 이름들이군!」 척탄병 하나가 버럭 소리를 질렀다.

여인이 극도의 두려움에 사로잡혀 덜덜 떨었다.

「부인, 보시다시피 저희들은 빠리 사람들이에요.」 종군 상인 여자가 얼른 상냥하게 말하였다.

여인이 그 말에 두 손을 기도하듯 모으더니 다급하게 외쳤다.[23]

「오! 맙소사, 우리의 주 예수님!」

「미신은 집어치우시오.」 중사가 말하였다.

22 깔뱅파 신교도를 가리킨다.
23 촌 여인은 종군 상인 여자가 한 〈빠리 사람들〉이라는 말, 즉 빠리지앵 Parisiens을 파리지앵 Pharisiens(바리새인들)으로 들었던 모양이다.

종군 상인 여자가 촌 여인 곁에 앉더니, 큰아이를 이끌어 자기의 무릎 위에 앉혔다. 아이는 그녀가 하는 대로 고분고분 따랐다. 영문도 모르는 채 질겁했던 아이들이 다시 안심하는 기색이었다. 아이들은 무엇인지 모를 징후를 본능적으로 감지한다.

「착하고 가엾은 이 고장의 여인이여, 귀여운 아이들을 두셨군요. 아이들은 언제나 귀여워요. 나이를 짐작할 수 있겠어요. 큰 아이는 네 살, 작은 아이는 세 살쯤 됐겠어요. 이런! 젖을 빨고 있는 꼬마 아가씨께서 몹시 게걸스럽군요! 아! 괴물! 그러다가는 엄마를 아예 먹어 치우겠구나! 보세요, 부인, 아무 걱정 말아요. 부인께서도 이 부대의 일원이 되셔야겠어요. 저처럼 하시면 돼요. 사람들은 저를 우자르드라고 부르지요. 별명이에요. 하지만 제 어머니의 별명이었던 맘젤 비꼬르노보다는 우자르드가 더 마음에 들어요.[24] 저는 주보(酒保) 담당이에요. 총탄을 퍼부으며 서로를 마구 학살할 때 그들에게 마실 것을 주는 여자지요. 그럴 때에는 마귀 무리들 같아요. 부인과 저의 발이 거의 비슷한 것 같으니 저의 신발을 드리겠어요. 저는 8월 10일[25]에 빠리에 있었어요. 제가 베스테

---

[24] 우자르드Houzard는 1735년 스트라스부르에서 창설된 경기병 연대인데, 1791년 그 명칭이 위싸르Hussard로 바뀌었고 그 이후 발미, 슬라브코프, 제마쁘 등지의 전투에서 활약하였다. 그 연대의 명칭은 경기병 일체를 가리키는 보통 명사로 사용하게 되었다. 따라서 〈우자르드〉라는 별명은 경기병 연대의 여자 병사를 뜻한다. 한편 〈맘젤 비꼬르노〉는 〈비꼬르노 아씨〉라는 뜻이며, 고유 명사 형태로 사용한 비꼬르노Bicorneau는 비꼬른느*bicorne*(학술원 회원의 2각모 혹은 포유동물 암컷의 자궁)를 연상시킨다.

[25] 뛸르리 궁이 함락되고 루이 16세가 실각한 날이다. 왕과 그의 가족은 성당 기사단 본부에 유폐되고, 곧이어 혁명 의회가 소집되어 12월 3일에 루이 16세에 대한 재판이 시작되었다.

르만[26]에게 마실 것을 주었지요. 모든 것이 척척 이루어졌어요. 저는 루이 16세의 목이 단두대에서 잘리는 것도 보았어요. 사람들이 루이 까뻬[27]라고 부르는 그 사람 말이에요. 그는 죽으려 하지 않았어요. 정말이지, 제 이야기 좀 들어 보세요. 그는 1월 13일에도 밤을 굽게 하고 가족과 함께 웃었는데![28] 사람들이 흔히 시소라고 부르는 굴대 위에 그를 강제로 눕혔을 때, 그는 정장도 입지 않고 구두도 신지 않았어요. 그가 입은 것이라곤 평소에 입던 셔츠와 누비질한 상의와 회색 바지였고, 회색 비단 양말을 신고 있었어요. 제가 그 광경을 보았어요. 그를 태워 데리고 온 삯마차는 초록색 칠을 한 것이었어요. 우리와 함께 지내요. 이 부대 남자들은 모두 착한 사내들이에요. 당신이 주보의 두 번째 책임자가 될 거예요. 일은 어떻게 하는지 제가 보여 드리겠어요. 오! 아주 간단해요! 수통 하나와 작은 잔 하나를 가지고, 총소리와 대포 소리 요란하고 사람들이 아우성치는 속으로 들어가 이렇게 외치면 돼요. 〈아이들아, 한잔 마시고 싶은 사람 누구야?〉 별로

26 François Joseph Westermann(1751~1794). 1792년 8월 10일 봉기에 참여하였고, 1793년에 장군으로 임명되어 방데 지역 토벌 전에서 많은 공을 세웠으나, 1794년 1월 당똥(1759~1794) 및 관용파들과 함께 혁명 재판소에서 사형 언도를 받아 처형되었다.

27 왕권을 박탈당한 루이 16세에게 부여되었던 평민 이름이다. 프랑스의 세 번째 왕조인 까뻬 왕조의 시조인 위그 1세(재위 987~996)의 별명 〈위그 까뻬〉에서 비롯되었다고 한다. 위그 1세가 랭스의 주교 아달베롱 및 훗날 씰베스트르 2세 교황으로 등극한 제르베르의 도움으로 까뻬 왕조를 열게 되었던 사실을 상기시키는 별명이다. 〈까뻬〉는 수도사들의 벙거지*capuchon*나 제의*chape*를 연상시킨다.

28 루이 16세는 1793년 1월 21일에 꽁꼬르드 광장에서 처형되었다. 〈밤을 굽게 하였다〉는 말은, 가난한 산골 사람들처럼 지극히 소박한 즐거움을 누리며 지냈다는 뜻이다.

어렵지 않아요. 저는 모든 사람들에게 마실 것을 주어요. 정말이에요. 백군에게도 청군에게와 마찬가지로. 제가 비록 청군이지만. 게다가 충직한 청군이지만. 하지만 저는 모든 사람들에게 마실 것을 주어요. 누구든 부상을 당하면 심한 갈증을 느끼지요. 견해가 어떻든 누구나 죽어요. 죽는 사람들과는 악수를 나누어야 해요. 서로 싸우다니, 얼마나 멍청한 짓이에요! 우리들과 함께 가요. 제가 죽으면 당신이 저의 뒤를 이어요. 보시기에는 꼴이 이래도 저는 착한 여자이며 용감한 남자예요. 아무것도 두려워하지 말아요.」

종군 상인 여자가 말을 마치자 촌 여인이 중얼거렸다.

「우리 이웃 여자의 이름은 마리-쟌느였고, 우리 하녀의 이름은 마리-끌로드였어요.」[29]

그러는 동안 라두 중사는 브르따뉴 촌 여인을 두려움에 떨게 하였던 척탄병을 나무라고 있었다.

「입 닥치게. 자네로 인하여 저 부인이 두려움에 사로잡히셨네. 부인들 앞에서는 욕설을 지껄이지 않는 법이야.」

「그러나 자기의 장인이 상전에 의해 불구가 되고, 사제에 의해 도형수가 되며, 왕에 의해 목이 매달리건만, 젠장! 싸움판에 뛰어들고, 반란군에 휩쓸려, 결국 그 상전과 사제와 왕을 위하여 몸이 으스러지고 갈기갈기 찢기는 중국의 이로쿼이[30]

---

29 〈착한 여자이며 용감한 남자〉라는 말을 듣고, 백성들 사이에서 유명했던 여전사 쟌느(1412?~1431)와 프랑수와 1세의 첫 번째 왕비 끌로드(1499~1524)를 떠올렸던 모양이다.

30 *iroquois*. 이로쿼이는 물론 북아메리카 인디언의 한 부족이다. 그 명칭의 의미는 〈진정한 독사〉라고 한다. 〈중국〉은 신비한 먼 나라를 가리키는 말일 듯하다. 즉, 브르따뉴의 왕당과 군대에 속하여 〈표독스럽게〉 싸우는 백성들이, 중국만큼이나 멀고 낯선 나라의 야만인들처럼 이해하기 어렵다는 의미로 보인다.

녀석들을 보면, 도무지 영문을 모르겠습니다!」 척탄병의 대꾸였다.

중사가 언성을 높였다. 「모두들 조용히 해!」

「중사님, 주둥이 닥치겠습니다. 하지만 저렇게 귀여운 여자가 빵모자[31] 녀석의 멋있는 눈에 들기 위하여 자기의 낯짝이 부서지도록 자신을 위험에 노출시킨다는 것은 몹시 분개할 일입니다.」 척탄병이 한마디 더 하였다.

「척탄병, 우리가 지금 와 있는 이곳이 삐끄 혁명 지부 클럽은 아닐세. 그러니 웅변은 집어치우게.」[32] 중사가 그렇게 말한 다음, 여인을 돌아보며 다시 물었다.

「그리고 남편께서는, 부인, 지금 무얼 하고 계십니까? 어찌 되셨소?」

「없어졌어요. 그를 죽였으니까요.」

「어디에서 그런 일이?」

「잡목림 속에서.」

「언제?」

「사흘 전에.」

「누가 그런 짓을?」

「몰라요.」

「그 무슨 말씀이오? 당신의 남편을 누가 죽였는지 몰라요?」

「몰라요.」

---

31 정수리만 덮는 빵모자*calotte*를 쓴 사제들을 경멸적으로 가리키는 말이다.

32 1792년 9월 광장의 명칭이 바뀌면서 〈방돔 광장 지부〉가 〈삐끄Piques 혁명 지부〉로 바뀌었는데, 로베스삐에르 및 싸드 후작 등이 그 지부에 속하였고, 1793년 마라가 샤를로뜨 꼬르데에 의해 암살당하였을 때 싸드가 그의 망혼에 바치는 추도문을 지었다. 〈웅변〉은 그 사실을 암시하는 듯하다.

「그것이 청군이오? 혹은 백군이오?」
「총질 한 방이었어요.」
「그리고 사흘 전이라 했지요?」
「예.」
「어느 방면에서?」
「에르네 근처였어요. 제 남편이 쓰러졌어요. 그렇게 된 거예요.」
「그리고 남편이 죽은 후 당신은 무얼 하시오?」
「제 새끼들을 데리고 달아나는 중이에요.」
「그 아이들을 어디로 데려가시오?」
「무작정.」
「잠은 어디에서 주무시오?」
「땅바닥에서.」
「무엇을 잡수시오?」
「먹지 못해요.」

중사는 아랫입술로 윗입술을 밀어 올려 코밑수염이 코에 닿게 하는, 군인들 특유의 방식으로 상을 찡그렸다.
「아무것도?」
「하지만 작년에 열렸던 야생 흑오얏이나 오디, 머루 등이 덤불에 말라붙어 있으면 그것을 먹고, 고사리순도 있어요.」
「그렇군요. 아무것도 먹지 못한다고 할 만하군.」

두 사람의 말을 알아들었는지, 제일 큰 아이가 중얼거렸다.
「배고파.」

중사가 전투 식량으로 가지고 다니던 빵 한 덩이를 주머니에서 꺼내어 엄마에게 건넸다. 엄마가 그것을 두 조각으로 나누어 두 아이에게 주었다. 어린것들이 게걸스럽게 빵을 베어

물었다.

「자기의 몫은 남기지 않았군.」 중사가 투덜거렸다.

「시장하지 않기 때문이겠지.」 어느 병사가 말하였다.

「엄마이기 때문이야.」 중사가 대꾸하였다.

두 아이가 먹기를 멈추었다.

「목말라.」 한 녀석이 말하였다.

「목말라.」 다른 녀석도 같은 말을 하였다.

「이 마귀 같은 숲에는 개울도 없나?」 중사가 중얼거렸다.

종군 상인 여자가 방울과 함께 자기의 허리띠에 매달려 있던 구리 컵을 잡더니, 멜빵으로 어깨에 걸치고 있던 수통의 마개를 돌려 몇 방울을 컵에 따라 아이들 입술에 가져다 대었다.

큰아이가 그것을 마시더니 상을 찡그렸다.

둘째 아이는 입에 들어갔던 것을 즉시 뱉어 냈다.

「좋은 건데.」 종군 상인 여자가 난감한 기색으로 말하였다.

「그 〈면도날〉[33]이오?」 중사가 물었다.

「그래요, 가장 좋은 것이에요. 하지만 시골 아이들이라서.」

그러면서 여인이 자기의 컵을 행주로 닦았다.

중사가 다시 묻기 시작하였다. 「그래서, 부인, 그렇게 무작정 도망치는 것이오?」

「그럴 수밖에 없어요.」

「들판을 가로질러, 그렇게 아무 곳으로나 무작정?」

「힘껏 달리다가 걷기도 하고, 그런 다음 주저앉기도 해요.」

「가엾은 여인!」 종군 상인 여자가 중얼거렸다.

---

33 *coupe-figure*를 옮긴 것이다. 자극성 강한 음료를 지칭하던 말인 듯하나, 이 작품 이외에서는 용례를 발견하지 못하였다. 영국인들 중 *cut-throat*라 옮기는 이도 있으나, 역시 음료의 실체는 모호하다.

「사람들이 싸워요.」 여인이 우물거렸다. 「사방에서 총질을 해대요. 무엇을 하려고들 그러는지 모르겠어요. 그러면서 저의 남편을 죽였어요. 저는 그 사실밖에 모르겠어요.」

중사가 자기의 총 개머리판으로 땅바닥을 거세게 찧으며 소리를 질렀다.

「정말 멍청한 전쟁이야! 암탕나귀들[34] 같으니라고!」

여인이 계속 우물거렸다.

「간밤에는 에무쓰[35] 속에서 잤어요.」

「네 사람이 모두?」

「네 사람 모두.」

「잤다고요?」

「잤어요.」

「그러면 서서 잤군요.」 중사가 그렇게 말하면서 병사들을 향해 돌아섰다.

「동지들, 칼집에 쑤셔 넣듯 자신의 몸을 처박을 수 있는 고목의 구멍을 가리켜, 이곳 야만인들은 에무쓰라 하오. 하지만 어찌하겠소? 모두가 빠리 사람들일 수는 없으니까.」

「나무둥치 구멍에서 자다니! 그것도 아이 셋을 데리고!」 종군 상인 여자가 말하였다.

「그래서……」 중사가 말을 이었다. 「어린것들이 칭얼거리면, 근처를 지나는 사람들 눈에는 아무것도 보이지 않는데 어떤 나무 한 그루가 〈아빠, 엄마!〉 하며 소리를 지를 테고, 그러면 얼마나 기괴할까!」

---

34 고집스럽고 미련한 자들이라는 뜻이다.
35 *émousse*. 속이 텅 빈 고목의 둥치를 가리키는데, 특정 지역의 방언이 아니라 〈이끼를 떼어 낸다〉는 뜻을 가진 *émoussage*에서 파생된 말인 듯하다.

「다행히 여름철이에요.」 촌 여인이 한숨을 지었다.

그녀가 체념한 기색으로 땅바닥을 물끄러미 바라보는데, 그녀의 눈에는 큰 재앙이 남긴 놀라움이 서려 있었다. 병사들이 묵묵히 그 불쌍한 여인의 주위로 원을 그리며 둘러섰다.

그들 앞에 있던 것은 미망인과 아비 잃은 세 아이, 정처 없는 탈주, 저버림, 외로움, 사방에서 으르렁거리는 전쟁뿐이었고, 풀 이외에는 어떤 식량도, 하늘 이외에는 어떤 지붕도 없었다.

중사가 여인 곁으로 다가가서는, 젖을 빨고 있던 아이를 뚫어지게 바라보았다. 어린것이 젖꼭지에서 입을 떼고 천천히 고개를 돌리더니, 고개를 숙여 자기를 내려다보고 있던 비죽비죽한 황갈색 털로 뒤덮인 무시무시한 얼굴을 아름다운 푸른 눈으로 쳐다보았고, 이내 미소를 짓기 시작하였다.

중사가 다시 얼굴을 쳐들었다. 굵은 눈물 한 방울이 그의 볼을 따라 흐르다가, 코밑수염 끝에 진주처럼 멈추어 있었다.

그가 음성을 가다듬었다.

「동지들이여, 이 모든 것을 숙고한 끝에, 나는 우리 부대가 아버지 역할을 맡아야 한다는 결론을 내렸소. 찬성들 하시겠소? 우리가 세 아이를 입양하는 것입니다.」

「공화국 만세!」 척탄병들이 우렁차게 외쳤다.

「결정됐습니다.」 중사가 말하였다. 그러고 나서 다시 두 손을 엄마와 아이들 머리 위로 뻗으면서 말하였다.

「여기 우리 붉은 빵모자 대대의 아이들이 있습니다.」

종군 상인 여자가 기뻐서 발을 구르며 소리쳤다.

「모자 하나 속에 머리 셋이에요.」[36]

---

36 〈뜻이 잘 맞는다〉는 말이기도 하다.

그러더니 감격하여 흐느꼈고, 가엾은 미망인을 미친 듯이 포옹하면서 그녀에게 말하였다.
「꼬마 아가씨가 벌써 말괄량이 기색을 보여요!」
「공화국 만세!」 병사들이 다시 외쳤다.
그리고 중사가 아이들의 엄마에게 말하였다.
「함께 갑시다, 동지여.」

제2권
경순양함 클레이모어

1
뒤섞인 영국과 프랑스

1793년 봄, 모든 전선에서 공격을 받고 있던 프랑스가 안에서는 지롱드당의 추락[37]을 목격하며 비장한 파적거리를 즐기고 있는 동안, 망슈 군도[38]에서는 다음과 같은 일이 벌어지고 있었다.

6월 1일 저녁나절, 저지 섬의 작고 한적한 본느뉘 포구에서, 일몰 한 시간 전쯤, 항해하기에 위험하기 때문에 도망하기에는 오히려 안성맞춤인 안개 낀 날씨를 이용하여, 경순양함 한 척이 출항하고 있었다. 전함에는 프랑스 승무원들이 타고

---

[37] 지롱드당이 혁명 의회에서 급진 혁명파에 의해 축출된 것은 1793년 사태(5월 31일~6월 2일) 이후이다. 그들이 축출된 이후 산악당(로베스뻬에르, 쌩-쥐스뜨, 마라 등)이 혁명 의회를 주도하게 되었고(제2기 혁명 의회), 일체의 정치 행보가 원리주의적이고 급진적으로 변하였다. 1793년 10월 지롱드당의 지도자 스물한 명이 단두대의 이슬로 사라졌다.

[38] 영국에서는 〈영국 해협〉이라 부르는, 노르망디 해안에서 멀지 않은 바다에 있는 영국령 섬들을 가리킨다. 저지, 건지, 사크험, 올더니 등이 주요 섬들이며, 영국 측에서는 〈해협 군도Channel Islands〉라 부르기도 한다.

있었으나, 그 선박은 섬의 동쪽 끝[39]에 정박하여 초계 임무를 수행하고 있던 영국 소함대 소속이었다. 부이옹 가문 출신인 뚜르-도베르뉴 대공이 그 함대를 지휘하고 있었으며, 따라서 그 경순양함은 긴급 특수 임무 수행을 위하여 대공의 명령에 따라 함대에서 이탈한 것이었다.

영국 트리니티 하우스 도선사 협회에 클레이모어[40]라는 이름으로 등록된 그 경순양함은, 겉보기에 화물선 같았으나 실은 전함이었다. 그 선박은 상선처럼 묵직하고 평화롭게 항해하였지만, 그러한 겉모습을 믿어서는 아니 되었다. 그 선박은 간계와 힘이라는 두 가지 목표를 염두에 두고 건조한 것으로, 가능하면 적을 속이고, 필요할 경우에는 전투도 사양하지 않았다. 그날 밤에 수행해야 할 임무를 위하여, 중갑판의 화물은 구경 큰 캐런 포[41] 서른 문으로 대체되었다. 폭풍우를 예상하였음인지, 혹은 그보다는 선박이 호전적으로 보이지 않기를 바랐음인지, 캐런 포 서른 문은 모두 밀폐된 공간에 숨겼다. 즉, 중갑판 속에 세 겹 쇠사슬로 단단히 묶어 두었고, 포신의 앞부분은 완벽하게 틀어막은 갑판 승강구에 기대어 두었다. 그리하여 외부에서는 아무것도 보이지 않았다. 포신을 거치하는 측면 구멍들도 장님을 만들어 버렸다. 승강구의 문들도 모두 닫았다. 선박에 가면을 씌워 놓은 것 같았다. 일반적인 경순양함의 경우 대포들이 상갑판에만 있으나, 기습과 매

---

39 저지 섬의 동쪽 끝에서 프랑스 노르망디 해안까지의 직선거리는 40킬로미터에 미치지 못한다.
40 *la Claymore*. 옛 스코틀랜드 산악 지방 사람들이 사용하던 양날 대검을 가리키는 말이라고 한다.
41 *caronade*. 스코틀랜드의 도시 캐런Carron에서 그 명칭이 유래한, 포신이 짧고 구경이 큰 함포였다고 한다.

복용으로 사용되던 이 전함의 경우, 상갑판에는 무기가 전혀 없었고, 이미 말한 바와 같이 중갑판에 포대를 탑재할 수 있게 건조되었다. 클레이모어는 실하고 똥똥한 모양이었으되 기동성이 좋았다. 선체는 영국 해군을 통틀어 가장 견고하였고, 비록 뒤 돛대로 사다리꼴 돛 한 폭을 단 소형 돛대 하나만 갖추었지만, 전투에 임하면 거의 프리깃함 한 척의 몫을 감당하였다. 희귀하고 교묘한 형태를 한 키는 거의 하나로 이루어진 뼈대를 가지고 있었는데, 사우샘프턴 조선소에서 그것을 만드는 데 50파운드가 들었다.

모두 프랑스인이었던 승무원들은 망명한 장교들과 탈영한 수병들[42]로 구성되어 있었다. 그들은 선별된 정예들이었다. 그들 중 단 하나도 훌륭한 군인, 훌륭한 선원, 훌륭한 왕당파 아닌 사람이 없었다. 그들은 전함과 검과 국왕으로 향한 광신도적 열정을 지니고 있었다. 혹시 상륙 작전을 펴야 할 경우에 대비하여, 반 개 대대 해병대원들을 승무원들 사이에 섞어 놓았다.

경순양함 클레이모어의 함장은 옛 왕국 해군에서 가장 뛰어난 장교였으며 쌩-루이 기사단의 일원인 부와베르틀로 백작이었고, 부함장은 라 비으빌르 기사였는데, 일찍이 그가 지휘하던 왕실 친위대 중대에서는 오슈[43]가 중사로 복무한 바 있다. 그리고 항해사는, 저지 섬에서 가장 영리한 어선 선장

---

[42] 대혁명 이후 해외로 망명한 귀족 출신 장교들과, 공화국 해군에서 탈영한 왕당파 수병들을 가리킨다.
[43] Lazare Hoche(1768~1797). 1784년에 사병으로 왕실 친위대에 들어갔다가 1793년 공화국 군대의 장군(소장)으로 승진하였고, 1794년부터 방데 지역 반란 진압 작전을 지휘하여, 1795년 영국의 지원을 받으며 끼브롱(모르비앙 지역)에 상륙한 왕당파 군대를 궤멸시켰다.

으로 알려진 필립 객퀴일이었다.

그 선박이 어떤 비상한 임무를 띠고 있었다는 것이 짐작되었다. 어떤 사람 하나가 막 승선하였는데, 그는 정말 모험 길에 오르는 이의 기색이었다. 곧고 강건한 몸매에 안색 엄숙한 노인이었는데, 아무도 그의 나이를 짐작할 수 있을 것 같지 않았다. 그의 풍모가 늙었으되 동시에 젊어 보였기 때문이다. 고령이되 기력 왕성하고, 이마 위로 백발이 드리워졌으되 시선에서는 번개가 번쩍이는, 그러한 노인들 중 하나였다. 기력은 40세이되 위엄은 80세였다. 그가 경순양함 위로 오르는 순간, 그의 선원용 외투 자락이 살짝 열렸고, 그리하여 그가 외투 밑에 〈브라구-브라스〉[44]라고 하는 헐렁한 바지와, 명주실로 수를 놓은 가죽이 겉으로 드러나고 사납게 꺼칠한 털은 안으로 들어간 염소 모피로 지은 상의를 입고, 정강이까지 올라오는 장화를 신어, 브르따뉴 지방 농부들의 험잡을 데 없는 복장을 하고 있음을 알아챌 수 있었다. 그 브르따뉴 지방 특유의 상의는 두 가지 목적에 부응하였던바, 그것을 뒤집어 입으면 털로 덮인 쪽과 수놓은 쪽을 마음대로 드러낼 수 있어, 축제일에도 일하는 날에도 언제나 착용할 수 있었다. 일하는 주 중에는 짐승의 모피에 불과하지만, 일요일 잔치에서는 어엿한 정장으로 사용되었다. 노인이 입은 농사꾼 의복은 더욱 그럴듯하게 보이려 세심한 주의를 기울인 듯, 무릎과 팔꿈치가 닳아서 마치 오랜 세월 사용한 것처럼 보였고, 거친 천으로 지은 선원용 외투는 어부가 걸친 넝마를 연상시켰다. 그 노인이 또한 머리에는 그 시절에 흔히들 쓰던 높고 테가 넓은

---

44 *bragou-bras*. 옛 갈리아 사람들과 게르마니아 사람들이 입던, 무릎 위통이 헐렁한 바지를 가리키는 브르따뉴어이다.

둥근 모자를 썼는데, 테를 축 처지도록 늘어뜨리면 촌사람 모습이되, 신분을 나타내는 리본으로 한쪽 테를 세우면 군인처럼 보이게 하는 모자였다. 그는 그 모자를, 휘장도 리본도 없이, 촌사람들 식으로 테가 처진 상태로 쓰고 있었다.

섬의 총독 발캐러스 경과 뚜르-도베르뉴 대공이 그를 몸소 전함까지 안내하였다. 종친들 사이를 오가는 비밀 연락원이며 일찍이 아르뚜와 백작[45]의 경호원이었던 젤랑브르가, 당당한 귀족 신분임에도 불구하고, 노인의 여행 가방을 들고 그의 뒤를 따라와 선실을 정돈해 주며 극진한 예를 다하였다. 육지로 돌아가기 위하여 작별을 고하면서, 젤랑브르 공이 그 농사꾼 늙은이 앞에서 허리를 굽혔다. 발캐러스 경은 그에게 이렇게 말하였다. 「행운을 빕니다, 장군.」 뚜르-도베르뉴가 노인에게 한 말은 이러하였다. 「다시 뵙겠습니다, 사촌이시여.」

잠시 후 이어진 대화에서, 승무원들은 그 승객을 정말 〈농사꾼〉이라 지칭하였다. 하지만 그에 대하여 새로운 사실들을 더 알아내지 못하였어도, 그들은 자기들의 전함이 화물선이 아니듯 그 농사꾼이 농사꾼 아님을 직감하였다.

바람이 별로 없었다. 클레이모어는 본느뉘 포구를 떠나 불레이 만 앞을 지났고, 한동안 같은 항로를 따라 항해하였기 때문에 모습이 보였으나, 그다음 짙어지는 어둠 속에서 이지러지다가 이내 자취를 감추었다.

한 시간 후, 세인트-헬리에[46]에 있는 거처로 돌아온 젤랑

---

45 루이 15세의 손자이고 루이 16세의 동생이며 루이 18세의 형이다. 대혁명 직후 영국으로 망명하여 1814년까지 그곳에 머물며, 왕당파들의 방데 지방 항전을 지원하였다. 1824년 루이 18세의 뒤를 이어 옥좌에 올라 샤를르 10세가 된다.
46 저지 섬의 수도이다.

브르는, 사우샘프턴으로 가는 속달 우편을 이용하여 요크 대공 사령부에 있던 아르뚜아 백작에게 다음의 짤막한 통신문을 발송하였다.

각하, 출발 완료. 성공 확실시됨.
여드레 후에는 그랑빌로부터 쌩 말로까지의 해안이 몽땅 화염에 휩싸일 것임.

그 나흘 앞서, 마른느 지역 대표 혁명 의회 의원이며, 쉐르부르 해안 주둔군에 파견되어 그랑빌에 잠정적으로 거처를 정하고 있던 프리외르는, 위의 통신문과 같은 필체로 쓴 다음의 통신문을 받은 바 있다.

의원님, 6월 1일 만조 시각에, 프랑스 해안에 한 사람을 상륙시킬 사명을 띤 경순양함 클레이모어가 출항할 것입니다. 그 사람의 인상착의는 이러합니다. 큰 키에 늙었고, 백발에 농사꾼의 복장을 하였으며, 두 손은 귀족의 손입니다. 내일 더 상세한 사항들을 알려 드리겠습니다. 순양 함대에 출동 명령을 내려 그 전함을 나포하신 다음, 늙은이의 목을 자르도록 하십시오.

2
선박과 승객 위로 내려앉은 어둠

경순양함은 남쪽 방향을 취하여 쌩뜨-까트린느 만 쪽으로 향하는 대신,[47] 뱃머리를 북쪽으로 돌린 다음 다시 서쪽으로 방향을 바꿔, 사크 섬과 저지 섬 사이에 있는 해협, 흔히들 〈패주자들의 통로〉라고 부르는 그 해협으로 서슴지 않고 들어섰다. 당시 그 두 섬의 연안에는 등대가 단 하나도 없었다.

해가 완전히 졌다. 밤은 여느 여름밤에 비해 유난히 어두웠다. 달이 뜬 밤이었으나, 하지 때보다는 춘분 때의 것에 가까운 광막한 구름대가 하늘을 천장처럼 가리고 있어, 달은 질 무렵에나, 즉 그것이 수평선에 접근할 때라야 모습을 드러낼 것 같았다. 어떤 구름 폭들은 바다의 수면까지 늘어져 바다를 안개로 덮기도 하였다.

그 모든 어둠이 유리한 조건이었다. 항해사 객쾨일의 의도는 저지 섬을 왼쪽에 그리고 사크 섬을 오른쪽에 두고, 아누와 암초와 두브르 암초 사이를 과감히 항해하여 쌩-말로 연안의 아무 포구에나 닿는 것이었다. 맹끼에 군도[48]를 지나는 항로보다는 더 멀지만 더 안전하였다. 그 무렵, 프랑스 순양함대가 세인트-헬리에와 그랑빌[49] 사이의 해역을 각별히 감시하라는 명령을 받곤 하였기 때문이다.

바람이 순조롭고 돌발 사태가 발생하지 않아 돛을 활짝 펴고 항해할 수 있을 경우, 동틀 녘에는 프랑스 해안에 닿을 수 있으리라는 것이 객쾨일의 생각이었다.

모든 것이 순조로웠다. 경순양함이 조금 전에 그로-네 곶

---

47 선박이 출발한 본느뷔 포구에서 목적지로 가려면 저지 섬 북동쪽에 있는 쌩뜨-까트린느 만을 거쳐 정남쪽으로 항진해야 한다. 하지만 그럴 경우, 항로가 프랑스 꼬땅땡 반도의 연안 지역과 너무 가깝다는 위험을 감수해야 한다.
48 저지 섬 남쪽에 있는 군도이다.
49 세인트-헬리에는 저지 섬 중남부의 엘리자벳 만에 있는 항구 도시이며, 그랑빌은 꼬땅땡 반도 남쪽 해안의 브르따뉴 지방에 인접해 있는 노르망디 지방의 항구 도시다.

을 지났다. 9시경, 선원들이 흔히 말하듯 날씨가 뿌루퉁하였고, 바람과 물결이 제법 느껴졌다. 하지만 바람은 항해에 이로웠고, 물결은 힘차되 사납지 않았다. 그렇다 하더라도, 선박의 앞부분이 가끔 바닷물을 뒤집어쓰곤 하였다.

발캐러스 경이 장군이라 부르고 뚜르−도베르뉴 대공이 사촌이라 부르던 그 〈농사꾼〉은, 마치 선원의 발을 가진 듯 갑판 위를 장중하고 태평스럽게 오락가락하였다. 그는 선박이 심하게 흔들리고 있다는 사실조차 감지하지 못하는 기색이었다. 그리고 가끔 상의 주머니에서 납작한 초콜릿을 꺼내어 한 조각 깨물어 입에 넣고 씹곤 하였다. 머리는 온통 백발이었으되 치아는 온전한 것 같았다.

그는 함장에게 가끔 나지막하고 간결하게 무슨 말을 할 뿐, 다른 누구에게도 말을 건네지 않았다. 공손한 태도로 그의 말을 경청하는 함장은 그 승객을 함장으로 받드는 것 같았다.

능란하게 물길을 찾아 항진하던 클레이모어는 안개 속에 모습을 감춘 채 해안으로 최대한 접근하여, 저지 섬 북쪽 해안의 긴 절벽을 따라 움직였다. 저지 섬과 사크 섬 사이 해협 중간에 있는 〈거머리 돌〉이라고들 부르는 무시무시한 암초 때문이었다. 객쿼일은 키의 손잡이를 잡고 서서 리크 모래톱과 그로−네 곶, 쁠레몽 곶 등을 차례대로 가리키면서,[50] 함선이 그 연속적인 암초들 사이를 미끄러지듯 통과하도록 하였다. 더듬거리며 항진하는 것이었지만 확신에 차 있는 모습이, 마치 그 대양이 자기의 집인 양, 그곳에 있는 모든 것들을 잘 아는 사람 같았다. 경순양함 뱃머리에는 불을 밝히지 않았다. 그 감시받고 있던 바다를 통과하는 것이 발각될까 저

---

50 실은 함선이 그로−네 곶보다 쁠레몽 곶 앞을 먼저 통과하였을 것이다.

어되었기 때문이다. 안개 자욱한 것을 모두들 다행으로 여겼다. 이윽고 그랑드-에따끄 곶 앞에 도달하였다. 안개가 하도 짙어, 그곳 교회당 첨탑의 높은 윤곽이 겨우 어른거리며 보일 정도였다. 쌩-우앵 교회당의 종각에서 10시를 알리는 종소리가 들려왔다. 바람이 계속 함미 쪽에서 불고 있다는 증거였다. 모든 것이 처음처럼 순조로웠다. 파도가 더 높아졌다. 꼬르비에르 곶[51] 근처에 이르렀기 때문이었다.

10시가 조금 지났을 때, 부와베르틀로 백작과 라 비으빌르 기사가 농사꾼 차림의 남자를 함장의 침실로 사용되는 선실로 다시 모셨다. 선실로 들어가기 직전 그가 두 사람에게 음성을 낮춰 말하였다.

「비밀을 지키는 것이 얼마나 중요한지 공들께서도 잘 아실 것이오. 폭발이 일어날 때까지 침묵하셔야 하오. 여기에서는 오직 두 분만이 나의 이름을 아시오.」

「저희들은 그 비밀을 무덤 속까지 가지고 가겠습니다.」 부와베르틀로가 대꾸하였다.

「나 또한 죽음 앞에서도 내 이름을 발설하지 않을 것이오.」 노인이 다시 말하였다.

그런 다음 자기의 선실로 들어갔다.

3
뒤섞인 귀족과 평민

함장과 부함장은 다시 갑판 위로 올라와 이런저런 이야기

---

[51] 저지 섬 서남단에 있는 곶이다. 지형상 조류가 거셀 수밖에 없는 지점이다.

를 나누며 나란히 거닐기 시작하였다. 그들은 물론 그 승객에 대하여 이야기를 나누었고, 바람이 어둠 속에 흩뜨려 날려 버린 그들의 대화는 대략 다음과 같다.

부와베르틀로가 라 비으빌의 귀에 속삭이듯 나지막하게 중얼거렸다.

「그가 진정한 우두머리 자격이 있는지 곧 알게 될 거요.」

그 말에 라 비으빌이 대답하였다.

「하지만 여하튼 그는 왕족입니다.」

「거의 그렇지.」

「프랑스에서는 귀족에 불과하지만 브르따뉴에서는 왕족입니다.」[52]

「라 트레무이유나 로앙 가문 사람들처럼.」[53]

「그들과 인척입니다.」

부와베르틀로가 다시 말하였다.

「프랑스에서는, 그리고 국왕의 마차 안에서는, 내가 백작이고 당신이 기사이듯 그도 후작에 불과하오.」

「국왕의 화려한 사륜마차는 아득히 멀리 사라졌습니다!」[54] 라 비으빌이 탄식조로 말하였다. 「우리들은 왕의 이륜 짐수레를 타고 있습니다.」

잠시 침묵이 흘렀다.

부와베르틀로가 다시 침묵을 깨뜨렸다.

「프랑스의 왕족이 없으니 브르따뉴의 왕족을 모실 수밖에

52 중세 브르따뉴에는 여러 작은 왕국들이 있었다.
53 라발 가문과 함께 그 두 가문이 부르봉 왕조 말 브르따뉴에서 가장 영향력이 컸던 가문이라고 한다.
54 루이 16세의 형제들을 비롯한 중요 종친들이 해외로 망명한 사실을 가리키는 듯하다.

없소.」

「지빠귀가 없으면······[55] 아니, 참수리[56]가 없으면 까마귀라도 모셔야겠지요.」

「까마귀보다는 차라리 독수리가 나을 듯하오.」[57]

그러자 라 비으빌이 맞장구를 쳤다.

「물론이죠! 적어도 부리와 발톱은 갖추고 있으니까요.」

「두고 봅시다.」

「그렇습니다. 지금은 우두머리가 있어야 할 때입니다. 〈우두머리와 화약이 있어야 한다!〉고 외친 땡떼니악의 말에 저도 동감입니다. 제 말씀 들어 보십시오, 함장님. 저는 그럴싸한 두령들과 전혀 터무니없는 두령들, 그리고 어제와 오늘과 내일의 두령들을 거의 다 압니다만, 그들 중 우리에게 필요한 전쟁용 머리는 단 하나도 없습니다. 이 마귀의 장난 같은 방데 전쟁에서는 검찰관의 자질도 겸비한 사령관이 필요합니다. 적을 끊임없이 괴롭히고, 물방앗간 하나, 덤불숲 하나, 도랑 하나, 조약돌 하나까지도 모두 더러운 싸움질거리로 삼으며, 모든 것을 이용하고, 모든 것을 감시하고, 많은 사람들을 학살하고, 본때를 자주 보이고, 잠을 자지 말고, 추호도 연민을 품어서는 아니 됩니다.[58] 지금 이 농민군 속에 영웅들은 있지만 지휘관들이 없습니다. 엘베는 아무짝에도 쓸모없고, 레

---

55 〈황색 지빠귀가 없으면 검정 지빠귀라도 잡는다〉는 프랑스 속담을 인용하려다 중단한 것이다.

56 참수리는 왕이나 황제 혹은 고매한 사람을 상징한다.

57 까마귀는 사제들을 비하적으로 지칭할 때 사용하는 말이며, 타락한 군주를 가리키는 독수리 또한 시체를 먹고 산다. 모두 더러운 짐승들이지만 그래도 개중에 독수리가 낫다는 의미이다.

58 게릴라전을 펼쳐야 한다는 말일 듯하다.

뀌르는 병들었으며 봉샹은 포로들을 석방합니다.[59] 선하기는 하지만 멍청이 짓입니다. 로슈쟈끌랭은 뛰어난 초급 장교이고, 쎌츠는 탁 트인 벌판에서 싸울 장교이지 온갖 간계가 필요한 전쟁에는 적합지 못한 사람입니다. 까뜰리노는 일개 순진한 짐마차꾼에 불과하고,[60] 스또플레는 교활한 밀렵 감시인이고, 베라르는 무능하고, 불랭빌리에는 우스꽝스럽고, 샤레뜨는 소름 끼치는 자입니다. 그리고 이발사 가스똥에 대해서는 아예 말도 하고 싶지 않습니다. 젠장! 이발사 녀석들로 하여금 귀족들을 지휘하게 한다면, 우리들과 공화주의자들 간에 무슨 차이가 있으며, 우리가 구태여 혁명을 상대로 싸움질을 벌일 필요가 있습니까?」

「개 같은 혁명에 우리도 물들고 있다는 징후요.」

「프랑스가 옴에 걸렸습니다!」

「평민들의 옴이오. 오직 영국만이 우리들을 그 병으로부터 구출해 낼 수 있소.」

「영국이 우리들을 구출해 낼 것입니다, 함장님, 추호도 의심치 마십시오.」

「하지만 추하오.」

「정말 그렇습니다. 사방에 보이느니 그 상것들입니다. 모르브리에 공의 밀렵 감시인이었던 스또플레를 최고 사령관 직에 임명한 우리 왕당파가, 가스트리 공작 저택 수위의 아들 빠슈[61]를 재상으로 임명한 공화파를 부러워할 이유가 없습니

---

59 봉샹(1759~1793)이 숄레 지역 전투에서 치명상을 입은 후, 쌩-플로랑 수도원에 억류되어 있던 공화파 군사들 4천 명을 석방하였다고 한다.

60 까뜰리노는 자기의 부친처럼 석공이었고 후에 행상을 하며 생계를 꾸렸다고 한다. 봉샹, 엘베, 로슈쟈끌랭 등과 함께 방데 지역 반란을 주도하였다.

다. 한쪽에는 맥주 양조업자 쌍떼르, 그 맞은편에는 이발사 가스똥이 포진하고 있으니, 이 방데 전쟁이 기막힌 대칭을 이룹니다!」

「라 비으빌 공, 나는 그 가스똥이라는 자가 제법 쓸 만하다고 생각하오. 그가 게메네 지역 전투를 지휘할 때 보인 행동은 나쁘지 않았소. 그는 공화파 군인들 3백 명으로 하여금 구덩이를 파게 한 다음, 그들을 총살하여 그 속에 처박았소.」

「잘한 일입니다. 저 역시 그렇게 하였을 것입니다.」

「물론이지, 나 또한 그랬을 거요.」

「위대한 무훈은 그것을 성취하는 사람이 고결하기를 바랍니다. 그것은 기사들의 일이지 이발사들의 일이 아닙니다.」

「하지만 평민들 중에도 괜찮은 사람들이 있소.」 부와베르톨로가 대꾸하였다. 「예를 들어 시계 제조인이었던 졸리의 경우를 보시오. 그는 플랑드르 연대의 하사관이었다가 방데 전쟁의 두령들 중 하나가 되었소. 그가 해안 지역의 한 무리를 이끌고 있소. 그에게 공화파 아들 하나가 있는데, 아비가 백군 편에서 싸우고 있는 동안 아들은 청군 편에서 싸우고 있었소. 부자가 맞부딪쳐 싸움이 벌어졌고, 아비가 아들을 생포하여 뇌수를 불태워 버렸소.」[62]

「훌륭한 사람입니다.」 라 비으빌이 말하였다.

「왕당파 브루투스지요.」[63] 부와베르틀로의 대꾸였다.

「그렇다 하더라도 꼬끄로, 쟝−쟝, 물랭, 포까르, 부쥐, 슈쁘 등

61 제1공화국 시절 전쟁상을 지냈으며, 모든 공공건물 정면에 그 유명한 구절 〈자유, 평등, 박애〉를 새기게 한 사람이라고 한다.
62 머리통에 총을 쏘아 죽였다는 뜻이다.
63 브루투스가 카이사르의 양자임에도 불구하고 카이사르 암살 음모를 꾸민 사실을 염두에 둔 말인 듯하다.

과 같은 무리의 지휘를 받는다는 것은 참을 수 없는 일입니다!」

「공께서 느끼시는 그러한 노여움은 저쪽 편에도 있소. 우리 쪽에 평민들이 가득하듯 그들 속에도 귀족들이 득실거린다오. 급진 혁명파 사람들이 샹끌로 백작, 미랑다 자작, 보아르네 자작, 발랑스 백작, 뀌스띤느 후작, 비롱 공작 등의 지휘를 받으며 기꺼워할 리 없지요!」

「온통 뒤죽박죽입니다!」

「그리고 샤르트르 공작을 좀 보시오!」

「평등의 아들[64] 말씀이시죠? 아, 그 물건, 그자가 언제쯤 옥좌에 오를 것 같습니까?」

「영영 오르지 못할 거요.」

「틀림없이 오릅니다. 자신이 저지른 범죄들[65]의 도움을 받을 것입니다.」

「그리고 자신의 패덕[66]에 의해 손상을 입을 것이오.」 부와베르틀로가 말하였다.

다시 침묵이 흘렀다. 부와베르틀로가 말을 이었다.

「하지만 그도 왕실과 화해하고 싶어 했소. 그가 국왕을 알현하러 오기도 하였지요. 그 당시 나도 베르사이유 궁에 있었는데, 사람들이 그의 등에 침을 뱉기까지 하였소.」

64 샤르트르 공작이며 오를레앙 공작이었던 루이-필립-죠제프가, 1792년 혁명 의회의 일원이 된 직후 자신의 이름을 필립-에갈리떼(즉 필립-평등)로 바꾸었던 사실을 야유하는 언급인 듯하다.
65 오를레앙 공작이 1789년 비상 신민 회의에서 재빨리 제3계급과 손을 잡는 한편 미라보에 접근한 사실과, 1792년 12월 혁명 의회 재판에서 루이 16세의 사형 언도에 찬성표를 던진 사건 등을 가리키는 듯하다. 그 시절, 그가 루이 16세의 자리를 탐낸다는 소문이 돌았던 모양이다.
66 그가 일찍부터 영국의 입헌 군주제를 찬양하며 루이 16세와 왕실에 적대적인 태도를 보였던 사실을 가리키는 듯하다.

「큰 층계 위로부터 말입니까?」

「그렇소.」

「잘한 일입니다.」

「우리들은 그를 썩은 진창 속의 부르봉 종친이라 부르곤 하였소.」

「그는 대머리에 농포투성이이고 시역자(弑逆者)입니다. 썩은 냄새가 진동합니다!」

그러면서 라 비으빌이 덧붙였다.

「제가 그와 함께 우에쌍 섬에 있었습니다.」[67]

「쌩-에스쁘리 함선에 말이오?」

「그렇습니다.」

「그가 만약 형세를 잘 살피라는 오르빌리에 제독의 지시에 복종하였다면, 영국 함대가 통과하는 것을 막을 수 있었을 것이오.」

「물론입니다.」

「그가 화물창 밑바닥에 숨어 있었다는 것이 사실이오?」

「아닙니다. 하지만 그렇게들 말하는 것이 당연합니다.」

그러면서 라 비으빌이 껄껄 웃었다.

부와베르틀로가 다시 말했다.

「그러한 멍청이들이 사방에 널려 있소. 조금 전 공께서 말씀하시던 그 불랭빌리에와 인사를 나눈 적 있고, 또 내가 직접 그를 가까이에서 관찰할 기회가 있었소. 전쟁 초기에 농민들이 창으로 무장하고 있었는데, 그는 그들을 창병(槍兵)으로 양성할 엉뚱한 생각을 하였소. 그리하여 비스듬히 찌르기

---

[67] 루이 16세 등극 초기, 그가 잠시 해군에 복무하던 때인 1778년의 일인 듯하다.

와 창끝 숙여 찌르기 등 전문 창술을 그들에게 가르치려 하였소. 그 무지한 촌것들을 정규군 병사로 만들려는 꿈을 꾼 것이었소. 따라서 그들에게 방진(方陣) 모서리 깨뜨리는 방법과 중앙을 비운 진법을 가르치겠다며, 알아들을 수 없는 군사 용어들을 마구 쏟아 내었소. 예를 들어 그는 분대장을 가리켜 〈깝 데스까드〉[68]라 하였는데, 그 말은 루이 14세 시절에 하사들을 지칭하던 것이었소. 그는 밀렵꾼 떼거리로 정규 연대를 창설하겠다고 고집을 부렸소. 그의 휘하에 정규 중대들이 있었는데, 저녁이면 각 중대 하사관들이 연대 주임 하사관으로부터 그날의 암호를 수령하기 위하여 원을 그리며 둥그렇게 집합하였고, 그런 다음 한 중대의 하사관이 암호를 받으면, 그것을 옆 사람의 귀에다 소곤거려 전하여 마지막 사람에게까지 이르게 하였소. 그런데 한번은, 어느 하사관이 암호를 전달받으며 모자를 벗지 않았다 하여 그를 사병으로 강등시켰소. 그가 하려던 일이 제대로 이루어졌을지는 공께서 판단하시오. 그 왜가리[69]가, 농사꾼들은 농사꾼 방식으로 다루어야 하며, 숲 속에 사는 사람들을 병영의 사람들로 바꾸어 놓을 수 없다는 사실을 깨닫지 못한 것이오. 그래요, 내가 그 불랭빌리에를 내 눈으로 보았소.」

두 사람은 각자의 생각에 잠긴 듯, 묵묵히 몇 걸음을 더 옮겨 놓았다.

그러다가 대화를 다시 시작하였다.

「그리고 참, 당뻬에르가 전사하였다는 소문이 사실이오?」

---

[68] *cap d'escade*. 용례를 찾기 어려운 말이다. 한 무리의 우두머리를 의미하는 듯하다.
[69] 둔중하고 고집스러운 사람을 가리킨다.

「예, 함장님.」

「꽁데 요새 앞에서?」

「빠마르 진지에서 포탄을 맞고.」

부와베르틀로가 한숨을 지었다.

「당삐에르 백작이. 저쪽 편으로 넘어간 우리 친구들 중 하나가……」

「여행 잘 하라고 빌어 주지요!」 라 비으빌의 대꾸였다.

「그리고 종친부 귀부인들께서는 지금 어디에들 계시오?」

「트리에스떼에들 계십니다.」

「여전히?」

「여전히.」

그러면서 라 비으빌이 탄식하였다.

「아! 이놈의 공화국! 하찮은 것을 위하여 얼마나 많은 손실을 감당하는가! 불과 몇 백만 프랑의 예산 적자 때문에 이 혁명이 닥치다니!」[70]

「그래서 작은 돌발 사태들을 경계해야 하는 법이오.」

「모든 것이 엉망입니다.」 라 비으빌이 다시 투덜댔다.

「그렇소. 라 루아리[71]는 세상을 떠났고, 드레네는 멍청이요. 라 로셸의 주교 꾸씨, 뿌와띠에 주교 보뿌왈 쌩-올레르, 에샤쓰리 부인의 정부인 뤼쏭의 주교 메르씨 등, 모두들 하나같이 한심한 지도자들이오…….」

「함장님, 아시다시피 그녀의 이름은 쎄르방또입니다. 에샤

---

70 1789년 5월 5일 소집된 비상 신민 회의는 물론 경제적 위기 때문이기도 했지만, 절대 왕권에 대한 귀족들의 누적된 불만에서도 비롯되었다.

71 브르따뉴 지역 항전(올빼미당 전쟁) 초기에 활발히 활동하였던 루아리 후작(1756~1793)을 가리키는 듯하다.

쓰리는 그녀의 소유지 명칭입니다.」

「그리고 아그라의 그 엉터리 주교. 그자가 실은 어느 소교구의 사제라고 하던데!」

「돌의 교구 사제입니다. 그의 이름은 기요 드 폴르빌이라고 합니다. 게다가 그는 용감하여 지금도 싸우고 있다 합니다.」

「전사들이 필요한 때에 사제들이라니! 주교 구실 못 하는 주교들에, 장군 구실 못 하는 장군들뿐이라니!」

라 비으빌이 부와베르틀로의 탄식을 중단시켰다.

「함장님, 혹시 선실에 〈세계 신보〉[72] 가지고 계십니까?」

「있소이다.」

「지금 빠리에서는 어떤 작품들을 공연하고 있습니까?」

「〈아델과 뽈랭〉 그리고 〈동굴〉인 듯하오.」

「그것들을 관람하고 싶습니다.」

「관람할 수 있을 것이오. 한 달 후면 우리는 빠리에 입성할 거요.」

부와베르틀로가 잠시 생각에 잠겼다가 덧붙였다.

「늦어도 그럴 것이오. 윈덤 공이 후드 경에게 그렇게 말하였소.」

「그렇다면 선장님, 사정이 전적으로 불리한 것만은 아니지 않습니까?」

「물론 모든 것이 순탄할 거요. 다만 브르따뉴 전쟁을 제대로 수행해야 하오.」

라 비으빌이 고개를 갸우뚱하며 다시 말하였다.

---

[72] Moniteur Universel. 제헌 국민 의회에서 벌어지던 토론 내용을 보도하기 위하여 1789년에 창간한 신문이다. 하지만 1799년 이후에는 프랑스 정부 관보로 성격이 바뀌었다.

「함장님, 해병대원들을 상륙시킬 생각이십니까?」

「해안이 우리 편이면 그렇게 할 것이고, 우리에게 적대적이면 상륙시키지 않겠소. 전쟁을 하다 보면, 문을 부수고 들어가야 할 때가 있고 틈으로 살짝 미끄러져 들어가야 할 때가 있소. 특히 내전의 경우, 항상 주머니에 곁쇠 하나를 가지고 다녀야 하오. 그러다 가능한 쪽을 택하는 것이오. 중요한 것은 우두머리지요.」

부와베르틀로가 그러면서 생각에 잠기는 듯하더니 다시 덧붙였다.

「디으지 기사에 대해서는 어찌 생각하시오?」

「그의 아들 말씀입니까?」

「그렇소.」

「지휘관으로서?」

「그렇소.」

「아직은 개활지에서 수행하는 전열을 정비한 전투밖에 모르는 장교입니다. 덤불숲 속에서의 전투는 농사꾼들의 몫입니다.」

「그러면 공께서는 스또플레 장군과 까뜰리노 장군을 싫으나 좋으나 감수하겠다는 말씀이오?」

라 비으빌이 잠시 몽상에 잠기는 듯하더니 그 말에 대꾸하였다.

「왕족 하나가, 프랑스의 왕족이, 정통 왕족, 진정한 왕족 하나가 필요합니다.」

「그것은 무엇 때문이오? 왕족이라 하는 자들은 —」

「물론 겁쟁이들이지요. 저도 그 사실을 잘 압니다, 함장님. 하지만 촌 녀석들의 휘둥그레진 멍청한 눈에 남길 인상 때문입니다.」

「이보시게, 왕족들은 이곳에 오려 하지 않소.」

「그들 없이도 꾸려 나갈 수 있습니다.」

부와베르틀로는 묘안을 짜내려는 듯 기계적인 동작으로 자신의 이마를 지그시 눌렀다. 그러다가 다시 말했다.

「하는 수 없지. 저 사령관만으로 일단 시도해 봅시다.」

「지체 높은 귀족입니다.」

「저 사람으로 충분하다고 생각하시오?」

「그가 자질을 갖추고 있다면!」

「다시 말해 무자비하다면..」

백작과 기사가 잠시 서로를 물끄러미 바라보았다.

「부와베르틀로 공, 합당한 말씀입니다. 무자비해야 합니다. 그렇습니다. 우리들에게 필요한 것은 바로 그것입니다. 우리가 당면하고 있는 것은 무자비한 전쟁입니다. 행운은 살생을 즐기는 자들의 편입니다. 시역자들이 루이 16세의 목을 잘랐으니, 우리들은 시역자들의 사지를 뽑아야 합니다. 그렇습니다. 우리에게 필요한 사령관은 냉혹한 사령관입니다. 앙주 및 북부 뿌와뚜 지역에서는 두령들이 너그러운 척하고 있어, 모두들 관대함 속에서 질퍽거릴 뿐, 아무것도 진척되지 않습니다. 반면, 마레와 레츠 지역에서는 두령들이 혹독하여 모든 일이 순탄합니다. 샤레뜨가 빠랭과 맞설 수 있는 것은 그가 무자비하기 때문입니다. 하이에나를 대적하려면 하이에나가 필요합니다.」

라 비으빌의 그 말에 부와베르틀로는 어떤 대꾸조차 할 겨를이 없었다. 절망 어린 고함이 그 말을 중단시켰기 때문이다. 또한 일상적으로 들리던 그 어떤 소리와도 닮지 않은 기이한 소음이 동시에 들렸다. 고함과 소음은 선박의 내부로부터 들려왔다.

함장과 부함장이 중갑판 쪽으로 급히 달려갔으나 안으로 들어갈 수가 없었다. 모든 포병들이 제정신을 잃은 기색으로 일제히 올라오고 있었다.

어떤 무시무시한 일이 벌어진 것 같았다.

4
토르멘툼 벨리[73]

구경 24리브르[74] 캐런 포 한 문이 풀려 있었다.

그것은 아마 바다에서 돌발할 수 있는 사건들 중 가장 무시무시한 사건일 것이다. 난바다에서 한창 항해 중인 전함에 그보다 더 끔찍한 일이 닥칠 수는 없을 것이다.

자기를 붙들어 매고 있던 줄을 끊은 대포는 문득 정체불명의 초자연적인 짐승으로 변한다. 그것은 괴물로 변하는 기계이다. 그 덩어리는 바퀴를 타고 달리기도 하고, 당구공의 움직임을 보이고, 선박의 옆질에 기울고, 키질에 처박히고, 가다가 되돌아오는가 하면 잠시 생각에 잠기는 기색을 보이고, 다시 질주를 시작하여 이쪽에서 저쪽으로 선박을 화살처럼 가로지르고, 팽이처럼 돌고, 빠져나가고, 도망치고, 불쑥 일어서

---

73 Tormentum belli. 〈전쟁 기기〉라 옮길 수도 있겠으나 *tormentum*이라는 단어 자체는 〈전쟁 기기〉라는 뜻 이외에 〈고문 기구〉 혹은 〈고문〉이라는 뜻도 가지고 있다.

74 옛 프랑스 대포의 구경은 발사되는 포탄의 중량으로 표시하였다. 1리브르는 대략 380~550그램에 해당하였다. 오늘날에도 사용되며, 프랑스 어디에서나 5백 그램에 해당한다.

고, 들이받고, 구멍을 내고, 죽이고, 일소한다. 그것은 자기 멋대로 성벽을 들이받는 파성추(破城鎚)이다. 게다가 그 파성추는 쇠로 만들었고 성벽은 목제이다. 질료가 드디어 자유로워지는 격이다. 영원한 노예가 복수를 시작하는 것 같다. 우리가 흔히 스스로 움직이지 못하는 사물이라고 지칭하는 것 속에 있던 사나움이 뛰쳐나와, 문득 맹렬히 화를 내는 것 같다. 더 이상 참지 못하고 기이한 반격을 시작하는 기색이다. 무생물의 노여움보다 더 막무가내인 것은 없다. 그 광포한 덩어리는 표범처럼 도약하고, 코끼리처럼 둔중하고, 생쥐처럼 잽싸고, 벌목용 도끼처럼 고집스럽고, 너울처럼 예측 불가능하고, 번개처럼 가볍게 치고, 무덤처럼 귀머거리이다. 중량 1만 리브르에 이르나 아이들의 공처럼 튀어 오른다. 직각으로 잘라 놓은 소용돌이들과 다름없다. 어찌해야 하나? 그것을 어떻게 끝장낸단 말인가? 폭풍우도 때가 되면 멈추고 회오리바람도 지나간다. 바람도 불다가 잦고, 부러진 돛대는 다른 것으로 대체할 수 있고, 물구멍은 막을 수 있으며, 타오르던 불길도 꺼진다. 하지만 이 거대한 청동제 야수는 어찌해야 한단 말인가? 그것을 어떤 식으로 대하여야 할까? 사나운 개는 달랠 수 있고, 날뛰는 황소는 윽박지를 수 있고, 보아는 홀릴 수 있고, 호랑이에게는 겁을 줄 수 있고, 사자는 다독거릴 수 있다. 그러나 줄 풀린 대포, 그 괴물 앞에서는 묘책이 없다. 그것은 죽일 수도 없다. 이미 죽은 것이기 때문이다. 하지만 죽었으되 살아 있다. 그것에게는 무한[75]이 부여한 음산한 생명이 있

---

75 *Infini*. 위고가 다른 작품들(『레 미제라블』, 『웃는 남자』)에서도 자주 등장시킨 개념이다. *Infini*와 *infini* 두 형태를 혼용한다. 대문자로 사용할 경우 무한하고 절대적인 인격체, 즉 볼떼르가 상상한 절대적 존재 *l'Être Suprême*

다. 그것의 밑에는 그것을 흔들어 주는 판자가 있다. 그것은 선박에 의해 흔들리고, 선박은 바다에 의해 흔들리며, 바다는 바람에 의해 흔들린다. 무엇이든 몰살하는 그것은 하나의 꼭두각시이다. 선박과 물결과 질풍이 합심하여 그 꼭두각시를 조정한다. 그리하여 그것의 생명이 끔찍하다. 그 톱니바퀴 같은 연동 장치를 상대로 무슨 수를 쓸 수 있을까? 파선을 초래할 그 괴물 같은 기계 장치에 어떻게 족쇄를 채운단 말인가? 그것의 왕래와 잦은 회귀와 멈춤과 충돌을 어떻게 예측한단 말인가? 그것이 판자에 가하는 충격 하나하나가 선박에 구멍을 낼 수 있다. 그것으로 인해 야기될 끔찍한 우여곡절을 어찌 예견한단 말인가? 변덕스럽고 나름대로의 생각이 있는 듯하며 매 순간 방향을 바꾸는 발사체를 상대하는 격이다. 피해야 할 것을 어떻게 붙잡아 세운단 말인가? 무시무시한 포신이 어슬렁거리고, 전진하고, 후퇴하고, 오른쪽을 후려치고, 왼쪽을 후려치고, 도망치고, 지나가고, 어리둥절하게 하고, 닥치는 대로 빻고, 사람들을 파리인 양 으스러뜨린다. 그 상황 때문에 야기된 모든 공포스러운 것은 선박 밑바닥의 유동성에 있다. 변덕투성이의 경사면을 상대로 어떻게 싸운단 말인가? 선박이, 이를테면, 자기의 배 속에 포로 신세가 되어 탈출하려고 하는 벼락을 간직하고 있는 셈이다. 지진 위로 굴러다니는 천둥 비슷한 것을 가지고 있는 셈이다.

 순식간에 모든 승무원들이 비상사태에 돌입하였다. 잘못은 계류삭(繫留索)의 암나사 조이는 것을 등한히 하고 포의

혹은 조물주*Demiourgos*를, 소문자로 사용할 경우 무한량의 질료 혹은 원자로 형성된 세계(데모크리토스, 에피쿠로스, 루크레티우스 등이 상상한)를 가리키는 듯하다.

네 바퀴에 족쇄를 제대로 채우지 않은 포반장에게 있었다. 그리하여 버팀 판과 포좌(砲座) 사이의 공간이 헐거워졌고, 결국 포삭(砲索)이 느슨해졌다. 또한 그로 인하여 그 줄이 끊어져 포신이 포가(砲架)에 더 이상 단단히 부착되어 있지 못하였다. 대포의 후진을 막아 주는 고정식 포색이 그 시절에는 아직 사용되지 않았다. 거센 물결 한 덩이가 현창을 후려치자, 계류삭의 나사가 제대로 조여져 있지 않던 캐런 포가 후진하면서 포색을 끊었고, 그 순간부터 중갑판 안에서 무시무시한 기세로 마구 쏘다니게 된 것이다.

기이하게 미끄러지며 마구 돌아다니는 그 광경이 어떠했을지 명확히 알고 싶으신 분은, 유리창 표면으로 굴러다니는 물방울 하나를 상상해 보시라.

포색이 끊어지던 순간, 포병들은 포들이 있던 중갑판에 있었다. 어떤 사람들은 무리를 지어, 또 어떤 사람들은 흩어져서, 해병들이 노상 하는 전투 준비에 골몰해 있었다. 선박의 키질에 돌진을 시작한 캐런 포가, 모여 있던 병사들 사이에 통로를 내면서 단번에 네 사람을 으스러뜨렸고, 그런 다음 옆질에 화살처럼 발사되어 가엾은 다섯 번째 해병을 두 동강 낸 다음, 좌현에 있던 대포에 가 부딪쳐 그것을 부수었다. 절망적인 고함이 들려온 것은 그곳으로부터였다. 모든 사람들이 서둘러 층계용 사다리로 몰려들었다. 포대(砲臺)가 있던 중갑판이 눈 깜짝할 사이에 텅 비었다.

거대한 포가 홀로 남겨졌다. 그것이 멋대로 하도록 내버려졌다. 그것은 자신의 주인일 뿐만 아니라 선박의 주인이기도 했다. 무슨 짓이든 내키는 대로 할 수 있게 되었다. 전투를 하면서도 웃던 모든 승무원들이 두려움에 사로잡혔다. 그 공포감이 얼마나 격렬했는지, 이루 형언할 수조차 없다.

함장 부와베르틀로와 부함장 라 비으빌은, 불굴의 사나이들로 알려졌었건만, 층계용 사다리 위쪽 끝에서, 벙어리가 되어, 창백한 얼굴로 멈칫거리며, 중갑판 안을 들여다보고만 있었다. 바로 그때, 어떤 사람 하나가 그들 사이를 팔꿈치로 헤치며 밑으로 내려갔다.

조금 전까지 두 사람이 이야기하던 그 승객, 그 농사꾼이었다.

층계용 사다리 하단에 이른 그가 우뚝 멈추어 섰다.

5
비쓰 에트 비르[76]

대포가 중갑판에서 멋대로 오락가락하였다. 세상의 종말을 알리는 살아 있는 짐수레라 할 만했다. 천장에 걸려 흔들거리는 초롱불이 그 광경에 빛과 어둠의 현기증 일으키는 동요를 가미해 주었다. 맹렬하게 질주하는 탓에 대포의 형태가 지워져 어렴풋했고, 한순간 빛 속에서 검게 보이다가는, 어둠 속에서 희미한 백색을 반사하기도 하였다.

대포는 선박의 처형을 계속하였다. 이미 다른 대포 네 문을 부수었고, 선벽 두 곳에 구멍을 내었다. 구멍들이 다행히 홀

---

76 Vis et vir. 〈에너지와 인간〉이라 직역할 수 있을 듯하다. *vis*는 앞 장에 언급된 무한*infini*에서 비롯된 순수 에너지 혹은 질료적 충동*pulsion*을, vir는 그것과 맞선 인간의 오성*spiritus* 혹은 지성*intellegentia*을 가리키는 듯하다. 우주가 원래는 하나의 대혼돈*khaos*이었는데, 그것에 어떤 지성이 개입하였다는 아낙사고라스의 주장을 연상시키는 언급이기도 하다. 질료적 본능과 지성의 의지 간에 펼쳐지는 태초의 쟁투라 읽을 수도 있을 듯하다.

수선(吃水線) 윗부분에 뚫렸다. 하지만 질풍이 일어나면 그 구멍들로 물이 들어올 판이었다. 대포가 늑재(肋材)들을 향하여 미친 듯이 달려들었다. 든든한 늑골 보강재들이 그 충격에 버티었다. 휘어진 목재는 여느 목재보다 견고하다. 그러나, 거의 동시에 사방에 가서 부딪는 그 거대한 몽치의 가격을 받고, 그 목재들조차 와지끈거리는 소리를 냈다. 유리병 속에 작은 납덩이 하나를 넣고 흔들어도 납덩이의 충돌이 그토록 신속하고 광란적이지는 못할 것이다. 대포의 네 바퀴가 죽은 사람들 위로 지나가고 또 지나가면서, 그들을 자르고 찢고 저미어, 다섯 구의 시신이 스무 토막으로 나뉘어 중갑판 바닥에서 굴러다녔다. 죽은 사람들의 머리들이 비명을 지르는 듯하였다. 바닥에 생긴 피의 실개천이 선체가 동요할 때마다 구불거렸다. 여러 군데에 손상을 입은 내벽이 조금씩 벌어지기 시작하였다. 선박 전체가 그 흉물스러운 소음으로 가득했다.

함장이 즉시 냉정을 되찾았고, 그의 명령에 따라 매트, 해먹, 예비 돛, 밧줄 두루마리, 배낭, 전함에 잔뜩 실려 있던 그리고 전쟁에서는 하나의 좋은 술책이라고들 여기던 영국식 비열함의 산물인 위조지폐 보따리들 등, 대포의 고삐 풀린 질주를 멈추게 할 만한 물건들을 가리지 않고 중갑판 속으로 던져 넣었다.

그러나 그 걸레 조각들이 무슨 역할을 할 수 있었겠는가? 중갑판으로 내려가 그것들을 제대로 배치할 엄두를 아무도 내지 못하였던지라, 던져 넣은 물건들은 단 몇 분이 지나지 않아 썩은 고기처럼 넝마 조각들로 변하였다.

그 참담한 사고가 완벽해지도록 파도마저 알맞았다. 거센 폭풍이 일었으면 오히려 좋았을 것이니, 그러면 폭풍이 대포를 아예 자빠뜨렸을 것이고, 그리하여 네 바퀴가 허공을 향하였다면 대포를 제압할 수 있었을 것이다.

피해가 점점 심각해졌다. 용골(龍骨)에 박혀 선박의 모든 층들을 관통하는 굵은 원기둥 역할을 하는 돛대들의 표면이 깎여 나가거나, 심지어 균열 현상도 나타났다. 경련하듯 날뛰는 대포의 충격을 받아 앞 돛대에는 균열이 생겼고, 주 돛대마저 큰 손상을 입었다. 포대 전체가 와해되고 있었다. 포 서른 문 중 열 문이 사용할 수 없게 되었고, 선벽 판자에 틈이 점점 많아져 물이 스며들기 시작하였다.

중갑판으로 내려가 사다리 층계 하단에 서 있던 그 늙은 승객은 돌로 깎은 사람 같았다. 그는 그 유린 현장으로 냉엄한 시선을 던지고 있었다. 그는 꼼짝도 하지 않았다. 그 또한 중갑판 안으로는 한 걸음도 옮겨 놓을 수 없는 것 같았다.

고삐 풀린 대포의 움직임 하나하나가 곧 선박 와해의 초벌 손질이었다. 그대로 시간이 조금만 더 흐르면 파선이 불가피할 것 같았다.

그대로 파멸하거나 그 재앙에 서둘러 제동을 걸어야 했다. 즉시 단안을 내려야 할 형편이었다. 하지만 어떤 단안을 내린단 말인가?

그 대포가 어떤 상대인가!

그 무시무시하게 미친 것을 멈추어 세워야 하는 일이었다.

그 번개의 목덜미를 잡아야 하는 일이었다.

그 벼락을 바닥에 쓰러뜨려야 하는 일이었다.

부와베르틀로가 라 비으빌에게 속삭였다.

「신을 믿소?」

그 말에 라 비으빌이 대답하였다.

「예. 아뇨. 가끔.」

「폭풍우가 몰아칠 때?」

「예. 그리고 지금과 같은 순간에.」

「사실 이 난관에서 우리들을 구출해 낼 존재는 신밖에 없소.」 부와베르틀로가 중얼거렸다.

대포가 그 끔찍한 소란을 피우도록 내버려 둔 채, 모두들 입을 다물었다.

밖에서는, 선박에 와서 부딪는 물결이 대포가 선박에 가하는 충격에 화답하고 있었다. 거대한 망치 둘이 번갈아 가며 두들겨 대는 것 같았다.

문득, 도망친 대포가 사납게 껑둥거려 아무도 접근할 수 없는 그 곡예장 한가운데로, 철 막대를 손에 든 사람 하나가 모습을 드러냈다. 그 재앙의 장본인이었다. 주의를 소홀히 하여 사고를 유발시킨 죄를 저지른 포반장, 다시 말해 그 날뛰는 포의 주인이었다. 자신이 잘못을 저질렀던지라 그것을 바로잡으려 하였다. 그가 한 손에는 쇠 지렛대를 움켜쥐고, 다른 한 손에는 키의 끈으로 올가미를 만들어 든 다음, 승강구를 통하여 중갑판 안으로 뛰어들었다.

그러자 사나운 일이 시작되었다. 티탄들이 펼치는 광경이었다. 대포와 포병 간에 벌어진 결투였다. 질료와 지성 간에 벌어진 싸움이었다. 사물이 인간을 상대로 벌이는 결투였다. 사람이 한 귀퉁이에 초병처럼 자리를 잡았다. 그리고 지렛대와 올가미를 잔뜩 움켜쥔 채, 늑골 보강재에 등을 기대고, 강철 기둥 같은 두 정강이가 바닥에 뿌리를 내린 듯 든든히 서서, 창백하되 고요하며 비극적인 안색으로 기다렸다.

그는 대포가 자기 곁으로 지나가기를 기다렸다.

포병은 자기의 포를 잘 알고 있었으며, 그가 생각하기에는 포 역시 그를 잘 아는 것 같았다. 그가 오래전부터 그 포와 함께 살았으니 말이다. 그가 자기의 손을 포의 아가리 속으로 쑤셔 넣기 그 몇 번이었던가! 포가 그에게는 친숙한 괴물이었다. 그가 마치 자기의 애완견에게 하듯 중얼거렸다.

「어서 오렴.」 그 어투로 보아 그는 아마 대포를 사랑하고 있었을지도 모른다.

대포가 자기에게 성큼 다가오기를 바라는 것 같았다.

하지만 대포가 그에게 다가온다는 것은 곧 그를 덮친다는 것을 뜻하였다. 그러면 그의 파멸이었다. 몸이 으스러지는 것을 어찌 피한단 말인가? 그것이 문제였다. 모두들 극도의 공포감에 사로잡혀 바라볼 뿐이었다.

어떤 사람의 가슴도 숨을 자유롭게 쉬지 못하였다. 두 결투자와 함께 중갑판 안에 있던 그 음산한 증인, 즉 그 노인만은 아마 예외였을지 모른다.

노인 역시 언제 대포에 의해 짓이겨질지 모르는 판국이었다. 하지만 그는 꿈쩍도 하지 않았다.

그들 밑에서는 눈먼 물결이 그 결투를 이끌어 가고 있었다.

그 무시무시한 육박전을 각오하고 포병이 대포에게 다가와 도발을 시도하는 순간, 우연이었던지, 바다의 일렁거림으로 인하여, 대포가 잠시 정지하여 아연실색한 듯한 표정이었다. 「어서 오라니까!」 사람이 대포에게 소리쳤다. 대포가 그의 말에 귀를 기울이는 것 같았다.

문득 대포가 그를 향하여 겅둥 뛰었다. 사람이 옆으로 슬쩍 피해 충격을 모면하였다.

결투가 시작되었다. 전대미문의 엄청난 싸움이었다. 부서

지기 쉬운 것이 결코 깨질 수 없는 것을 상대로 벌이는 드잡이질이었다. 연약한 살로 이루어진 맹수 조련사가 청동의 몸을 가진 야수를 길들이려는 격이었다. 한편은 질료적 힘이었고, 다른 한편은 영혼이었다.

그 모든 일이 음침한 공간에서 일어나고 있었다. 윤곽 선명치 않은 어떤 기적의 광경 같았다.

영혼 하나가 또 있었다. 기이한 일이거니와, 대포에게도 영혼이 있는 것 같았다. 하지만 그것은 증오와 맹렬한 노기를 품은 영혼이었다. 그 소경의 눈에도 무엇이 보이는 듯하였다. 그 괴물이 사람을 유심히 살피는 듯한 기색이었다. 그 덩어리 속에도 간계가 있었다. 아니, 적어도 그러해 보였다. 그 덩어리 역시 기회를 엿보고 있었다. 그것은 쇠붙이로 이루어졌고 악마의 의지를 가진, 혹은 그렇게 보이는, 무엇인지 모를 거대한 곤충이었다. 가끔 그 거대한 메뚜기가 중갑판의 나지막한 천장에 부딪치곤 하였다. 그런 다음, 발톱 달린 네발로 사뿐히 내려앉는 호랑이처럼 자기의 네 바퀴 위로 다시 내려앉아, 사람을 급히 뒤쫓았다. 유연하고 날렵하며 능란한 그 사람은, 벼락을 피해, 문어처럼 자신의 몸을 끊임없이 뒤틀었다. 그렇게 충돌을 피하였다. 하지만 그가 피한 충격이 선박에 가해져, 선박을 계속 부수었다.

끊어진 쇠사슬 한 동강이 대포에 걸려 있었다. 어찌 그리되었는지는 모르나, 그 가닥이 포신 뒤끝 고리의 나사못에 휘감겨 있었다. 그리하여 그 가닥의 나머지 자유로운 끝이 대포의 주위를 미친 듯이 선회하였고, 그 움직임으로 인하여 대포의 발작이 더욱 요란스러워졌다. 나사못이, 움켜쥔 손처럼 쇠사슬 동강을 굳게 잡고 있으니, 쇠사슬은 마치 채찍의 가죽끈처럼 그 파성추를 휘둘러, 대포 주위에 무시무시한 소용돌이를 형성하였다. 청동 손에 철 채찍을 들려 준 격이었다. 그 쇠사슬이 싸움을 더욱 어렵게 만들었다.

하지만 사람은 싸움을 계속하였다. 심지어 가끔씩 사람이 대포를 공격하기도 하였다. 그는 쇠 지렛대와 올가미를 움켜쥔 채 선벽에 바싹 붙어서 살금살금 이동하였다. 그러자 대포가 무엇을 알아차린 듯한 기색을 보였고, 그러더니 어떤 함정이 있으리라 생각한 듯, 도망을 치기 시작하였다. 사람이, 문득 기세등등해져 대포를 추격하였다.

그러한 일들은 오래 지속될 수 없다. 대포가 문득 스스로에게 말하는 것 같았다. 〈그래! 끝장을 내자!〉 대포가 우뚝 멈추었다. 결말이 다가옴을 모두가 예감하였다. 정지한 대포가 사나운 계략을 꾸미고 있는 것 같았다. 아니, 꾸미고 있었다. 누가 보아도 그것이 살아 있는 존재였으니 말이다. 별안간 그것이 포병에게로 달려들었다. 포병이 옆으로 슬쩍 몸을 피해 그것이 지나가도록 하더니, 껄껄 웃으며 소리쳤다. 「다시 해봐!」 대포가 몹시 화를 내듯, 좌현에 있던 다른 포 한 문을 부수었다. 그러더니 그를 쥐고 있던 보이지 않는 투석기의 힘을 빌려, 우현 쪽에 있던 사람을 향해 돌진하였다. 사람이 다시 몸을 피하였다. 그 충격에 다른 포 세 문이 주저앉았다. 그러자, 마치 눈이 멀고 미쳐서 정신을 잃은 듯, 사람을 향해 등을 돌리더니, 함미 쪽으로부터 함수 쪽으로 마구 구르면서 선수재(船首材)들을 닥치는 대로 부수고, 이물 벽에 커다란 틈을 내었다. 사람이 층계 밑으로 피신하였고, 그로부터 몇 걸음 떨어진 지점에 그 결투의 증인 격인 노인이 서 있었다. 포병이 자기의 쇠 지렛대를 꼬나들었다. 대포가 그것을 간파한 듯,

아예 몸체를 돌리지도 않고, 누가 휘두르는 도끼처럼 날쌔게 사람을 향해 뒷걸음질을 시작하였다. 선벽에 몰려 꼼짝할 수 없게 된 포병은 죽은 것이나 마찬가지였다. 모든 승무원들이 비명을 질렀다.

그러나 바로 그 순간, 그때까지 꼼짝도 하지 않던 늙은 승객이, 어느 사나운 움직임보다도 더 신속한 동작으로 돌진하였다. 그는 위조지폐 보따리 하나를 집어 들고 있었으며, 자신의 몸이 으스러질 위험을 무릅쓰고, 그것을 대포의 바퀴들 사이에 던져 넣는 데 성공하였다. 그 단호하고 아슬아슬한 동작을, 뒤로젤의 『함포 다루기』라는 책에 묘사된 모든 훈련에 익숙해진 사람이라도 더 정확하고 섬세하게는 구현할 수 없을 것이다.

위조지폐 보따리가 완충기 역할을 하였다. 조약돌 하나가 거대한 바위를 저지하고, 나뭇가지 한 줄기가 눈사태의 방향을 돌려놓을 수 있다. 대포가 비척거렸다. 포병 또한 그 아슬아슬한 기회를 놓치지 않고, 들고 있던 쇠 지렛대를 뒷바퀴 살대 사이로 밀어 넣었다. 대포가 멈추었다.

대포가 기울어졌다. 포병이 지렛대에 힘을 주어 대포를 위아래로 흔들었다. 무거운 덩어리가 나뒹구는 종의 소음을 내며 뒤집혔다. 그러자 포병이 땀을 뻘뻘 흘리며 와락 달려들어, 키의 사슬로 만든 올가미를 쓰러진 괴물의 청동 목에 걸었다.

일이 끝났다. 사람이 이겼다. 개미가 마스토돈을 상대로 승리를 거두었다. 피그미족 사람이 천둥을 생포하였다.

군사들과 다른 선원들이 박수를 쳤다.

승무원들이 일제히 쇠사슬을 들고 달려들었으며, 대포를

순식간에 제자리에 고정시켰다.

포반장이 승객에게 사의를 표하였다.

「귀하께서 저의 목숨을 구해 주셨습니다.」

노인은 이미 냉정한 자태로 되돌아가 있었고, 포반장의 인사에 아무 대꾸도 하지 않았다.

6
두 저울판

결국 인간이 이겼다. 그러나 대포 또한 이겼다고 할 수 있었다. 즉각적인 파선은 피하였으되 경순양함이 구출된 것은 아니었다. 선박의 파손 상태가 회복할 수 없을 지경이었다. 외피판(外被板)에 구멍 다섯이 뚫렸고, 가장 큰 구멍은 함수 쪽에 있었다. 포 서른 문 중 스물은 포가(砲架) 위에 나뒹굴어 있었다. 다시 붙잡아 쇠사슬로 묶어 놓은 포 역시 더 이상 사용할 수 없는 상태였다. 포신 후미 고리의 나사못이 부러져 조준이 불가능했다. 포대의 전력이 포 아홉 문으로 줄어들었다. 화물창으로는 물이 스며들고 있었다. 그리하여 즉시 파손된 부분으로 달려가 펌프질을 해야 할 형편이었다.

이제 겨우 들여다볼 수 있게 된 중갑판은 보기에도 끔찍했다. 광란하는 코끼리의 우리라도 그보다 더 심하게 파손되지는 않을 것이다.

경순양함이 적에게 발각되지 않아야 하는 것이 아무리 절박한 필요였다 해도, 그보다 더 거역할 수 없었던 일은 선박을 즉시 구출하는 것이었다. 그리하여, 선벽 여기저기에 걸려 있던 몇몇 초롱에 불을 댕겨 중갑판 내부를 밝혀야 했다.

한편 그 비극적인 엉뚱한 싸움이 계속되는 동안, 승무원들은 몽땅 사느냐 죽느냐 하는 문제에만 몰두해 있었던 터이라, 경순양함 밖에서 벌어지던 사태는 거의 모르고 있었다. 안개가 더 짙어졌다. 날씨가 이미 바뀌었다. 바람이 선박을 멋대로 끌고 다녀 이미 항로를 벗어나 있었다. 저지 섬과 건지 섬 사이 해역으로부터 훨씬 남쪽으로 처져 있었던바, 그곳으로 항해하지 말아야 했다. 이제 더 심해진 풍랑과 싸울 수밖에 없었다. 거대한 파도 더미들이 몰려와 벌어진 틈에 입을 맞추었다. 무시무시한 입맞춤이었다. 선박을 품에 안고 조용히 흔드는 바다의 다독거림이 위협적이었다. 미풍이 삭풍으로 바뀌고 있었다. 질풍이, 아니 폭풍이, 서서히 윤곽을 드러내고 있었다. 물결 네 조각만큼의 거리조차 보이지 않았다.

승무원들이 중갑판의 파손된 부분들을 급히 그리고 대강 수리하며 물구멍들을 틀어막는 한편 재앙을 면한 대포들을 재정비하는 동안, 늙은 승객은 상갑판 위로 올라갔다.

그는 주 돛대에 등을 기대고 서 있었다.

그는 그 순간 함정에서 이루어지던 움직임에 전혀 신경을 쓰지 않았다. 라 비으빌 기사가 어느새 해병대원들을 주 돛대 양편에 전투 대형으로 도열시켜 놓았고, 승무원장이 호루라기를 불자, 항해에 몰두해 있던 선원들이 일제히 활대 위에 열을 지어 서서 부동자세를 취하였다.

부와베르틀로 백작이 늙은 승객 앞으로 나아갔다.

함장 뒤로, 넋 나간 기색에 헐떡거리며 흐트러진 옷차림으로, 그러나 만족스러운 표정으로, 한 남자가 따라 걷고 있었다.

절박한 순간에 괴물을 제압하기 위하여 나타나 대포를 굴복시킨 그 포병이었다.

백작이 농사꾼 차림의 노인에게 군례를 올리며 말하였다.
「장군님, 여기 그 사람이 왔습니다.」
포병은 눈을 내리뜨고 명령에 복종하는 자세로 서 있었다.
부와베르틀로 백작이 다시 말하였다.
「장군님, 이 사람이 한 일을 목격하였던바, 상관들이 해야 할 바가 있다 생각하지 않으십니까?」
「나 또한 같은 생각이오.」 노인의 대꾸였다.
「명령을 내려 주십시오.」 부와베르틀로가 다시 아뢰었다.
「명령권자는 당신이오. 당신이 함장이니까.」
「하지만 각하께서는 사령관이십니다.」 부와베르틀로가 다시 말하였다.
노인이 포병을 바라보았다. 그러더니 그에게 말하였다.
「가까이 오라.」
포병이 한 걸음 다가섰다.
노인이 부와베르틀로 백작을 향하여 돌아서더니 함장이 달고 있던 쌩-루이 십자 훈장을 떼어 포병의 수병 상의에 달아 주었다.
「후라!」 수병들이 일제히 함성을 질렀다.
해병대원들이 그 순간 받들어총 자세를 취하였다.
그다음 순간, 노인이 황홀해진 포병을 손가락으로 가리키며 말하였다.
「이제 이 사람을 총살하라!」
환호에 망연자실함이 이어졌다.
그러자, 무덤 속 같은 정적을 깨며 노인의 음성이 쟁쟁히 울렸다.
「하나의 부주의가 이 함정을 위험에 **빠뜨렸노라**. 이 시각

함정은 이미 기능을 상실하였도다. 바다에 있음은 곧 적 앞에 있음을 뜻하노라. 항해 중인 전함은 곧 전투 중인 군대이니라. 폭풍이 자신을 감추는 경우는 있으되, 결코 자리를 비우지는 않노라. 바다 전체가 매복처이니라. 적 앞에서의 실수는 사형을 면할 수 없도다. 적전 실수는 만회가 불가능하도다. 용기는 포상하되 부주의는 처벌해야 하리라.」

그 말 한마디 한마디가 천천히, 엄숙하게, 일종의 준엄한 운율을 가지고, 참나무 밑동에 가해지는 도끼질 소리처럼 떨어졌다.

그러더니 노인이 병사들을 바라보며 다시 말하였다.

「즉시 시행하라.」

번쩍이는 쌩-루이 십자 훈장을 군복 상의에 단 포병이 고개를 푹 숙였다.

부와베르틀로 백작이 눈짓을 하자 수병 두 사람이 중갑판으로 내려갔고, 잠시 후 염포(殮布)로 사용할 해먹 하나를 가지고 돌아왔다. 출발 이후 장교들 선실에서 줄곧 기도를 하고 있던 함선 전속 사제가 두 수병들과 동행하였다. 중사 한 사람이 전투 태세를 갖추고 있던 해병대원들 중에서 열두 명을 차출하여 여섯 사람씩 두 줄로 정렬시켰다. 포병이 아무 말 없이 그 두 줄 사이에 섰다. 전속 사제가 손에 십자가를 들고 포병 옆으로 가서 섰다. 「앞으로 가!」 중사가 명령을 내렸다. 총살 분대가 함수 쪽으로 천천히 이동하였다. 두 수병 역시 염포를 들고 그 뒤를 따랐다. 함선 위에 침울한 적막이 감돌았다. 멀리서 폭풍 획획거리는 소리가 들려왔다.

잠시 후, 칠흑 같은 어둠 속에서 총소리가 들렸고, 섬광 한 줄기가 번쩍하더니 모든 것이 입을 다물었다. 그리고 다음 순간, 몸뚱이 하나가 바다로 떨어지면서 내는 소리가 들렸다.

노인은 여전히 주 돛대에 등을 기대고 서서 팔짱을 낀 채 생각에 잠겨 있었다.

부와베르틀로가 자기의 왼손 집게손가락으로 노인을 가리키며 라 비으빌에게 나지막하게 속삭였다.

「방데[77]에도 두령 하나가 있소.」

7
출범과 복권

하지만 함선은 장차 어찌 될 것인가?

밤새도록 물결과 뒤섞이던 구름 덩이들이 결국 하도 낮아져 더 이상 수평선이 없었고, 바다 전체가 외투 자락 밑에 놓인 것 같았다. 보이느니 안개뿐이었다. 성한 선박이라 할지라도 항해하기에 몹시 위험한 상황이었다.

안개에 너울까지 가세하였다.

시간을 촌각도 허비하지 않았다. 사용 불가능해진 대포들, 부서진 포가들, 휘거나 못 빠진 늑재들, 산산조각 난 목제 및 철제 부품 등, 고삐 풀린 대포에 의해 부서진 것들 중 치울 수 있는 것들을 바다에 던져 함정의 짐을 덜었다. 현문을 연 다음, 방수포로 감싼 시신들과 절단된 육신 부스러기들을 널판 위로 미끄러뜨려 파도 속으로 밀어 넣었다.

바다가 더 이상 감당할 수 없는 상태로 변하기 시작하였

---

[77] 왕당파들의 반란군 전체를 가리킨다. 1793년 초, 제1공화국을 상대로 방데, 멘느-에-루와르, 뿌와뚜와 앙주 접경 지역 등지에서 반란이 일어났으니, 그 사건을 가리켜 방데 전쟁 *la guerre de Vendée*이라 칭한다.

다. 폭풍이 촉박했던 것은 물론 아니다. 그 반대였다. 수평선 저쪽에서 사나운 소음을 내던 폭풍의 소리가 점점 약해지는 듯했고, 질풍이 북쪽으로 이동하고 있었다. 그러하건만 물결은 여전히 높았다. 바다 밑바닥이 좋지 않다는 징후였는데, 경순양함의 상태가 환자와 다름없었던지라 심한 동요를 견딜 수 없었고, 커다란 파도가 그러한 선박에는 치명적일 수 있었다.

객쿼일은 깊은 생각에 잠겨 키를 잡고 있었다.

언짢은 일에 임하여서도 웃는 얼굴을 하는 것이 해군 지휘관들의 습관이다.

재앙 속에서도 쾌활한 천성이었던 라 비으빌이 객쿼일에게로 다가가며 말하였다.

「보시게, 항해사, 질풍이 불발로 그쳤소. 재채기하려던 욕구가 수포로 돌아갔소. 우리는 이 난관을 극복할 것이오. 순풍이 불 것이고, 그것이면 족하오.」

객쿼일이 근엄한 어조로 대꾸하였다.

「바람을 얻는 자 물결도 얻는 법입니다.」

웃지도 않고 슬픈 기색도 드러내지 않는 사람, 그것이 진정한 선원이다. 객쿼일의 대꾸는 근심스러운 의미를 내포하고 있었다. 물이 스며드는 선박에는, 물결을 만난다는 것이 곧 자신을 물로 신속히 채운다는 뜻이었다. 객쿼일은 눈썹을 약간 찡그려 그러한 예측을 부각시켰다. 대포와 포병의 그 참사가 있은 지 얼마 되지 않았는데, 라 비으빌이 아마 다소 이르게 명랑하고 경솔한 말을 지껄인 것으로 비쳤을지도 모른다. 난바다에 있을 때에는 불행을 초래할 수도 있을 금기 사항들이 있는 법이다. 바다란 비밀스러운 존재인지라, 그것이 무엇을 품고 있을지 아무도 모른다. 따라서 항상 경계해야 한다.

라 비으빌은 자신이 다시 엄숙해져야 할 필요를 느꼈다. 그가 물었다.

「항해사, 우리가 지금 어디쯤에 있소?」

항해사가 대답하였다.

「우리들은 신의 뜻 속에 있습니다.」

항해사란 일종의 주인이다. 따라서 항상 그가 하는 대로 내버려 두어야 하며, 무슨 말을 하든 내버려 두어야 하는 경우가 많다.

게다가 그러한 부류의 사람들은 대개 과묵하다. 라 비으빌이 그의 곁을 떠났다.

라 비으빌은 항해사에게 질문을 던졌지만, 그것에 대꾸한 것은 수평선이었다.

바다가 문득 자신의 모습을 드러냈다.

물결 위로 걸쳐 있던 안개가 스스로 찢겨, 희미한 격랑이 어스름한 여명 속에 끝이 보이지 않게 펼쳐졌다. 그 광경은 이러하였다.

하늘에는 뚜껑 같은 구름 덩이들이 있었다. 그러나 구름이 더 이상 바다에 닿아 있지 않았다. 동쪽에 하얀빛이 나타났다. 해가 뜨는 전조였다. 서쪽에도 또 다른 빛이 창백하게 어리었다. 달이 지고 있었다. 그 두 흰빛이 수평선의 서로 반대쪽에서, 어슴푸레한 바다와 칠흑 같은 하늘 사이에, 창백한 미광(微光)의 좁은 띠 두 가닥을 드리우고 있었다.

그 두 빛의 띠 위로, 곧고 미동도 하지 않는 검은 윤곽들이 그려졌다.

달빛을 받은 서쪽 하늘에, 켈트인들의 선돌[78]처럼 우뚝 선

높직한 암석 셋이 선명한 윤곽을 드러냈다.

동쪽에는, 창백한 새벽 수평선 위에, 범선 여덟 척이 일정한 간격을 유지한 채 위협적인 전열을 가다듬으며 모습을 드러냈다.

세 암석은 암초였고, 범선들은 함대였다.

뒤에는 맹끼에 군도[79]라고 하는 악명 높은 암석 무더기가 있었고, 앞에는 프랑스의 순양 함대가 있었다. 서쪽에는 심연, 동쪽에는 학살이 기다리고 있었다. 파선과 전투 사이에 끼어 있었다.

암초와 맞서자니, 선체는 구멍투성이에 선구(船具)들은 엉망이 되었고 돛대들 또한 그 뿌리부터 흔들린 상태였다. 그렇다고 전투에 임하자니, 총 서른 문이었던 함포들 중 스물한 문은 못 쓰게 되었고, 그것들을 다루던 가장 숙련된 포병들은 이미 죽었다.

여명의 빛은 매우 약했고, 앞에는 어둠이 아직 남아 있었다. 그 어둠은, 높고 두꺼우며 깊은, 그리하여 천장의 단단한 모습을 띤 구름에 기인한 것인지라, 아직은 상당히 오랫동안 지속될 수 있었다.

수면에 닿아 있던 안개를 거둬 간 바람이 경순양함을 맹끼

78 왕당파의 반란이 〈켈트인들의 요람이며 프랑스의 맏이인 브르따뉴〉(미슐레의 말)에서 일어난 사실을 환기시킬 뿐만 아니라, 그것이 굳건하고 충직한 켈트인들의 유구한 정서와 기질에서 비롯되었다는 견해를 암시하는 언급이기도 하다. 켈트인들은 곧 프랑스인들의 조상이며, 프랑스 최초의 공화제를 선포한 혁명파들과 왕당파 간의 전쟁이, 실은 정직성과 신의와 자유를 사랑하는 그들의 유구한 속성에서 비롯되었다는 시각의 표현이다.

79 군도라고는 하지만, 간조 때에만 그 모습을 드러내는 화강암 암초 무리이다. 만조 때에는 면적 1제곱킬로미터 미만의 바위섬 하나만 보인다고 한다.

에 군도 쪽으로 표류시키고 있었다.

극도로 지치고 심하게 파손된지라, 경순양함은 더 이상 키의 손잡이에 순응하지 않았고, 순항하기보다는 굴러가는 편이었으며, 격랑의 따귀를 맞으면서 자신을 물결에 내맡겼다.

비극적 암초였던 맹끼에 군도가 그 시절에는 오늘날보다 더 험하였다. 심연에 있는 그 요새의 여러 탑들이 바다의 끊임없는 저미기 작용에 의해 무너져 버렸다. 암초의 외형은 변하게 마련이다. 물결을 공연히 칼날이라고 부르는 것은 아니다.[80] 조류의 드나듦이 곧 톱질이다. 그 시절, 맹끼에 군도에 닿는다는 것은 곧 파멸을 의미하였다.

앞에 나타난 순양 함대는, 그 시절 이후 유명해졌고 레끼니오[81]로부터 〈뒤셴느 영감〉[82]이라는 별명을 얻은 뒤셴느 함장이 지휘하던, 깡깔 항구에 기지를 둔 함대였다.

매우 위험한 상황이었다. 사슬 풀린 캐런 포가 난동을 부리는 동안, 경순양함이 항로를 벗어나 쌩-말로 쪽이 아닌 그랑빌 쪽으로 다가간 것이다.[83] 배가 돛을 활짝 펴고 정상적으로 항해할 수 있었다 하더라도, 저지 섬 쪽으로 돌아가려면 맹끼에 군도에 의해 막히고, 적의 순양 함대가 프랑스 해안으로의 접근을 막고 있었다.

80 〈칼날〉을 뜻하는 *lame*가 〈물결〉을 뜻하기도 한다.
81 죠제프 레끼니오(1756~1814)는 모르비앙 지방 대표로 1791년 제헌 의회에 진출하였고, 1792년 다시 혁명 의회 의원을 지낸 급진 혁명파 인사였다.
82 급진 혁명파 인사였던 에베르가 창간한 신문(1790~1794)의 이름으로, 상스럽고 절제되지 않은 언사로 혁명파를 대변하였다. 〈뒤셴느 영감〉은 대혁명 이전부터 많은 익살극에 등장하던 인물이다.
83 저지 섬으로부터 정남방으로 항해하면 브르따뉴 북쪽 연안의 쌩-말로에 이르는데, 경순양함은 동쪽으로 밀려가 몽 쌩-미셸-만 어구로 들어선 듯하다.

한편 폭풍은 일지 않았다. 그러나 항해사가 말한 바와 같이 격랑이 일었다. 힘찬 바람을 받아 모든 것을 갈갈이 찢는 밑바닥 위에서 구르는 바다는 야수적이다.

바다는 결코 자기가 원하는 바를 즉시 말하지 않는다. 그 심연 속에는 모든 것이 다 있다. 심지어 어거지도 있다. 바다가 특유의 소송 절차를 가지고 있다고 할 수 있을 지경이다. 바다는 전진하다가 물러서고, 제안하다가 취소하고, 광풍을 일으키려 하다가 그만두고, 심연을 약속하다가 그 약속을 지키지 않고, 북쪽을 위협하다가 남쪽을 때린다. 클레이모어 함은 밤새도록 안개에 휩싸여 폭풍우를 근심하였지만, 바다는 자기의 말을 뒤엎었고 그 방법 또한 표독스러웠다. 폭풍우를 일으킬 듯하더니 암초를 불쑥 내밀었다. 하지만 형태만 달랐을 뿐, 내민 것은 변함없이 파선이었다.

그리고 암초 위에서의 파멸에 전투로 인한 박멸이 추가되고 있었다. 하나의 적이 또 다른 적의 일을 완결시켜 주고 있었다.

라 비으빌이 특유의 호탕한 웃음을 터뜨리며 소리쳤다.

「이쪽에서는 파선, 저쪽에서는 전투로다. 우리가 양쪽에서 당첨 번호를 뽑았노라.」

$$8 \atop 9 = 380$$

경순양함은 거의 부유물에 불과했다.

어수선하고 창백한 미명 속에, 구름으로 인한 칙칙함 속에, 수평선의 혼란스러운 유동성 속에, 물결들의 신비한 찌푸림 속에, 무덤과 같은 일종의 엄숙함이 있었다. 적대적인 숨결을 뿜어 대는 바람을 제외하고는 모든 것이 입을 다물고 있었다. 대대적인 재앙이 심연으로부터 장엄한 자태를 드러내고 있었다.

그 재앙은, 하나의 공격보다는 유령의 출현과 더 흡사했다. 암석들 사이에서는 아무것도 움직이지 않았고, 전함들 속에서는 어떠한 미동도 보이지 않았다. 무엇인지 모를 거대한 침묵 그 자체였다. 그곳에 현실적인 어떤 일이 있었을까? 꿈 한 가닥이 바다 위로 지나가고 있는 것 같았다. 전설들 속에서는 그러한 광경이 벌어지기도 한다. 경순양함은 마치 암초라는 악마와 함대라는 유령 사이에 놓인 것 같았다.

부와베르틀로 백작이 나지막한 음성으로 라 비으빌에게 몇 가지 일을 분부하자, 그가 중갑판으로 내려갔다. 그다음 함장은 자기의 망원경을 집어 들고 항해사 곁에 와서 섰다.

객쿼일의 노력은 경순양함을 물결 위에 바로 세워 놓는 일에 집중되었다. 바람과 파도가 옆에서 덮칠 경우, 전복되는 것을 피할 수 없었기 때문이다. 함장이 물었다.

「항해사, 우리가 지금 어디에 있소?」

「맹끼에 군도 근처입니다.」

「근처 어느 쪽이오?」

「좋지 않은 쪽입니다.」

「바다 밑바닥은 어떻소?」

「시끄러운 암석[84]입니다.」

「선체의 방향을 고정하여 정박시킬 수 있겠소?」

「여하튼 죽을 수 있습니다.」 항해사의 대꾸였다.

함장이 망원경을 서쪽으로 돌려 맹끼에 군도를 살폈다. 그런 다음 그것을 다시 동쪽으로 돌려 수평선에 나타난 선박들

84 암초를 가리키는 듯하다.

을 유심히 바라보았다.

항해사가 혼잣말처럼 계속 중얼거렸다.

「맹끼에 군도입니다. 조롱꾼 갈매기[85]가 홀랜드를 떠날 때 쉬어 가고, 검정 외투 큰 고엘랑[86]이 휴게소로 삼는 암석들입니다.」

그동안 함장은 선박들의 수를 헤아렸다.

정말 전함 여덟 척이 엄정하게 포진하여 전투태세에 돌입해 있었다. 중앙에 3층 갑판선의 높은 선체가 보였다.

함장이 항해사에게 물었다.

「저 선박들을 아시오?」

「물론입니다.」 객쿼일이 대답하였다.

「저것들이 무엇이오?」

「함대입니다.」

「프랑스의?」

「악마의 것입니다.」

잠시 침묵이 흘렀다. 함장이 다시 물었다.

「순양 함대의 모든 함정들이 저기에 모였소?」

「전부는 아닙니다.」

사실 4월 2일 발라제가 혁명 의회에 보고하기를, 돛대 셋인 군함 열 척과 전투함 여섯 척이 망슈 해역을 순항 중이라 한 바 있었다. 그 기억이 함장의 뇌리에 되살아났다.

---

85 쉰 목소리로 크게 울어 그런 명칭이 붙은 갈매기라 한다.
86 브르따뉴 지방 대서양 연안에 서식하는 큰 갈매기로, 사람이 죽은 다음 그 새로 변신하여 구슬프게 울며 날아간다는 이야기가 브르따뉴 지방 켈트 전설에서 자주 발견된다. 또한 그 갈매기를 가리키는 브르따뉴어인 〈구엘란*gouelan*〉은 〈슬피 운다〉는 뜻도 가지고 있다. 항해사가 곧 닥칠 죽음을 암시하는 듯하다.

「사실 함대는 전함 열여섯 척으로 편성되어 있소. 그런데 지금 보이는 것은 여덟 척뿐이오.」 함장의 말이었다.
  「나머지 전함들은 저쪽 해안을 따라 어슬렁거리며 염탐을 하고 있습니다.」 객쿼일이 대꾸하였다.
  함장이 망원경을 통해 유심히 바라보며 중얼거렸다.
  「3층 갑판선 한 척, 1급 전함 두 척, 그리고 2급 전함 다섯 척이군.」
  「저 역시 저것들을 유심히 살폈습니다.」 객쿼일이 웅얼거렸다.
  「좋은 전함들이야. 내가 저것들을 조금 지휘한 적이 있지.」 함장의 말이었다.
  「제가 저것들을 가까이에서 세밀히 관찰한 바 있습니다. 그리하여 저것들을 혼동하지 않고 분별할 수 있습니다. 각각의 특색을 저의 뇌수 속에 간직하고 있습니다.」 객쿼일의 대꾸였다.
  함장이 망원경을 항해사에게 건네며 물었다.
  「항해사, 가장 큰 배를 알아볼 수 있겠소?」
  「예, 함장님, 저것은 꼬뜨-도르라고 하는 전함입니다.」
  「녀석들이 이름을 바꾸었군. 전에는 저 함선의 명칭이 에따-드-부르고뉴였소. 새로 건조한 전함이었지. 함포 일백스물여덟 문을 탑재하였고.」
  함장이 그러면서 호주머니에서 수첩과 연필을 꺼내더니 수첩에다 숫자 128을 썼다.
  그가 다시 물었다.
  「항해사, 좌현 쪽 첫 번째 전함은 무엇이오?」
  「저것의 명칭은 렉스뻬리망떼라고 합니다.」

「1급 전함이군. 함포 쉰두 문. 두 달 전 브레스트에서 무장을 갖추었지.」

함장이 수첩에 숫자 52를 적었다. 그러고는 다시 물었다.

「항해사, 좌현 쪽에 있는 두 번째 전함은?」

「드뤼아스입니다.」

「1급 전함이지. 구경 18리브르 함포 마흔 문을 탑재하였소. 저것이 인도에도 갔었소. 혁혁한 전공을 세웠지.」

그가 숫자 52 밑에 숫자 40을 적었다. 그런 다음 고개를 쳐들며 다시 말하였다.

「이제 우현 쪽을 봅시다.」

「함장님, 그것들은 모두 2급 전함이며, 도합 다섯 척입니다.」

「가장 큰 전함 쪽으로부터 첫 번째 것은 무엇이오?」

「라 레졸뤼입니다.」

「구경 18리브르 함포 서른두 문을 탑재하였지. 그리고 두 번째 것은?」

「라 리슈몽입니다.」

「화력이 같지. 그다음은?」

「라떼입니다.」

「바다로 나가면서 우스꽝스러운 이름을 달았군.[87] 그다음은?」

---

[87] 라떼 *L'athée*란 〈무신론자〉라는 뜻이다. 위고는 그 단어의 출처를 다음과 같이 밝히고 있다. 〈해군 문서 보관소, 1793년 3월의 함대 현황〉 즉, 제1공화국 정부가 부여한 명칭임을 암시하고 있으며, 예수교를 말살하자는 주장을 펴던 사람들이 많았던 그 무렵의 분위기를 넌지시 전하는 언급이다. 또한 왕당파인 함장이 미신으로부터 벗어나지 못하였음을 지적하는 말이기도 하다. 볼떼르나 싸드, 홀바하 등에 못지않게 반예수교적 시각을 가지고 있으되, 그러한 시각을 지극히 은근하게 드러내는 것이 위고의 두드러진 특징이다. 『레 미제라블』과 『웃는 남자』에서도 여일하게 발견되는 현상이다.

「칼립소[88]입니다.」

「그다음은?」

「라 프르뇌즈[89]입니다.」

「함포 서른두 문을 탑재한 전함 다섯 척.」

그러면서 함장이 앞서 써 놓은 숫자들 밑에 숫자 160을 적었다. 그런 다음 다시 말하였다.

「항해사, 저 배들을 정확히도 식별하시네그려.」

「하지만 함장님께서는 저것들 하나하나를 세밀하게 알고 계십니다. 식별하는 것 또한 무시할 수 없지만, 세밀하게 아는 것이 더 중요합니다.」

함장이 자기의 수첩에서 눈을 떼지 않은 채 작은 소리로 덧셈을 하였다.

「일백스물여덟, 쉰둘, 마흔, 일백예순.」

그 순간 라 비으빌이 다시 상갑판으로 올라왔다. 함장이 그에게 큰 소리로 말하였다.

「우리가 지금 함포 삼백여든 문을 대적하고 있소.」

「알겠습니다.」 라 비으빌의 대꾸였다.

「공께서 지금 점검을 마치셨지요? 발사 가능한 포가 도합 몇 문이오?」

「아홉 문입니다.」

「알았소.」 부와베르틀로가 기계적으로 대꾸하였다.

---

88 트로이아에서 귀환하던 오뒷세우스를 자기의 아름다운 섬 오귀기아에 10년 동안이나 잡아 둔 고혹적인 뉨파의 이름이다. 전함의 명칭으로 적합지 못한바, 라떼(무신론자)라는 명칭에서 비롯된 연상 작용의 산물일 듯하다.

89 〈나포하는 전함〉이라는 뜻도 되겠지만 〈붙잡는 계집〉으로 읽을 수도 있으니, 작가의 장난기에서 비롯된 명칭이 아닐지 모르겠다. 칼립소 또한 그러한 계집 아닌가.

그러더니 항해사로부터 망원경을 다시 건네받아 수평선을 유심히 살폈다.

정적에 휩싸여 있는 여덟 척의 검은 전함들은 움직이지 않는 것 같았다. 하지만 점점 더 커지고 있었다.

그것들은 눈에 띄지 않게 다가오고 있었다.

라 비으빌이 군례를 올리고 나서 말하였다.

「함장님, 보고드립니다. 저는 이 경순양함 클레이모어가 처음부터 미덥지 않았습니다. 우리를 잘 모르거나 우리에게 호의적이지 않은 선박을 타고 서둘러 출항하면 항상 귀찮은 일이 생깁니다. 영국의 선박이라는 것이 프랑스인들에게는 곧 배신자입니다. 그 개 같은 캐런 포가 이미 그러한 사실을 입증하였습니다. 선체 내부를 점검해 보았습니다. 닻들은 좋습니다. 쇳덩이들로 만들지 않고, 철 막대들을 동력 망치로 쳐서 접합시키는 방법으로 벼렸습니다. 닻고리들도 든든합니다. 닻줄 또한 훌륭합니다. 그 길이가 규정대로 120브라쓰[90]여서 풀어 내보내기에 좋습니다. 탄약은 충분합니다. 사망한 포병의 수는 여섯입니다. 포 한 문이 발사할 수 있는 포탄은 171발입니다.」

「남은 포가 아홉 문뿐이니까…….」 함장이 중얼거렸다.

부와베르틀로가 망원경을 다시 수평선을 향하여 쳐들었다. 함대가 서서히 다가오고 있었다.

캐런 포의 장점은 그것을 작동시키는 데 세 사람이면 족하다는 점이었다. 반면 불리한 점은, 일반 함포보다 사거리가 짧고 명중률이 낮다는 것이었다. 따라서 적의 함대가 캐런 포

---

90 옛 길이 단위로 1브라쓰는 약 1.6미터에 해당한다. 우리네의 한 〈발〉 혹은 한 〈길〉과 같은 뜻으로 사용되기도 하였다.

사정거리 안으로 들어올 때까지 기다려야 했다.

    함장이 나지막한 음성으로 명령을 내렸다. 전함 내에 정적이 감돌았다. 전투 준비를 알리는 종을 울리지 않았으나 모두들 준비에 착수하였다. 경순양함은 파도뿐만 아니라 인간을 상대로도 싸울 형편이 못 되었다. 한 척의 전함이 남길 수 있는 잔해들 중 모든 것을 이용하였다. 키의 사슬 곁에, 그리고 앞 갑판과 뒤 갑판 사이의 통로에, 돛을 단단히 동여매는 데 쓸 밧줄들을 굵은 것 가는 것 가리지 않고 쌓아 놓았다. 부상자들의 자리도 마련하였다. 그 시절 해상 전투의 관습에 따라, 궤짝들을 갑판 둘레에 쌓았다. 하지만 그것들이 총탄은 막아 줄 수 있어도, 포탄 앞에서는 무용지물이었다. 총들의 구경을 확인하기에는 이미 너무 늦었지만, 탄환 구경 검사기도 가져다 놓았다. 그러한 사건이 벌어질 것을 예상하지 못하였으니 어찌하랴. 각 수병들에게 탄약 주머니 하나씩을 지급하였고, 그들은 각자 탄띠에 권총 두 자루와 단검 하나씩을 찼다. 해먹을 걷어 올렸다. 대포들을 거치하였다. 소총수들을 배치하였다. 도끼들과 쇠갈고리들을 요소요소에 놓아두었다. 총탄 창고와 포탄 창고도 즉시 사용할 수 있게 하였다. 화약 창고를 열었다. 각자 자기의 위치에 자리를 잡았다. 그 모든 일이, 단 한 마디 말도 없이, 마치 임종하는 사람의 방에서처럼 이루어졌다. 신속하고 음산했다.

    그런 다음 앞뒤의 닻을 내려 전함을 정박시켰다. 경순양함 역시 돛대 셋 달린 전함처럼 닻 여섯을 구비하고 있었다. 닻 여섯을 모두 내렸다. 예비 닻은 앞쪽에, 선체 이동용 닻은 후미에, 밀물용 닻은 난바다 쪽에, 썰물용 닻은 암초 쪽에, 정박용 엇갈린 닻은 우현에, 그리고 주 닻은 좌현에 내렸다.

살아남은 캐런 포 아홉 문은 모두 한 방향으로, 즉 적을 향하여 배치하였다.

 순양 함대 역시 못지않게 조용히 전투 준비를 완료하였다. 전함 여덟 척이 이제 반원을 그리고 있었는데, 맹끼에 군도의 섬들이 그 반원의 현(弦)을 이루었다. 그 반원 속에 갇힌 데다 자신의 닻들에 의해 결박당한 경순양함 클레이모어는 암초를, 즉 파선을 등지고 있었다.

 짖지는 않으나 사나운 이빨을 드러낸 사냥개 떼가 멧돼지를 둘러싸고 있는 형국이었다.

 쌍방이 서로를 기다리고 있는 것 같았다.

 클레이모어의 포병들이 각자의 포 곁에서 대기하였다.

 부와베르틀로가 라 비으빌에게 말하였다.

「내가 발포를 개시하였으면 좋겠소.」

「바람둥이 여자의 즐거움이지요.」 라 비으빌의 대꾸였다.

9
어떤 이가 빠져나가다

 늙은 승객은 갑판을 떠나지 않고 모든 것을 냉정하게 관찰하고 있었다.

 부와베르틀로가 그에게 다가가더니 다음과 같이 말하였다.

「각하, 전투 준비가 완료되었습니다. 우리는 이제 우리의 무덤에 꺾쇠로 고착되었습니다. 우리 또한 잡은 것을 놓지 않겠습니다. 우리들은 순양 함대 아니면 암초의 포로입니다. 적에게 투항하거나 암초 사이로 가라앉는 것 이외의 다른 선택은 없습니다. 우리들에게 타개책 하나가 남아 있는바, 그것은 죽는 것입니다. 싸우는 것이 익사하는 것보다는 낫습니다. 저는 익사하느니 집중 사격을 받는 편을 택하겠습니다. 죽는 수단으로 저는 물보다 불을 선호합니다. 하지만 죽는다는 것은 저희들의 일, 그것이 각하의 일은 아닙니다. 각하는 종친들에 의해 선택되신 분으로, 방데 전쟁을 지휘하셔야 할 위대한 사명을 띠고 계십니다. 각하께서 아니 계실 경우 왕국 또한 종말을 맞을지 모릅니다. 따라서 각하께서는 사셔야 합니다. 저희들의 명예는 이곳에 남는 것이고, 각하의 명예는 이곳을 빠져나가시는 것입니다. 장군님, 이 선박을 떠나십시오. 선원 한 사람과 보트 한 척을 내어 드리겠습니다. 우회하여 해안에 닿는 것이 불가능한 일은 아닙니다. 아직 날이 밝지 않았고 물결이 높아 바다가 어두우니, 빠져나가실 수 있을 것입니다. 도피하는 것이 곧 승리인 경우들이 있습니다.」

노인이 냉정한 얼굴로 엄숙하게 동의를 표하였다.

부와베르틀로 백작이 큰 소리로 외쳤다.

「병사들과 선원들이여!」

모든 동작이 일시에 멈추었고, 선박의 모든 구석으로부터 얼굴들이 함장 쪽으로 향하였다.

함장이 말을 계속하였다.

「우리와 함께 계신 이분은 국왕 전하를 대리하시오. 이분은 우리에게 위탁되신 몸, 따라서 우리가 끝까지 이분을 보호해야 하오. 프랑스의 옥좌를 위해서는 꼭 필요하신 분으로, 종실의 왕자가 없을 경우, 우리의 기대하는 바이지만, 이분께서 방데 진영의 총사령관이 되실 것이오. 이분은 위대한 지휘관이시오. 우리 모두와 함께 프랑스에 상륙하시기로 되어 있었으나, 이제 우리들 없이 단신으로 상륙하실 수밖에 없게 되었소. 머리를 구출하는 것은 곧 전부를 구출하는 것이오.」

「그렇소! 옳다! 옳아!」 승무원들이 일제히 소리쳤다.

함장이 다시 말하였다.

「이분께서도 엄청난 위험을 겪으셔야 하오. 해안에 닿는 일이 수월치 않소. 높은 물결을 헤쳐 가려면 보트가 커야 하는데, 또한 순양 함대를 피하려면 그것이 작아야 하오. 안전한 지점으로 상륙하셔야 하는데, 그 지점이 꾸땅스 쪽보다는 푸제르 쪽이어야 하오.[91] 건장하고 노를 잘 저으며 수영에 익숙할 뿐만 아니라, 이 연안 지역 출신으로 암초들 사이의 좁은 수로를 잘 아는 선원 한 사람이 필요하오. 아직은 어둠이 짙어, 보트가 발각되지 않고 전함을 떠날 수 있소. 뿐만 아니라 보트를 더욱 완벽하게 감추어 줄 연기도 있을 것이오. 보트가 작아서 물이 얕은 곳도 무사히 지날 수 있을 것이오. 표범이 걸려드는 올가미라도 족제비는 빠져나갈 수 있소. 우리들에게는 출구가 없지만 보트에는 있소. 보트는 노의 힘을 빌려 이곳으로부터 멀어질 것이고, 적들은 그것을 볼 수 없을 것이오. 게다가, 그동안 우리들은 여기에서 적들을 즐겁게 해 줄 것이오. 이해하셨소?」

「물론! 알아들었소!」 승무원들이 일제히 대답하였다.

「잠시도 허비할 시간이 없소.」 함장이 다시 말하였다. 「자원할 사람 계시오?」

어둑한 곳에 있던 선원 하나가 앞으로 나서며 말하였다.

「나요.」

---

91 꾸땅스는 노르망디 꼬땅땡 반도 중서부에 있는 항구이고, 푸제르는 브르따뉴 북부 일르−에−빌렌느 지역의 도시이다. 보트가 남하하여 몽−쌩−미셸 만으로 상륙해야 한다는 말이다.

10
빠져나갈 수 있을까?

잠시 후, 흔히들 유-유[92]라고 부르며 선장들을 위하여 특별히 선박에 탑재하는 작은 보트 한 척이 전함을 떠났다. 그 보트에 두 사람이 타고 있었는데, 후미에 있던 사람은 늙은 승객이었고, 〈선의로 자원한〉 선원은 앞쪽에 있었다. 아직 어둠이 매우 짙었다. 선원은, 함장이 지시한 대로, 맹끼에 군도 방향으로 힘차게 노를 저었다. 함장의 지시가 없었다 하더라도, 그 방향 이외에는 다른 어떤 출구도 없었다.

출발하기에 앞서, 건빵 한 포대와 훈제한 소의 혀 그리고 물 한 통 등, 비상식량을 보트 바닥에 던져 실었다.

유-유가 함정을 떠나는 순간, 바다 앞에서 빈정거리기 좋아하는 라 비으빌이, 함정의 선미 용골재에 상체를 기대고 밑을 내려다보며 다음과 같이 작별 인사를 하였고, 또 그러면서 낄낄거렸다.

「빠져나가기에는 좋지만, 익사하기에는 더욱 탁월하지.」

그러자 항해사가 한마디 하였다.

「나리, 더 이상 농담은 그만둡시다.」

떠남이 신속해, 전함과 보트 사이에 즉시 상당한 거리가 생겼다. 바람과 물결이 노 젓는 사람의 뜻에 따른지라, 작은 조각배는 물결 따라 흔들거리고 커다란 파도 자락들에 숨겨져, 빠른 속도로 도망쳤다.

---

92 *you-you* 혹은 *youyou*. 정박 중인 선박과 부두 사이를 오가는 작은 보트를 가리키는 말인데, 그 어원은 밝혀지지 않았다. 중국의 어느 방언인 듯하다.

바다 위에는 무엇인지 모를 음산한 기다림이 있었다.

문득, 대양의 그 광막하고 어수선한 적막 속에서, 고대 비극[93]에서 사용되던 청동 가면으로부터 나오는 것처럼, 전함의 통화관에 의해 굵어진, 그리하여 거의 초인적인 것처럼 들리는 음성 한 가닥이 높이 치솟았다.

부와베르틀로 함장의 음성이었다. 그가 절규하듯 말하였다.

「국왕 전하의 해병들이여, 큰 돛대에 백색 깃발을 단단히 묶으시오. 이제 우리는 우리의 마지막 태양이 떠오르는 것을 보게 될 것이오.」

그리고 거의 동시에 경순양함으로부터 대포 한 발이 발사되었다.

「국왕 전하 만세!」 승무원들이 일제히 외쳤다.

그러자 멀리 수평선으로부터, 대대적이고 아련하며 요란하되 선명한 또 다른 함성 하나가 들려왔다.

「공화국 만세!」

그리고 뒤이어, 벼락 3백 개가 동시에 떨어지는 듯한 굉음이 대양 저쪽에서 폭발하였다.

전투가 개시되고 있었다.

바다가 연기와 불로 뒤덮였다.

물속으로 떨어지며 포탄들이 만들어 내는 포말들이 사방에서 물결들을 누비고 있었다.

경순양함 클레이모어가 적함 여덟 척을 향하여 화염을 토하기 시작하였다. 그러자 클레이모어 주위에서 반달 모양을 그리고 있던 순양 함대가 일제히 포문을 열었다. 수평선이 불

---

[93] 고대 그리스의 거대한 야외 극장에서 공연하던 비극들을 가리키는 듯하다.

바다로 변하였다. 화산이 바다로부터 치솟는 것 같았다. 전투가 만들어 내는 그 광막한 주홍빛 피륙을 바람이 마구 뒤틀었고, 그 자락 속에서 전함들이 유령처럼 모습을 드러내다가는 이내 사라졌다. 전경(前景)에서는, 그 붉은 배경 위로, 경순양함의 검은 골격이 선명한 윤곽을 그렸다.

주 돛 끝에서는 나리꽃 수놓은 백색 깃발이 펄럭이고 있었다.

쪽배에 타고 있던 두 사람은 아무 말도 하지 않았다.

맹끼에 군도의 바다 밑은 삼각형으로, 일종의 해저 트리나크리아[94]이며, 저지 섬 전체보다 면적이 더 넓다. 대부분은 물 밑에 있으되 제일 높은 분지는 만조 때에도 모습을 드러내며, 그곳으로부터 북동쪽으로 힘차게 솟은 암석 여섯 개가 직선을 이루어 그것들이 마치 군데군데 무너진 장벽 같다. 분지와 그 여섯 암초 사이의 해협은 홀수(吃水)가 아주 얕은 조각배들만이 통과할 수 있다. 그 해협을 지나면 난바다이다.

선원이 조각배를 그 해협으로 몰았다. 그렇게 하면 전투가 벌어진 곳과 구조용 자선(子船) 사이에 맹끼에 군도가 놓이도록 할 수 있었다. 그는 좌현과 우현을 노리는 날카로운 암초들을 피하면서 좁은 통로를 솜씨 좋게 지나갔다. 그러자 암석들이 전투 장면을 완전히 가렸다. 수평선에서 번쩍이던 섬광과 대포의 맹렬한 굉음이, 거리가 멀어짐에 따라 약해지기 시작하였다. 그러나 포성이 계속되는 것으로 보아, 경순양함이 여전히 잘 버티면서 마지막 포탄까지 소진하려 하고 있음을 짐작할 수 있었다.

얼마 아니 되어 보트가 암초 지대와 전투 해역과 대포의 사

---

94 *trinakria*. 고대 그리스인들이 시칠리아 섬에 부여한 명칭이다. 곶이 셋이라는 뜻으로, 즉 〈삼각형 섬〉이라는 의미다.

정거리 밖으로 벗어나, 자유로운 수역에 도달하였다.

 수면의 어둠이 조금씩 엷어졌고, 어둠과 싸우던 빛의 폭이 넓어졌으며, 포말들이 부서져 빛을 발사하였다. 그리하여 물결들의 상단에 하얀 빛이 부유하였다. 그리고 아침이 모습을 드러냈다.

 조각배가 적의 수중에서 벗어나긴 하였으나 더 어려운 일이 남아 있었다. 적의 집중 사격으로부터는 벗어났으나, 조난의 위협으로부터는 그러지 못하였다. 난바다에 떠 있는데, 선체는 눈에 보이지조차 않을 만큼 작았고, 갑판도 돛도 나침반도 없이, 오직 노 한 자루만으로 대양과 폭풍을 대적해야 했다. 원자 알갱이 하나가 거인의 횡포에 내맡겨진 격이었다.

 그런데 그 막막한 대양 위에서, 그 적막함 속에서, 보트의 앞쪽에 있던 사나이가 새벽빛에 창백해진 얼굴을 쳐들어 선미에 있던 남자를 뚫어지게 바라보며 말하였다.

「당신이 총살형에 처한 그 사람이 나와 형제지간이오.」

제3권
알말로

1
말씀은 곧 신이다[95]

노인이 천천히 고개를 쳐들었다.

노인에게 그러한 말을 한 사람의 나이는 대략 서른쯤 되어 보였다. 그의 이마는 바다의 햇볕에 그을렸고, 눈빛이 기이하였다. 농사꾼의 천진스러운 눈동자에 선원의 예민한 시선이 어려 있었다. 그는 두 손으로 노를 힘차게 잡고 있었다. 기색

---

95 La parole, c'est le Verbe. *parole*이나 *Verbe* 모두 〈말씀〉이라고들 옮긴다. 따라서 이 문장을 직역하면 이렇게 된다. 〈말씀은 곧 말씀이다.〉 그러나 「요한의 복음서」 허두에 자주 등장하는 *Verbe*라는 단어는 라틴어 *verbum*을 프랑스어 형태로 옮긴 것이고, 이 라틴어 단어는 그리스어 로고스*logos*를 번역한 것이다. 고대 그리스 학자들이 사용하던 〈로고스〉는 대혼돈 상태에 개입하여 우주에 질서를 부여하였으리라 그들이 상상하던 하나의 지성 혹은 오성을, 다시 말해 조물주를 가리켰다. 따라서 *Verbe*를 신으로 옮겼으나, 위고가 만들어 낸 매우 이상한 이 구절은 이렇게 옮길 수도 있을 것이다. 〈변설은 곧 신이다.〉 모든 설교사들에게 던지는 위고의 야유일 듯한데, 이는 신자들의 통념에 따라 옮겨도 마찬가지이다. 〈인간의 말은 곧 신의 말씀이다.〉 무수한 궤변의 근원이다.

은 부드러웠다.

    그의 허리띠에는 단검 한 자루와 권총 두 정, 그리고 로자리오 묵주[96]가 걸려 있었다.

「당신 누구요?」 노인이 물었다.

「조금 전에 이미 말하였소.」

「내게 원하는 것이 무엇이오?」

    남자가 노에서 손을 떼더니 팔짱을 끼면서 대답하였다.

「당신을 죽이는 것이오.」

「당신 뜻대로 하시오.」 노인이 태연히 대꾸하였다.

    남자가 언성을 높였다.

「준비하시오.」

「무엇을?」

「죽을 준비를.」

「무슨 연유로?」 노인이 물었다.

    잠시 침묵이 흘렀다. 그 질문에 남자가 한동안 어리둥절한 기색이었다. 그러더니 다시 말하였다.

「내가 당신을 죽이겠다고 하였소.」

「그래서 내가 그 연유를 묻는 것이오.」

    선원의 눈에 한 줄기 섬광이 스쳤다.

「당신이 나의 친형제를 죽였기 때문이오.」

    노인이 고요한 어조로 대답하였다.

「나는 먼저 그의 목숨을 구출해 주었소.」

「그것은 사실이오. 당신이 먼저 그의 목숨을 구출하더니, 그다음 그를 죽였소.」

---

96 〈커다란 장미 화환〉이라는 뜻을 가진 묵주이며, 〈성(聖)처녀〉를 상징한다.

「그를 죽인 것은 내가 아니오.」
「도대체 누가 죽였단 말이오?」
「그가 저지른 실수.」
 선원이 넋 나간 사람처럼 노인을 바라보았다. 그러더니 이내 눈썹을 사납게 찡그렸다.
「당신의 이름이 무엇이오?」 노인이 물었다.
「나의 이름은 알말로라고 하오. 하지만 내 손에 죽임을 당하기 위하여 내 이름까지 알아 둘 필요는 없소.」
 그 순간 태양이 솟아올랐다. 햇살 한 줄기가 선원의 얼굴을 정면으로 후려치듯 비추며 그 사나운 형상을 밝혔다. 노인이 그의 얼굴을 세세히 뜯어보았다.
 여전히 계속되던 포격이 이제 간헐적으로 변하였고, 곧 임종을 맞을 듯 주춤거렸다. 넓게 퍼진 연기가 수평선 위로 가라앉고 있었다. 사공이 더 이상 조정하지 않아, 쪽배가 표류하기 시작하였다.
 사공이 허리띠에 차고 있던 권총 한 정을 오른손에 뽑아 들었고, 왼손으로는 묵주를 움켜잡았다.
 노인이 벌떡 일어서며 물었다.
「자네 신을 믿나?」
「하늘에 계신 우리 아버지를.」 선원이 대답하며 십자 성호를 그었다.
「모친은 계신가?」
「그렇소.」
 그가 다시 십자 성호를 그은 다음 말하였다.
「이제 되었습니다. 1분 유예를 드리겠습니다, 나리.」
 그러면서 권총을 장전하였다.

「왜 나를 나리라 부르는가?」

「당신이 영주이시기 때문입니다. 그러한 티가 완연합니다.」

「자네에게도 자네의 영주가 계신가?」

「예, 아주 위대한 분이십니다. 영주 없이 사는 이 있습니까?」

「그분은 어디에 계시는가?」

「모릅니다. 저의 고장을 떠나셨습니다. 그분은 랑뜨낙 후작이시고, 퐁뜨네 자작이시며, 브르따뉴 대공이십니다. 또한 일곱 숲[97]의 영주이십니다. 제가 단 한 번도 그분을 뵙지 못하였지만, 그렇다 하여 그분이 저의 주인이 아니실 수는 없습니다.」

「만약 그분이 자네 앞에 계시다면 그분의 명령에 따르겠는가?」

「물론입니다. 만약 제가 그분의 명령에 복종하지 않는다면, 저는 못된 이교도와 다를 바 없을 것입니다. 누구든 신에게, 그다음 신과 같은 국왕에게, 그다음 국왕과 같은 영주에게 복종할 의무를 가지고 있습니다. 하지만 그 모든 이야기는 제쳐 두고, 나리께서 저의 혈육을 죽이셨으니 저 또한 나리를 죽여야겠습니다.」

노인이 그 말에 대꾸하였다.

「우선, 내가 자네의 혈육을 죽인 것은 지당한 일이었네.」

선원이 권총을 잔뜩 움켜잡았다. 그러면서 말하였다.

「군소리 집어치우십쇼.」

「그러지.」 노인의 대꾸였다.

그러더니 다시 태연히 한마디 덧붙였다.

[97] 푸제르, 프랭쎄, 뺑뽕, 렌느, 마슈꿀, 가르나슈, 브로셀리앙드 등 북부 브르따뉴 지방에 있는 숲들을 가리킨다(제3부, 제1권, 제1장 참조).

「사제는 어디에 있는가?」

선원이 어리둥절한 기색으로 노인을 바라보았다.

「사제요?」

「그래, 사제 말일세. 내가 자네의 혈육에게 사제 하나를 주었으니, 나에게도 하나 주어야 하네.」

「저에겐 그것이 없습니다.」 그렇게 대꾸하더니 선원이 다시 말하였다.

「바다 한가운데에 무슨 사제들이 있습니까?」

마침, 점점 약해지는 발작적인 포성이 들려왔다.

「저쪽에서 죽는 사람들에게는 사제가 있네.」 노인이 중얼거렸다.

「그건 사실입니다. 그들에게는 전함 부속 사제님이 계십니다.」 선원 역시 나지막하게 대꾸하였다.

노인이 다시 말하였다.

「자네는 나의 영혼을 멸망의 구렁텅이로 처박으려 하네. 그것은 매우 심각한 일이라네.」

선원이 고개를 숙인 채 생각에 잠겼다. 노인이 다시 말하였다.

「그리고 나의 영혼을 파멸시키면서 자네는 동시에 자네의 영혼까지 멸망의 구렁텅이로 처박으려 하네. 내 말 잘 듣게. 자네가 참으로 불쌍하네. 자네는 물론 자네 하고 싶은 대로 할 수 있네. 나는 조금 전에 나의 의무를 충실히 이행하였네. 우선 자네 형의 목숨을 구출한 것이 그 하나였고, 그다음 그 목숨을 내 손으로 거둔 것이 또 다른 의무였네. 그리고 이제 다시 나의 의무를 이행하려 하는바, 그것은 자네의 영혼을 구출하는 것이네. 심사숙고해 보게. 자네의 일이니까. 지금 저 포성이 들리는가? 저기에 죽어 가는 사람들이 있네. 저기에 임종을 맞으며 절망에 빠진 사람들이 있네. 저기에 자기의 아내를 영영 다시 못 볼 남편들과, 자식들을 영영 다시 못 볼 아버지들과, 자네처럼 자기의 형제들을 영영 다시 못 볼 형제들이 있네. 그런데 그 모든 비극이 누구의 잘못에서 비롯되었나? 자네와 형제지간인 사람의 잘못으로 인해 빚어졌네. 자네는 신을 믿지. 그렇지 않은가? 그런데 자네도 잘 알다시피 지금 신께서는 고초를 겪고 계시다네. 신께서는 우선, 아기 예수처럼 어린아이시며 성당 기사단 본부 탑에 갇히신 프랑스의 국왕,[98] 당신의 신심 깊은 그 아드님으로 인해 괴로워하시네. 신께서는 브르따뉴의 교회 안에서 괴로워하시네. 신께서는 모독당한 당신의 무수한 성당들 속에서, 마구 찢긴 당신의 복음서 속에서, 유린당한 기도실에서 괴로워하시네. 신께서는 학살당한 당신의 사제들 속에서 괴로워하시네. 지금 파멸을 맞고 있는 저 함선에 우리가 무엇하러 왔었던가? 우리는 그 괴로워하시는 신을 도우러 가는 중이었네. 만약 자네의 혈육이 신의 훌륭한 종이었다면, 그가 만약 지혜롭고 유익한 사람으로서의 책무를 충실히 이행하였다면 캐런 포의 불행이 닥치지 않았을 것이고, 경순양함이 파손되어 못 쓰게 되지 않았을 것이고, 그것이 항로에서 벗어나지 않았을 것이고, 우리 전함의 파멸을 준비하고 있던 함대의 수중에 떨어지지 않았을 것이고, 우리들은 이 시각, 모두 용맹한 전사이며 바다의

---

[98] 루이 16세의 둘째 아들 루이 샤를르 드 프랑스(1785~1795)를 가리킨다. 튈르리 궁 점령, 루이 16세의 폐위 등 1792년 8월 10일 사태 이후 왕의 가족은 성당 기사단 본부에 유폐되었는데, 1793년 1월 루이 16세가 처형되자, 해외로 망명한 왕실 종친들이 그를 루이 17세로 공표하였다.

사나이들답게, 군도를 움켜쥐고 백색 깃발을 휘날리며, 무리를 지어 만족스럽고 기쁜 기색으로 프랑스의 해안에 상륙하여, 방데 지방의 용감한 촌사람들이 프랑스를 구출하고 국왕 전하를 구출하고 신을 구출하는 것을 돕기 위하여 달려가고 있을 것이네. 그것이 우리가 하려던 일이었고, 그것이 또한 우리가 장차 할 일이라네. 그것이 이제 홀로 남은 내가 가서 하려는 일이라네. 그런데 자네가 그 일을 막으려 하네. 불경스러운 자들이 사제들을 상대로 벌이는 이 싸움에서, 시역 죄인들[99]이 국왕 전하를 상대로 벌이는 이 싸움에서, 자네는 지금 사탄의 편에 서려 하네. 자네의 혈육이 악마의 첫 번째 보조원이었다면, 자네는 두 번째 보조원이 될 걸세. 그가 시작하고 자네가 완결하려 하네. 자네는 지금 프랑스 옥좌에 맞서 시역 죄인들 편에 서려 하고, 교회에 맞서 불경스러운 자들 편에 서려 하네. 자네는 신에게 남은 마지막 수단을 빼앗으려 하네. 국왕을 대변하는 내가 더 이상 없음으로 해서, 촌락들이 화염에 휩싸이고, 무수한 가정들이 눈물을 흘리고, 사제들이 피를 흘리고, 브르따뉴가 고통에 시달리고, 국왕께서 감옥에 계시고, 구세주 예수께서 절망에 빠지시는 등의 일들이 계속될 것일세. 그 모든 일의 장본인이 누구일까? 바로 자네일세. 이제 자네의 뜻대로 하게. 자네의 일이니까. 나는 자네에게서 정반대의 것을 기대하였네. 나의 착각이었네. 아! 그래, 사실이야, 자네의 말이 옳아. 내가 자네의 혈육을 죽였네. 그가 용감하였던지라 그에게 상을 내렸고, 죄를 저질렀던지라 처벌하였네. 그는 자기의 의무에 소홀했고 나는 나의 의무를

---

99 1792년 12월 루이 16세의 사형 언도에 찬성표를 던진 혁명 의회 의원들을 가리킨다.

게을리하지 않았네. 나는 언제든 그러한 일을 서슴지 않겠네. 또한, 우리들을 바라보고 계시는 위대한 성녀 오레의 안느[100] 앞에서 맹세하거니와, 그러한 일이 또 발생할 경우 나는 자네의 혈육에게 그랬듯이 나의 아들에게도 총살형을 언도할 걸세. 이제 모든 것이 자네의 뜻에 달렸네. 그래, 나는 자네를 측은히 여기네. 자네가 자네의 지휘관에게 거짓말을 하였네. 예수교도인 자네가 신뢰를 저버렸고, 브르따뉴 사람인 자네가 명예를 저버렸어. 내 몸이 자네의 충절에 맡겨졌건만, 자네는 나를 배신으로 받아들였네. 그리고 이제, 나의 목숨을 보호하겠다고 하던 자네의 약속을 믿은 이들에게, 자네는 나의 죽음을 돌려주려 하네. 자네가 지금 파멸시키려 하는 사람이 누구인지 아는가? 바로 자네일세. 자네는 국왕 전하로부터 나의 목숨을 빼앗고, 자네의 내세를 악마에게 주려 하네. 자네의 영영 씻지 못할 죄를 어서 저지르게. 자네 몫의 낙원을 싼값에 넘겨 버리게. 자네 덕분에 마귀가 승리할 것이고, 자네 덕분에 교회당들이 무너질 것이며, 자네 덕분에 이교도들이 교회당의 종들을 녹여 대포 만드는 짓을 계속할 것이네. 그리하여, 영혼들을 구출하던 물건으로 사람들에게 포탄을 쏟아부을 걸세. 내가 지금 이 말을 하고 있는 순간에도, 자네의 세례식을 알리던 그 종이 아마 자네의 모친을 죽이고 있을지 모르

---

100 예수의 외조모 안나를 가리킨다. 그 〈성녀〉가 17세기 초 모르비앙 지역 오레라는 마을에 살던 어느 농부 앞에 현신하였다 하며, 그 일로 인하여 그곳이 성지가 되었다고 한다. 또한 그 마을은 쌩뜨−안느−도레(브르따뉴어로는 케르−안나, 즉 〈안나의 마을〉이라는 뜻)라는 이름을 얻고 유명한 순례지가 되었다. 19세기 중엽 마리아가 어느 소녀 앞에 현신하였다 하여 피레네 지역의 루르드가 순례지로 변한 것과 유사한 이야기이며, 중세 이후 어수룩한 사람들의 신앙을 유지시켜 주던 무수한 전설들 중 하나이다.

네. 어서 악마를 돕게. 멈칫거리지 말게. 그래, 내가 자네 혈육에게 사형 언도를 내렸어. 하지만 내가 신께서 쓰시는 연장이라는 사실만은 알아 두게. 아! 자네가 신의 연장을 심판하려 하네! 결국 자네가 하늘에 있는 벼락을 심판하려 하는가? 불쌍한 사람, 자네가 그 벼락의 심판을 받을 걸세. 지금 자네가 행하려 하는 일을 조심하게. 내가 성총을 입고 있음을 알고나 있는가? 모르겠지. 여하튼 머뭇거리지 말게. 자네 뜻대로 하게. 나를 지옥으로 처박으며 자네 또한 나와 함께 그 속으로 뛰어드는 것은 자네의 뜻에 달렸네. 우리 두 사람이 지옥에 떨어지는 일은 자네의 손에 달렸네. 그리고 신 앞에서 책임을 져야 할 사람은 자네야. 우리는 이 심연 위에서 단둘이 마주하고 있네. 시작한 일을 멈추지 말고 어서 마무리 짓게. 나는 늙었고 자네는 젊어. 또한 나에게는 무기가 없고 자네는 무장을 하였네. 그러니 나를 죽이게.」

노인이 우뚝 서서 바다의 소음보다도 더 큰 소리로 말을 하는 동안, 물결의 일렁거림으로 인하여 그의 모습이 그늘 속에 잠겼다가 다시 환한 빛을 받곤 하였다. 선원의 얼굴이 창백해졌다. 그의 이마에서 굵은 땀방울들이 뚝뚝 떨어졌다. 그의 몸이 나뭇잎처럼 떨렸다. 그가 들고 있던 로자리오 묵주에 이따금씩 입을 맞추었다. 노인이 말을 마쳤을 때, 권총이 선원의 손에서 떨어졌고, 선원이 무릎을 꿇었다. 그러고는 애걸하듯 소리쳤다.

「용서하옵소서, 나리! 저에게 은총을 베푸소서. 착한 신처럼 말씀하시나이다. 제가 잘못을 저질렀나이다. 저의 혈육이 잘못을 저질렀나이다. 그의 죄를 씻기 위하여 무슨 짓이든 하겠나이다. 저를 뜻대로 부리소서. 명령을 내리소서. 복종하겠나이다.」

「자네를 용서하노라!」 늙은이가 말하였다.

2
농부의 기억력과 지휘관의 지식

보트에 있던 비상식량이 무익하지는 않았다.

도망치던 두 사람은, 먼 항로를 따라 우회하였기 때문에 서른여섯 시간이나 걸려 해안에 닿았다. 그들은 바다에서 하룻밤을 보냈다. 그러나 밤은 아름다웠다. 몸을 숨기려 하는 사람들에게는 지나칠 만큼 달빛이 밝았다.

그들은 우선 프랑스 영토로부터 멀어져, 저지 섬 쪽으로 펼쳐진 난바다로 접어들어야 했다.

벼락같은 집중 포격을 받은 경순양함의 마지막 대포 소리가 그들에게까지 들려왔다. 숲 속에서 사냥꾼들이 죽이는 사자의 마지막 포효와 같았다.

경순양함 클레이모어 역시 전함 〈방죄르〉[101]와 같은 식으로 최후를 맞았다. 그러나 영광이 그 경순양함은 외면하였다. 그 자신의 조국을 상대로 싸우는 이는 영웅이 될 수 없기 때

---

101 *le Vengeur*. 1794년 6월 1일, 브레스트 항구 근처 바다에서 영국 함대의 공격을 받고 침몰한 프랑스 전함이다. 〈응징하는 자〉라는 뜻이다. 당시 혁명 의회에 보고된 바에 의하면, 그 전함의 승무원들 전원이 〈조국 만세! 공화국 만세!〉를 외치며 전함과 함께 최후를 맞았고, 전함의 전설적 영광은 그렇게 탄생하였다고 한다. 하지만 그것은 허구일 뿐, 실은 영국 해군들이 그 전함의 승무원 4백여 명을 구출하였고, 몇 개월 후에 석방하였다고 한다. 그 전설을 만드는 데 〈일어서라, 깊은 바다로부터 나오라⋯⋯ 방죄르 전함의 뜨거운 시신이여⋯⋯〉로 시작되는 쉐니에의 찬양 시가 한몫하였던 모양이다.

문이다.

알말로는 경이로운 선원이었다. 능란함과 영리함이 기적에 가까웠다. 암초들과 파도와 적의 감시망을 피해 임기응변 항로를 여는 솜씨는 정말 걸작품이었다. 마침 바람도 약해지고 바다 또한 고분고분해졌다.

알말로는 꼬-데-맹끼에를 피해 쇼세-오-뵈프를 감싸고 돈 다음, 간조 때면 그곳에 생기는 작은 포구로 들어가 몇 시간 동안 휴식을 취하였다. 그다음 다시 남쪽으로 항로를 꺾어, 그랑빌의 파수 대원들에게도 쇼제 군도의 파수대원들에게도 발각되지 않고 그 두 지점 사이를 통과하는 데 성공하였다. 그런 다음 쌩-미셸 만으로 곧장 접어들었다. 매우 담대한 시도였다. 순양 함대의 정박지였던 깡깔 항이 가까이에 있었으니 말이다.

이틀째 되는 날, 해가 지기 한 시간 전쯤, 그는 쌩-미셸 동산을 지나 어느 백사장에 닿았다. 위험한 곳이라 항상 인적이 없었는데, 자칫 매몰되기 쉬운 모래 수렁이었기 때문이다.

다행히 만조 때였다.

알말로가 쪽배를 최대한 앞으로 밀어 모래밭을 더듬어 본 다음, 지면이 단단하다고 여겼던지 그곳에 배를 대고 껑충 뛰어내렸다.

노인이 그를 따라 뱃전을 성큼 넘어선 다음, 앞에 펼쳐진 지평선을 살폈다.

「나리, 이곳은 꾸에농 강의 하구 지역입니다.」 알말로가 말하였다. 「우현 쪽 앞에 보부와르가 있고, 좌현 쪽 앞에 윈느가 있습니다. 그리고 정면 쪽 종각 보이는 곳이 아르드봉입니다.

노인이 쪽배 안으로 상체를 숙여 건빵을 조금 집더니, 그것을 자기의 호주머니에 넣으며 알말로에게 말하였다.

「나머지는 자네가 챙기게.」

알말로가 나머지 고기와 건빵을 자루에 휩쓸어 담은 후, 자루를 어깨에 둘러메었다. 그러고는 말하였다.

「나리, 제가 길을 안내할까요, 혹은 나리 뒤를 따를까요?」

「둘 다 그만두게.」

알말로가 놀란 표정으로 노인을 바라보았다.

노인이 다시 말하였다.

「알말로, 이제 헤어져야겠네. 두 사람이 함께 있는 것이 별 무소용일세. 1천 명이 함께할 수 없으면 차라리 홀로 움직이는 것이 나은 법이야.」

그가 말을 중단하더니, 자기의 호주머니에서 초록색 비단 매듭 리본 하나를 꺼냈다. 휘장 비슷하게 생겼는데, 그 중앙에 황금빛으로 나리꽃 문양[102]을 수놓은 것이었다. 그가 다시 말하였다.

「자네 글을 읽을 줄 아는가?」

「모릅니다.」

「잘되었네. 글을 읽을 줄 안다는 것이 거추장스러울 수 있지. 기억력은 좋은가?」

「예.」

「다행이군. 잘 듣게, 알말로. 자네는 오른쪽으로 가고 나는 왼쪽으로 가도록 하세. 나는 푸제르 방향으로 갈 테니, 자네는 바주쥬 쪽으로 가게. 자루를 버리지 말게. 그것 덕분에 자네가 농사꾼처럼 보이네. 무기들은 보이지 않게 감추게. 막대기 하나를 손에 들고 다니게. 키 높게 자란 호밀 밭에 몸을 숨

---

102 당시 프랑스 왕실의 가문(家紋)이었다.

기면서 이동하게. 또한 울타리들을 따라 미끄러지듯 움직이게. 어떤 밭의 입구에 사립문이 있으면 그것을 열지 말고 넘어가 밭을 가로지르게. 행인들과는 항상 멀찌감치 거리를 두게. 도로와 교량은 피하게. 뽕또르송 읍내로는 들어가지 말게. 아! 자네가 꾸에농 강을 건너야 하는데, 어찌할 것인가?」

「헤엄을 쳐 건너겠습니다.」

「좋아. 강을 걸어서 건널 수 있는 지점이 하나 있긴 한데. 그 지점이 어디에 있는지 아는가?」

「앙쎄와 비으-비엘 사이에 있습니다.」

「좋아. 자네 정말 이 고장 사람이군.」

「하지만 곧 어두워질 텐데, 나리께서는 어디에서 주무실 생각이십니까?」

「내가 알아서 하겠네. 그럼 자네는 어디에서 유숙할 작정인가?」

「에무쓰들이 많습니다. 저는 선원이 되기 전에 농사꾼이었습니다.」

「지금 쓰고 있는 수병의 모자를 벗어 버리게. 그것이 자네의 정체를 폭로할 수도 있네. 까라뿌쓰라고들 하는 두건을 아무 데서나 쉽게 구할 수 있을 걸세.」

「오! 흔한 것이 따빠보르[103]입니다. 아무 어부에게나 그것을 살 수 있습니다.」

「좋아. 이제 내 말 유의해 듣게. 자네 숲들을 잘 아나?」

---

103 까라뿌쓰와 따빠보르 모두 브르따뉴어가 아닌 프랑스어의 변형인 듯하다. 까라뿌쓰는 짧은 외투에 달린 두건을 가리키는데, 거북이의 등딱지(까라빠쓰 *carapace*)를 연상시키는 말이고, 따빠보르는 〈챙을 내려 *taper le bord*〉 비바람을 막을 수 있는 모자이다. 두 단어 모두 위고의 조어인 듯하다.

「모든 숲들을.」

「이 고장 전체의?」

「누와르무띠에로부터 라발까지에 있는 모든 숲들을.」

「숲의 이름들도 아는가?」

「숲들도, 이름들도, 그리고 모든 것을 압니다.」

「어느 것 하나 잊지 않을 수 있겠는가?」

「아무것도.」

「좋아. 이제 잘 듣게. 하루에 몇 리으[104]나 걸을 수 있는가?」

「10, 15, 18, 20리으까지, 필요에 따라 걸을 수 있습니다.」

「반드시 그렇게 걸어야 할 걸세. 이제부터 내가 자네에게 하는 말을 단 한 마디도 잊지 말아야 하니. 우선 쌩-오뱅 숲으로 가게.」

「랑발 근처에 있는 것 말씀입니까?」

「그렇네. 쌩-리윌과 쁠레델리악 사이에 있는 협곡 입구에 커다란 밤나무 한 그루가 있네. 그곳에서 걸음을 멈추게. 아무도 보이지 않을 걸세.」

「하지만 누군가 있는 거죠. 알겠습니다.」

「그런 다음 부르는 신호를 보내게. 그 소리를 낼 수 있는가?」

알말로가 두 볼을 잔뜩 부풀리더니 바다 쪽을 향해 돌아섰다. 그다음 순간 올빼미의 〈우—우—〉 하는 소리가 들렸다. 마치 깊은 어둠 속에서 들려오는 것 같았다. 올빼미 소리와 흡사하였고 음산하였다.

「좋아. 그만하면 충분하네.」

---

104 *lieue*. 옛 거리 측정의 단위로 1리으는 대략 4킬로미터에 해당한다. 그러나 시대와 지방에 따라 변화가 심한데, 라블레의 농담에 의하면 수도 빠리로부터 먼 고장일수록 1리으의 거리가 더 길어진다고 한다.

노인이 그렇게 말하며 초록색 비단 리본을 알말로에게 내밀었다.

　「여기 지휘권을 뜻하는 리본이 있네. 이것을 받게. 아직은 아무도 나의 이름을 알지 못하는 것이 중요하네. 하지만 이 리본으로 충분할 걸세. 나리꽃은 공주 전하[105]께옵서 성당 기사단 본부 감옥에서 수놓은 것일세.」

　알말로가 무릎 하나를 땅바닥에 꿇었다. 그는 떨리는 손으로 나리꽃 수놓은 리본을 받아 자기의 입술 가까이로 가져갔다. 그러다가, 그러한 입맞춤이 두려운 듯 멈칫하면서 노인에게 물었다.

　「괜찮습니까?」

　「물론일세. 자네가 십자가에도 입을 맞추니까.」

　알말로가 나리꽃 문양에 입을 맞추었다.

　「일어서게.」 노인이 분부하였다.

　알말로가 일어서며 리본을 품에 간직하였다.

　노인이 말을 계속하였다.

　「잘 듣게. 명령은 이러하네. 〈봉기하라. 가차 없이 처단하라.〉 이미 말한 바와 같이 쌩-오뱅 숲 언저리에서 신호를 보내게. 세 번 반복하게. 세 번째 신호에 응하여 한 사람이 땅에서 솟아오를 걸세.」

　「나무들 밑에 있는 구멍으로부터. 제가 잘 압니다.」

　「그 사람은 삘랑슈노인데, 흔히들 〈국왕의 심장〉이라고 부르지. 그에게 리본을 보여 주게. 그가 알아들을 걸세. 그런 다

---

　105 Madame Royale. 루이 16세와 마리 앙뚜와네뜨 사이에서 태어난 샤를로뜨 드 프랑스(1778~1851)를 가리키는 듯하다. 루이16세의 가족 중 대혁명의 와중에서 유일하게 목숨을 부지했던 사람이다.

음 자네 재주껏 길을 찾아 아스띠예 숲으로 가게. 그곳에서 다리가 안쪽으로 휜 사람을 만나게 될 걸세. 무스끄똥[106]이라는 별명을 가진 사람인데, 그는 그 누구에게도 자비를 베풀지 않네. 내가 그를 각별히 아낀다는 말을 전하고, 그의 교구들을 뒤흔들라고 하게. 그다음, 쁠로에르멜로부터 1리으 되는 곳에 있는 꾸에봉 숲으로 가게. 자네가 올빼미 신호를 보내는 즉시 한 남자가 어느 구멍에서 불쑥 모습을 드러낼 걸세. 쁠로에르멜 지역 판관이었던 뛰오 씨라는 사람인데, 제헌의회라고들 하는 것의 일원이었지만 그는 착한 사람들 편이었네.[107] 그 사람에게, 망명한 게르 후작의 꾸에봉 성 전체가 무장을 갖추도록 하라고 전하게. 협곡들과 작은 숲들과 평탄치 않은 지역들이 적합한 장소일세.[108] 뛰오 씨는 올곧고 기지 넘치는 사람이지. 그다음 쌩-우앵-레-뚜와로 가서 쟝 슈앙[109]을 만나게. 내가 보기에는 그 사람이 진정한 두령일세. 그다음 빌르-앙글로즈 숲으로 가서 쌩-마르땡이라는 별명을 가진 기떼르를 만나, 꾸르메닐이라고 하는 자를 주시하라고 전하게. 그자는 늙은 구삐 드 프레휄른의 사위이며 아르쌍땅의 쟈꼬뱅당원 무리를 조정하는 자일세. 내가 한 말을 잘 착념해 두게. 내가 쪽지에 적어 주지 않음은, 그 무엇도 기

106 제1부, 제1권, 각주 7 참조.
107 1789년 5월에 소집된 비상 신민 회의가 같은 해 7월 9일 제헌 국민회의로 바뀌어 입헌 군주제를 추진하였는데, 〈착한 사람들 편〉이란 그 의회를 구성하고 있던 귀족파와 군주파를 가리키는 듯하다. 나머지 다른 한 파는 혁명파Patriotes(〈애국자들〉이라는 뜻)였다.
108 게릴라전에 적합한 장소들을 구체적으로 명시한 것이다.
109 1793년부터 제1제정이 시작되는 1804년까지 방데 지역 반란과 함께 계속되었던 올빼미당 반란을 주도하였던 사람들 중 하나인 쟝 꼬트로(1757~1794)의 별명이다. 〈슈앙chouan〉은 올빼미나 부엉이를 가리킨다.

록으로 남겨서는 아니 되기 때문이네. 라 루아리가 명단 하나를 만든 바 있는데, 그것으로 인하여 모든 것이 실패로 돌아갔네. 그다음 루즈프 숲으로 가면 그곳에 미엘레뜨가 있는데, 그 사람은 긴 장대에 몸을 의지하여 협곡을 건너뛰기도 하지.」

「그 장대를 가리켜 훼르뜨라고 합니다.」

「자네도 그것을 사용할 줄 아는가?」

「그걸 모른다면 제가 브르따뉴 사람이 아니죠. 또한 농사꾼도 아니죠. 훼르뜨는 저희들의 친구입니다. 그것이 저희들의 팔과 다리를 길게 늘여 줍니다.」

「바꾸어 말하자면 그것이 적을 더 작게 만들고 길을 단축시켜 주는군. 좋은 연장이야.」

「언젠가는 제가 그 장대로 군도를 든 염세리(鹽稅吏) 셋을 상대하였습니다.」

「언제였는가?」

「10년 전이었습니다.」

「국왕 치세 시절에?」

「물론입니다.」

「국왕 치세 시절에 자네가 싸움을 벌였단 말인가?」

「그렇습니다.」

「누구에게 대항하기 위하여?」

「잘은 모르겠습니다. 그 시절 저는 소금 장사꾼이었습니다.」

「잘했군.」

「그러한 싸움을 가리켜 염세(鹽稅)에 대항한다고들 하였습니다. 염세라는 것이 국왕과 같은 것입니까?」

「그렇다네. 아니야. 여하튼 자네가 그런 것까지 이해할 필요는 없네.」[110]

「제가 감히 나리께 질문을 드린 것에 대하여 용서를 빕니다.」
「우리의 이야기를 계속하세. 자네 뚜르그 성을 아는가?」
「제가 뚜르그 성을 알 다 뿐이겠습니까! 제가 그곳 출신입니다.」
「어떻게 자네가?」
「그렇습니다. 제가 빠리녜에서 태어났으니까요.」
「그래 맞네, 뚜르그 성이 빠리녜 이웃에 있지.」
「제가 어찌 뚜르그 성을 모르겠나이까! 그 둥글고 거대한 성은 저의 영주님들 가문의 것입니다. 그곳의 새 건물과 옛 건물 사이에는 두꺼운 철문이 있는데, 그 문은 대포로도 부술 수 없습니다. 새 건물에 바르텔르미[111] 성자에 관한 유명한 책이 있고, 사람들이 그것을 구경하러 오곤 하였습니다. 풀밭에는 개구리들이 많습니다. 제가 아주 어릴 때 그 개구리들과 놀았습니다. 그리고 그 지하 통로! 제가 그것을 잘 압니다. 지금은 아마 저 이외에 그것을 아는 사람이 없을 것입니다.」
「무슨 지하 통로인가? 나는 자네가 무슨 이야기를 하는지 모르겠네.」

110 브르따뉴 해안에서 생산되는 소금을 나귀 등에 싣고 브르따뉴 전 지역을 자유롭게 왕래하며 곡물과 바꾸던 상인들이 있었는데, 구왕조 시절 그러한 유통을 통제하고 세금을 부과하여 많은 원성을 샀다고 한다. 노인이 머뭇거린 것은 그러한 사실 때문인 듯하다. 또한 상인들이 염세 징수관들을 피하여 은밀히 이동하게 되었던바, 그들이 소금 밀수꾼 혹은 밀매자로 간주되었고, 지역에 따라서는 극형에 처해지기도 하였던 모양이다.
111 예수의 열두 제자 중 하나로. 바르톨로마이오스(그리스), 바르톨로메오(이딸리아, 에스빠냐), 바르텔르미 혹은 바르톨로메(프랑스) 등으로 읽는다. 아르메니아에서 산 채로 껍질을 벗겨 죽이는 극형을 당하였다고 한다. 축일은 8월 24일이다.

「옛날, 뚜르그 성이 포위되었을 때 사용되던 것입니다. 성 안에 있던 사람들이, 근처 숲과 잇닿아 있던 그 지하 통로를 이용하여 밖으로 도망칠 수 있었습니다.」

「그러한 지하 통로가 쥐뻴리에르 성이나 위노데이 성 혹은 샹뻬옹 탑에 있는 것은 사실일세. 하지만 뚜르그 성에는 그러한 것이 없네.」

「틀림없이 있습니다, 나리. 나리께서 말씀하시는 그 통로들에 대해서는 제가 아무것도 모릅니다. 저는 뚜르그 성의 지하 통로밖에 모릅니다. 제가 그 고장 사람이기 때문입니다. 또한, 그 통로가 있다는 사실을 아는 사람은 아마 저뿐일 것입니다. 그것에 대해서는 모두들 입을 다물었습니다. 그것에 대하여 말하는 것을 철저히 금하였는데, 로앙 대공이 벌이던 전쟁[112] 시절에 그 통로가 이용되었기 때문입니다. 저의 아버지께서 그것의 비밀을 알고 계셨던지라 저에게 그 통로를 보여 주셨습니다. 저는 그 통로에 들어가는 비법과 그곳에서 나오는 비법을 알고 있습니다. 제가 만약 근처 숲에 있다면 사람들의 눈에 띄지 않고 탑 안으로 들어갈 수 있고, 탑 안에 있다면 아무도 모르게 숲으로 갈 수 있습니다. 그리하여, 성을 포위하였던 적들이 들어와 보면, 더 이상 아무도 없습니다. 뚜르그 성이 그러합니다. 아! 제가 그 탑[113]을 잘 압니다.」

노인이 잠시 침묵하다가 다시 말하였다.

「자네가 필시 착각하였을 걸세. 만약 그러한 비밀 통로가

---

112 브르따뉴의 왕족 로앙 가문의 앙리 2세 대공(1579~1638)이 루이 13세를 상대로 펼치던 전쟁을 가리키는 듯하다.
113 〈탑〉은 〈성〉을 환유할 수도 있고, 성의 주탑을 가리킬 수도 있을 것이다.

있다면 내가 그것을 알았을 걸세.」

「나리, 틀림없습니다. 그곳에는 회전하는 돌이 하나 있습니다.」

「아무렴, 그렇겠지! 자네들 농사꾼들은 회전하는 돌, 노래하는 돌, 밤이면 근처에 있는 개울로 물 마시러 가는 돌들이 있다고 믿지. 온갖 꾸며 낸 이야기들을 믿지.」

「하지만 제가 그 돌을 회전시킨 적도 있는데……」

「다른 사람들이 돌의 노래를 들은 것처럼. 동지여,[114] 뚜르그 성은 안전하고 견고하여 방어하기 쉬운 요새라네. 하지만 그곳으로부터 탈출하는 데 유용한 지하 통로가 있으리라 기대하는 사람이 있다면, 그야말로 어수룩한 사람이야.」

「하지만 나리……」

노인이 어이없다는 듯이 어깨를 한 번 으쓱하고 나서 말하였다.

「시간 낭비하지 말고 우리 일에 대해서 이야기하세.」

그 단호한 어조가 알말로의 입을 막아 버렸다.

노인이 다시 말하였다.

「이야기를 계속하세. 잘 듣게. 루즈프로부터 12인의 우두머리 베네디씨떼가 있는 몽쉐브리에 숲으로 가게. 탁월한 사람이라네. 그는 사람들을 화승총으로 쏘아 죽이면서 식사 기도문 베네디키테[115]를 읊조리지. 전쟁에서 헤픈 감상은 금물

---

114 당시 혁명파 사람들 사이에 유행하던 단어 *camarade*를 옮긴 것이다. 노인이 그 단어를 사용한 것이 매우 이상하다.

115 〈축복을 내리소서(베네디키테 *benedicite*), 주님, 이 음식과 이것을 마련한 이들에게 축복을 내리소서. 그리고 가난한 이들에게 빵을 내리소서……〉 기도의 첫 단어인 라틴어 베네디키테를 프랑스어로 옮기면 〈베네디씨떼 *bénédicité*〉가 된다. 그가 그러한 별명을 얻게 된 유래를 설명하고 있는 것이다.

이야. 몽쉐브리에를 떠나……」

그가 이야기를 중단하였다가 다시 말하였다.

「내가 돈을 깜빡 잊었네.」

그러면서 호주머니에서 돈주머니 하나와 지갑 하나를 꺼내어 알말로의 손에 쥐어 주었다.

「이 지갑 속에 지폐[116] 3천 프랑이 있네. 3리브르 10쑤[117]쯤 되는 금액이지. 지폐들은 사실 모두 위조된 것들이지만, 진품들 역시 아무 가치 없기는 마찬가지일세. 그리고 이 돈주머니에는 금화 1백 루이[118]가 있으니 잘 간수하게. 내 수중에 있는 것을 몽땅 자네에게 주네. 이곳에 도착하였으니 나는 더 이상 아무것도 필요치 않네. 뿐만 아니라, 혹시 누가 나의 몸을 수색할 경우 수중에 돈이 한 푼도 없는 것이 낫지. 이야기를 다시 계속하겠네. 몽쉐브리에로부터 앙트랭으로 가서 후로떼 씨를 만나게. 그다음 앙트랭을 떠나 쥐뻴리에르에 도착하면 로슈꼬뜨 씨를 만나게 될 걸세. 그리고 쥐뻴리에르에서 누와르로 향하면 그곳에 보드윙 사제가 있을 걸세. 내가 지시한 것 모두 기억할 수 있겠는가?」

「제가 외우는 주기도문처럼.」

「또한 쌩-브리스-앙-꼬글르에서 뒤부와-기 씨를, 모란느 요새에서 뛰르뺑 씨를, 그리고 샤또-공띠에에서 딸몽 대공을 만나게 될 걸세.」

116 1789년에서 1797년 사이 국가 재산을 담보로 발행하던 지폐로, 일종의 담보 증권이다.
117 옛 명목 화폐 단위로, 대혁명 이후까지도 금화 프랑과 혼용되었으며, 1리브르*livre*는 20쑤*sou*에 해당하였다. 한편 1쑤는 5쌍띰*centime*에 해당하였는데, 20세기 초부터는 주로 쌍띰으로 대체되었다.
118 *louis*. 옛 금화로, 1루이는 10리브르(훗날 24리브르)에 해당하였다.

「대공이신 분이 저 같은 사람에게 말씀을 건네실까요?」
「내가 자네에게 말하고 있지 않는가!」
알말로가 얼른 모자를 벗었다.[119]
「모든 사람들이, 공주님께서 수놓으신 나리꽃 문양을 보면, 자네를 환대할 걸세. 하지만 자네가 산골 무지렁이들과 둔중한 촌것들[120] 사이로 다녀야 한다는 사실을 잊지 말게. 경우에 따라서는 변장을 하게. 쉬운 일이니까. 공화파 녀석들이 어찌나 멍청한지, 하늘색 상의에 삼각모를 쓰고 삼색 휘장만 걸치면 어디든 자유롭게 통행할 수 있지. 녀석들에게는 더 이상 옛날의 정규 연대도 없고, 군복도 없으며, 각 부대의 고유 번호도 없네. 각자 닥치는 대로 누더기를 걸치고 다니지.[121] 그리고 쌩-메르베로 가게. 그곳에서 그랑-삐에르라는 별명을 가진 골리에를 만날 걸세. 그다음 빠르네의 숙영지로 가게. 그곳에는 얼굴에 검댕을 칠한 사람들이 있을 걸세. 그들은 자기들의 총에 조약돌을 장전하고 화약을 두 배 사용하여 총성을 요란하게 만든다네. 잘하는 일이지. 특히 그들에게 죽이고 죽이며 또 죽이라고 말하게. 그다음 샤르니 숲 고지대에 있는 바슈-누와르의 진영으로 가서, 그곳으로부터 다시 아부완느, 베르, 푸르미 등의 진영을 차례로 방문하게. 그곳들을 거쳐 오-데-프레라고도 부르는 그랑-보르다

---

119 노인이 자신의 신분을 노출시킨 터이다.
120 *montagnards et patauds*. 급진 공화파들을 비하적으로 지칭하는 말인 듯하다.
121 공화제를 선포한 프랑스가 유럽 군주국들을 상대로 외로운 싸움을 벌이던 시절, 프랑스 병사들의 누더기가 영국 병사들의 웃음거리였고 프랑스 병사들이 시장기를 노래로 달랬다는 미슐레의 목멘 술회(『프랑스 대혁명』)를 연상시키는 언급이다.

주로 가게. 그곳에는 미망인 하나가 살고 있는데, 영국인이라는 별명을 가진 트르뚱이 그녀의 딸과 혼인하였네. 그랑-보르다주는 껠렌느 교구에 있네. 그다음 에쁘느-르-쉐브레이유, 씨예-르-기욤, 빠란느 등 모든 숲에 출몰하는 여러 사람들을 만나게. 자네에게 많은 친구들이 생길 걸세. 그들을 멘느 지역 북쪽과 남쪽 변두리로 보내게. 자네는 베주 교구에서 쟝 트르뚱을, 비뇽에서 쌍-르그레를, 봉샹에서 샹보르를, 메종쎌에서 꼬르뱅 형제들을, 그리고 쌩-쟝-쉬르-에르브에서 쁘띠-쌍-삐에르를 만날 걸세. 쁘띠-쌍-삐에르가 곧 부르두와조라고들 부르는 그 사람일세. 그 모든 임무를 완료한 후, 그리고 〈봉기하라, 가차 없이 죽이라〉는 명령을 사방에 전한 다음, 카톨릭 근위군의 주력 부대가 어디에 있든 그곳으로 가게. 엘베, 레뀌르, 라 로슈쟈끌랭 등을 비롯한 모든 두령들이 아직 살아 있다면 그곳에서 그들을 만날 수 있을 걸세. 그들에게 내가 준 사령관 리본을 보여 주게. 그들은 그 리본이 무엇인지 잘 아네. 자네가 일개 선원이지만, 까뜰리노 역시 일개 짐마차꾼에 불과하네. 그들에게 나의 이 말을 전하게. 〈두 전쟁을 병행할 때이니라. 두 전쟁이란 큰 전쟁과 작은 전쟁을 가리키느니라. 큰 전쟁이 더 소란스럽지만 작은 전쟁이 더 많은 일을 하느니라. 방데 지역 전쟁은 정규전이지만 올빼미당 전쟁은 비정규전이로다. 내란에서는 비정규전이 더 탁월하니라. 전쟁의 우수함은 그것이 행한 악의 총량에 의해 판정되느니라.〉」

노인이 잠시 말을 중단하였다가 다시 계속하였다.

「알말로, 내가 자네에게 이 모든 것을 지시함은, 자네가 단어들은 이해하지 못하되 일의 요체를 이해하기 때문일세. 나는 자네가 쪽배 다루는 것을 보고 자네를 신뢰하게 되었네. 자네는 기하학은 모르되 바다에서의 움직임은 놀랄 만하네. 쪽배 한 척을 조종할 수 있는 사람은 반란도 이끌 수 있네. 자네가 그 미지의 바다를 다루던 솜씨로, 내가 자네에게 맡기는 임무를 수행하리라 확신하네. 다시 말하네. 다음의 내용을 두령들에게 자네 능력껏 전하게. 어떤 말로 전하든 상관없네. 나는 평지 전투보다는 수림 속 전투를 더 좋아하네. 나는 농사꾼들 10만 명을 줄 세워 놓고 청군 병사들의 집중 사격과 까르노[122] 씨의 포격을 받게 하지는 않겠네. 한 달 이내에, 모든 숲에 매복한 살인자 50만이 확보되기를 바라네. 공화파 군대가 나의 사냥감이네. 밀렵 또한 전투라네. 나는 덤불숲 전쟁의 전략가라네. 좋아, 자네가 알아듣지 못할 말을 또 하였군. 상관없네. 하지만 이 말은 알아듣겠지. 〈가차 없이 죽이라! 사방에 매복하라!〉 나는 방데 지역의 반란보다는 올빼미 당원들의 전투를 더 좋아하네. 영국인들이 우리 편이라는 점도 덧붙이게. 공화국을 두 화염 사이로 몰아넣자고 하게. 유럽 전체가 우리를 돕고 있네. 혁명을 끝장내자고 하게. 여러 왕국들이 혁명을 상대로 전쟁을 벌이고 있으니, 교구들 또한 전쟁을 벌이자고 하게. 그러한 말들을 전하게. 내 말 알아들었는가?」

「예, 모든 것이 불과 피로 덮이도록 하는 것입니다.」

「바로 그걸세.」

「가차 없이 죽이라.」

---

122 Lazare Carnot(1753~1823). 프랑스 대혁명 시절, 혁명 의회에서 주로 군무를 담당하였으며, 특히 공화국 군대를 열네 개 군으로 재편한 것으로 유명하다. 〈승리의 장인〉 혹은 〈위대한 까르노〉라는 별칭을 가지고 있다.

「누구를 막론하고. 바로 그걸세.」
「사방으로 돌아다니겠습니다.」
「조심하게. 이 고장에서는 누구든 쉽게 목숨을 잃네.」
「죽음 따위에는 개의치 않습니다. 누구든 첫걸음을 내딛는 사람은 자기의 마지막 신발을 신은 꼴이 될 수 있으니까요.」
「자네 진정 용감한 사람이군.」
「그런데 혹시 누가 나리의 존함을 물으면?」
「아직은 누구도 내 이름을 알아서는 아니 되네. 모른다고 하게. 그러면 정직한 대답이 될 걸세.」
「어디에서 나리를 다시 뵈올 수 있겠습니까?」
「내가 장차 가 있을 곳에서.」
「그곳을 제가 어떻게 알 수 있겠습니까?」
「모든 사람들이 그곳을 알게 될 테니까. 여드레가 지나지 않아 모든 사람들이 내 이야기를 할 걸세. 내가 국왕 전하와 우리의 종교를 위하여 복수할 것이고, 그렇게 본때를 보여 줄 것이네. 그러면 사람들이 내 이야기를 하고 있다는 사실을 자네도 알아차릴 수 있을 걸세.」
「알겠습니다.」
「어느 것 하나 잊어서는 아니 되네.」
「안심하십시오.」
「이제 떠나게. 신께서 자네를 인도해 주시길 비네. 가게.」
「나리께서 분부하신 모든 것을 이행하겠습니다. 가겠습니다. 전하겠습니다. 복종하겠습니다. 명령하겠습니다.」
「좋아.」
「그리고 제가 성공적으로 임무를 수행하면…….」
「자네에게 쌩-루이 기사 칭호를 수여하겠네.」

「저의 혈육에게처럼. 그리고 임무를 성공적으로 수행하지 못하면 저 역시 총살형에 처하시겠습니까?」

「자네의 혈육처럼.」

「약속드립니다, 나리.」

노인이 고개를 숙이고 심각한 생각에 잠기는 것 같았다. 그가 다시 고개를 쳐들어 보니 그 홀로였다. 알말로는 지평선으로 깊숙이 빠져들어 가는 하나의 검은 점에 불과했다.

해가 진 직후였다.

고엘랑들과 두건 갈매기[123]들이 돌아오고 있었다. 바다는 밖이다.

허공에는 밤의 초입에 나타나는 일종의 불안이 감돌고 있었는데, 청개구리들이 울어 대고, 물총새들이 획획거리며 수면 위를 날아다니는가 하면, 온갖 갈매기들과 까마귀들이 저녁 법석을 벌이고 있었다. 해변의 새들이 요란하게 서로를 부르건만, 인간의 소리는 단 한 가닥도 들리지 않았다. 쓸쓸함이 깊었다. 포구에는 돛 하나 보이지 않고, 반대편 벌판에는 촌사람 하나 보이지 않았다. 황량한 벌판이 끝없이 펼쳐져 있었다. 키 큰 모래밭 엉겅퀴가 파르르 떨고 있었다. 황혼 녘의 하얀 하늘이 백사장 위에 창백하고 광막한 빛을 던지고 있었다. 침침한 벌판 멀리 있는 연못들이 마치 땅바닥에 던져 놓은 주석 판들 같았다. 난바다로부터 바람이 세차게 불어왔다.

---

123 머리와 부리가 짙은 갈색이어서 마치 두건을 쓴 것 같기 때문에 주어진 명칭이라고 한다. 조롱꾼 갈매기의 다른 이름이기도 하다.

제4권
뗄마르

1
모래 언덕 위에서

노인은 알말로가 사라지도록 내버려 둔 다음, 선원용 외투로 몸을 감싸고 걷기 시작하였다. 그는 깊은 생각에 잠겨 천천히 걸었다. 알말로가 보부와르 쪽으로 멀어져 가고 있는 동안, 그는 윈느 방향으로 발걸음을 옮겼다.

그의 뒤로는 교회당의 티아라[124]와 요새의 갑옷[125]을 갖추고, 동산을 도와 교회당과 마을의 무게를 감당하고 있는 각각 둥글고 각진 동쪽의 우람한 두 탑[126]을 거느린 거대하고 검은 삼각형[127]이, 즉 쌩-미셸 동산이 우뚝 솟아 있었다. 바

---

124 *tiara*. 교황이 의식을 집전할 때 쓰는 삼중관(三重冠). 여기서는 교회당 상층부의 각종 조각 장식들을 가리킨다.
125 쌩-미셸 동산(몽-쌩-미셸)은 바위섬이고, 그 섬 전체가 수도원이며 동시에 요새였다.
126 두 종탑을 가리킨다. 또한 프랑스의 모든 교회당 주제단은 예루살렘이 있는 동방을 향하고 있다.
127 몽-쌩-미셸이 높이 78미터의 원추형 바위 동산인 데다 그 중앙부에

다 위에 우뚝 선 쌩-미셸 동산은 사막에 있는 캐오프스[128]와 같다.

몽-쌩-미셸 만의 유사(流砂)는 모래 언덕을 부지불식간에 이동시킨다. 그 시절, 윈느와 아르드봉 사이에는, 오늘날엔 없어진 매우 높은 모래 언덕이 있었다. 거센 바람이 상단을 평평하게 만들어 준 그 모래 언덕은, 유례를 찾아볼 수 없을 만큼 오래된 것이어서, 그 상단에는 12세기에 세워진 이정표석 하나가 있었다. 켄터베리의 성 토마스를 암살한 범인들을 심판하는 종교 회의가 아브랑슈에서 열린 것을 기념하여 세운 것이었다.[129] 그 모래 언덕 위에 서면 인근 지역이 훤히 내려다보였고, 따라서 방향을 분간하기가 쉬웠다.

노인이 모래 언덕 쪽으로 다가가서 그것을 오르기 시작하

높이 152미터에 이르는 첨탑이 솟아 있어, 황혼 녘 서쪽 하늘의 잔광을 받지 못하는 동쪽 면의 윤곽이 〈검은 삼각형〉으로 보일 수밖에 없다. 노인의 위치는 쌩-미셸 동산의 동남쪽이다.

128 Kheops. 현존하는 것들 중 가장 큰 피라미드를 세웠다는 고대 이집트 파라오의 이름이다(재위 B.C. 2590~B.C. 2565). 즉 캐오프스는 거대한 피라미드를 환유한다. 위고는 왜 그러한 환유를 동원하여 몽 쌩-미셸과 나란히 놓았을까? 그냥 〈사막의 피라미드〉라 하는 것이 더 자연스럽건만 구태여 캐오프스를 등장시킨 것은, 그 파라오가 피라미드를 세우기 위하여 자기의 신민들을 도형수 신세로 만들었다고 기술한 헤로도토스의 언급 때문인 듯하다(『역사』, 제2권, 124~126절). 『레 미제라블』에서 역시 몽 쌩-미셸 수도원에 대하여 유사한 감회를 피력하고 있다.

129 아브랑슈는 지금 노인이 있는 곳으로부터 동북쪽 작은 포구 건너에 있는 도시이다. 1170년 잉글랜드의 헨리 2세가 자기를 배신한 켄터베리 주교 토마스 베켓을 살해하자, 1172년 당시의 교황 알렉산드로스 3세의 지시로 아브랑슈에서 종교 회의가 열렸고, 헨리 2세가 그곳에 출두하여 공개적으로 사과하였다고 한다. 그 표석이 증언하고 있는 것은 켄터베리 주교의 배신(그는 헨리 2세의 절친한 벗이었고 그 왕 덕에 주교 자리에 올랐다)과, 왕권마저 복속시키려 했던 교회의 음모와 탐욕이다.

였다.

 그 꼭대기에 오르자 그는 표석에 등을 기대고 기단 한 귀퉁이에 앉았다. 그런 다음, 자기의 발 아래쪽에 멀리까지 펼쳐져 있는 일종의 지도 같은 벌판을 유심히 살피기 시작하였다. 그 고장을 잘 알고 있는 그였지만, 어떤 길을 찾는 기색이었다. 황혼 때문에 희미해진 그 광막한 풍경 속에 명료하게 보이는 것이라곤 하얀 하늘과 맞닿아 있는 검은 지평선뿐이었다.

 그 벌판에 열한 개 읍과 마을의 지붕들이 옹기종기 모여 있는 것이 보였다. 또한 몇 리으씩 거리를 두고 서 있는 종각들도 보였는데, 해안 지역에 그렇게 우뚝 솟아 있는 종각들은 바다에 있는 사람들에게 안내자 역할도 하였다.

 잠시 후, 노인이 그 흐릿한 벌판에서 자기가 찾던 것을 발견한 것 같았다. 그의 시선이 나무들과 담장들과 지붕들이 모여 있는 한 지점에 멈추었다. 벌판과 숲 한가운데에 모습을 드러낸 그 지점은 어느 소작지 농가였다. 그는 만족스러운 듯 고개를 끄덕였고, 속으로 이렇게 말하는 것 같았다. 〈바로 저기야!〉 그러더니 손가락으로, 자기가 울타리들과 경작지들을 거쳐 따라가야 할 길을 허공에 대강 그렸다. 그러면서 가끔, 농가의 중앙 건물 지붕 위에서 어지럽게 흔들리고 있던, 형태가 일정하지 않고 불분명한 물건을 유심히 바라보곤 하였다. 그가 자신에게 이렇게 묻는 듯하였다. 〈저것이 무엇이지?〉 황혼 녘인지라 색깔도 형태도 알아볼 수 없었다. 그것이 펄럭이는 것으로 보아 바람개비는 아닌데, 농가 지붕 위에 깃발이 있을 리도 없었다.

 그는 나른함에 휩싸였다. 그리하여 처음 앉았던 표석 기단에 머문 채, 지친 사람이 휴식을 취하는 처음 순간에 엄습해

오는 일종의 막연한 망각에 자신을 맡겼다.

하루 중 일체의 소음이 자취를 감추는 시각이 있는데, 그것은 순결하고 조용한 시각, 즉 저녁이 내려앉는 시각이다. 그가 바로 그러한 시각을 맞고 있었다. 그는 그 시각을 즐기고 있었다. 바라보고 유심히 듣고 있었다. 무엇을? 고요였다. 야수처럼 사나운 이들도 나름대로 우수에 잠기는 순간이 있다. 문득 그 고요가, 깨지는 것이 아니라, 지나가는 음성들에 의하여 오히려 선명해졌다. 여인들과 아이들의 음성이었다. 때로는 어둠 속에서 전혀 예상치 못하던 기쁨 가득한 종소리가 들리는 경우가 있다. 덤불 때문에 그 음성의 주인들은 보이지 않았다. 하지만 그 사람들이 모래 언덕 밑을 따라 걷고 있었으며, 벌판과 숲들 쪽으로 향하고 있음은 분명했다. 그 맑고 싱싱한 음성들이 생각에 잠겨 있던 노인에게까지 도달하였고, 그것이 어찌나 가까이에서 들렸던지 그는 단 한 마디도 놓치지 않았다.

여인의 음성 하나가 들려왔다.

「플레샤르, 서두릅시다. 이쪽으로 가야 하나요?」

「아녜요, 저쪽이에요.」

그러고 나서 두 음성 사이에 대화가 계속되었는데, 음성 하나는 높고 다른 하나는 조심하는 기색이었다.

「지금 우리가 머물려 하는 곳 소작지 농가를 무엇이라고들 부르나요?」

「에르브-앙-빠이유.」

「아직 멀었나요?」

「한참은 더 가야 해요.」

「어서 가서 저녁을 먹읍시다.」

「맞아요. 우리가 너무 지체하였어요.」

「뛰어가면 좋으련만. 댁의 어린것들이 너무 지쳤어요. 우리는 여자 둘뿐인데, 아이 셋을 안고 갈 수는 없어요. 그리고, 플레샤르, 당신은 이미 아이 하나를 안고 있어요. 납덩이처럼 무거운 아이예요. 그 식충이가 젖을 떼긴 했지만, 댁은 그것을 여전히 안고 다니죠. 나쁜 버릇이에요. 제발 그 아이를 걸리세요. 아! 할 수 없지, 국이 차갑게 식었겠군.」

「아! 저에게 주신 신발이 참 좋아요! 저를 위해 만든 것 같아요.」

「맨발로 다니는 것보다는 낫지요.」

「르네-쟝, 제발 서둘러라.」

「저 아이가 우리 모두를 지체시켰어요. 만나는 모든 촌 소녀들에게 말을 걸다니. 벌써 남자 티를 내요.」

「그럼요, 곧 다섯 살이에요.」

「어디 말해 봐, 르네-쟝, 마을에서 왜 그 여자아이에게 말을 걸었니?」

남자아이의 음성 하나가 대꾸하였다.

「내가 아는 여자아이니까.」

여인이 다시 물었다.

「네가 그 아이를 어떻게 아니?」

「오늘 아침에 그 아이가 나에게 벌레들[130]을 주었으니까.」 소년의 대꾸였다.

「이건 정말 심하군!」 여인이 호들갑을 떨었다. 「그 마을에 온 지 사흘밖에 안 되었는데, 조막만 한 것에게 벌써 연인이 생기다니!」

130 아이들이 잡아서 가지고 노는 곤충을 가리키는 듯하다.

이윽고 음성들이 멀리 사라졌다. 모든 소음이 멈추었다.

2
귀가 있으되 듣지 못하는도다[131]

노인은 꼼짝도 하지 않았다. 아무 생각도 하지 않았다. 겨우 막연한 몽상에 잠길 뿐이었다. 그를 둘러싸고 있던 모든 것이 평온이었고 반수면 상태였고 신뢰였고 적막이었다. 모래 언덕 위는 아직 환하였으나 벌판은 거의 어두웠으며 숲은 짙은 어둠에 뒤덮였다. 동쪽 하늘에 달이 떠올랐다. 별 몇 개가 하늘의 창백한 푸르름 속에 박히고 있었다. 그 사람은, 비록 난폭한 일에 골몰해 있었건만, 무한의 형언할 수 없는 관용에 빠져들고 있었다. 그는 자신의 내면에서 희망이라는 그 막연한 여명이 올라오는 것을 느끼고 있었다. 물론 희망이라는 말이 내란이라는 것을 가리키기에 적합한지는 모르겠다. 여하튼 그 순간에는, 그토록 냉혹했던 바다로부터 탈출하여 육지에 오르니 모든 위험이 일거에 잦아든 것 같았다. 아무도 그의 이름을 모르고 그는 홀로였다. 바다의 수면이 아무것도 간직하지 않으니, 그의 뒤에 흔적이 전혀 없어 적들도 그를 완전히 잃었다. 이제 감쪽같이 숨겨졌고, 아무도 그를 모르며, 그를 수상하게 여길 사람도 없다. 그는 지극한 안도감을 느꼈다. 자칫 태평스럽게 잠이 들 수도 있었을 것이다.

131 작가는 〈Aures habet, et non audiet〉라는 라틴어 구절(「시편」의 내용으로 보인다)을 인용하였으나, 별도의 함의가 있는 것 같지 않아 직역한다. 〈귀가 있으되 듣지 못하고, 눈이 있으되 보지 못한다〉는 말의 일부인 듯하다. 노인이, 즉 랑뜨냑 후작이, 고집스러운 왕당파인지라 하늘의 소리도, 인간의 소리도 듣지 못한다는 의미가 그 상투적 표현에 내포되어 있을 것이다.

그토록 격렬한 파란에 시달리던 그 사람이 보기에는, 그가 잠겨 있던 그 조용한 시각에 그 기이한 매력을 부여하는 것은, 땅 위에서나 하늘에서나 깊은 침묵인 것 같았다.

들리는 것이라곤 바다로부터 불어오는 바람 소리뿐이었다. 그러나 바람이란 지속적인 최저음인지라 소음의 자격조차 거의 없다. 누구든 그것에 즉시 익숙해지기 때문이다.

문득 그가 일어섰다.

그가 별안간 촉각을 곤두세웠다. 그러면서 지평선 쪽을 응시하였다. 그의 시선이 어떤 것에 심상치 않게 고정되었다.

그가 바라보고 있던 것은 그의 정면 들판 끝에 있던 꼬르므레의 종탑이었다. 무엇인지 모를 특이한 일이 정말 그 종탑 속에서 벌어지고 있었다.

종탑의 윤곽이 선명하게 보였다. 종탑의 사각뿔 모양의 지붕과, 그 피라미드형 지붕과 탑신 사이에 있는 정방형이고 채광창이 있으며 처마 끝 차양이 없는 종각 등도 보였다. 사방에서 볼 수 있도록 열리는 종각의 그러한 형태는 브르따뉴 지방의 독특한 양식이다.

그런데 그 종각이 일정한 간격을 두고 열렸다가 다시 닫히는 것 같았다. 종각의 높직한 창문이 하얗게 되었다가 다시 까맣게 변하곤 하였다. 창문을 통해 하늘이 보이다가는 다시 보이지 않았다. 밝음이 나타났다가는 다시 덮이는데, 그 열림과 닫힘이 시시각각으로, 대장간의 모루 위에 떨어지는 망치처럼 일정한 간격을 두고 이어졌다.

노인의 정면에 보이는 꼬르므레의 종탑은 대략 2리으쯤 떨어진 곳에 있었다. 그가 자기의 오른쪽에 있는 바게르-삐깡의 종탑을 바라보았다. 역시 지평선에 우뚝 서 있던 것이었다. 그 종탑의 종각 또한 꼬르므레의 종각처럼 열렸다 닫히기를 반복하고 있었다.

그가 자기의 왼쪽에 있는 따니스의 종탑을 바라보았다. 그 종탑의 종각 역시 바게르-삐깡의 종각처럼 열렸다 닫히기를 반복하고 있었다.

그는 지평선에 있는 종탑들을 하나하나 유심히 바라보았다. 그의 왼쪽으로는 꾸르띨, 프레쎄, 크롤롱, 크라-아브랑생 등지의 종탑들이 보였고, 오른쪽으로는 라-쉬르-꾸에농, 모르드레, 빠 등지의 종탑들이 보였다. 그리고 정면에는 뽕또르송의 종탑도 있었다. 그 모든 종탑들의 종각들이 까맣게 되었다가 다시 하얗게 변하기를 반복하였다.

그것이 무엇이란 말인가?

모든 종들이 격렬하게 흔들리고 있다는 뜻이었다.

그렇게 나타났다가 사라지는 것으로 보아 그것들을 맹렬하게 뒤흔드는 것이 분명했다.

그렇다면 무엇인가? 경종임이 분명했다.

경종을 울리고 있었다. 그것을 미친 듯이, 사방에서, 모든 종각에서, 모든 교구에서, 모든 마을에서 울리고 있었다. 그런데 아무 소리도 들리지 않았다.

먼 거리와 반대편 바다에서 부는 바람 때문이었는데, 특히 바람이 육지의 모든 소음을 지평선 저쪽으로 휩쓸어 가고 있었다.

사방에서 서로를 부르는 광란한 종들과 그 적막이 함께 있다니, 그 현상보다 더 음산한 것은 없다.

노인이 한편 바라보며 다른 한편으로는 귀를 기울였다.

경종 소리가 들리지는 않았으나 보였다. 경종 소리가 보이다니, 기이한 느낌이었다.

종들이 누구를 원망하고 있었을까?

누구를 경계하라는 경종이었을까?

3
굵은 글씨들의 유익함

누군가를 사냥감 몰듯 추적하고 있음이 분명했다.

그게 누구일까?

그 강철 같은 사람이 전율을 느꼈다.

추적당하는 사람이 그일 수는 없었다. 그가 도착하였음을 누가 알아차렸을 턱이 없으니, 혁명 정부가 그 지방에 파견한 사람들에게 벌써 그의 도착 사실이 보고되었을 리 없었다. 그는 조금 전에 상륙하지 않았던가. 경순양함이 침몰할 때 아무도 피신하지 못하였을 것은 분명했다. 게다가, 그 경순양함에 탔던 사람들 중, 부와베르틀로와 라 비으빌 이외에는 아무도 그의 이름을 알지 못하였다.

종각들이 자기들의 사나운 놀이를 계속하였다. 그는 종각들을 유심히 살피며 그것들을 기계적으로 헤아렸다. 그러자 하나의 추측에서 다른 추측으로 끊임없이 밀려가던 그의 몽상이, 깊은 안도감으로부터 무시무시한 확신 쪽으로 건너갈 때 발생하는 파동에 휩쓸렸다. 하지만 결국, 그 경종은 여러 가지로 설명될 수 있었던지라, 그는 자신에게 다음과 같은 말을 반복하면서 스스로를 안심시켰다. 「여하튼 내가 이곳에 도착한 것을 아무도 모르고, 나의 이름을 아는 사람이 없어.」

조금 전부터 그의 등 뒤 위쪽에서 가벼운 소음이 들려오고 있었다. 그 소음은 나뭇잎이 심하게 흔들려 구겨지는 소리와 흡사했다. 처음에는 그가 그 소리에 별 신경을 쓰지 않았다. 그러다가, 소음이 계속되는지라, 아니 고집을 부리는지라, 결국 그가 고개를 돌려 바라보게 되었다. 종이 한 장이 있었다. 그의 머리 위쪽 표석에 붙여 놓은 벽보 한 장을 바람이 떼어 내려 하고 있었다. 벽보가 아직 축축한 것으로 보아 그것을 붙인 지 얼마 되지 않았고, 따라서 그러한 점이 실마리가 되어, 바람이 벽보를 가지고 장난을 치며 그것을 떼어 내려 하는 것이었다.

노인이 반대쪽 경사를 따라 모래 언덕 위에 오른지라, 도착하면서 그 벽보를 보지 못하였던 것이다.

그가 자신이 앉아 있던 기단 위로 올라가, 바람이 고집스럽게 쳐들려 하는 벽보의 한 귀퉁이를 손으로 눌렀다. 하늘은 맑고 고요했다. 게다가 6월에는 황혼 녘이 오래 지속된다. 모래 언덕 밑은 어두웠으되 그 상단은 여전히 환하였다. 벽보의 일부는 굵은 글자들로 인쇄되어 있었고, 아직 충분히 환하여 그것을 읽을 수 있었다. 그가 읽은 것은 다음과 같았다.

유일하고 분할할 수 없는[132] 프랑스 공화국
쉐르부르 연안 경비대에 파견된 국민 대표 나 프리외르 들라 마른느가 명하노라 — 이미 그 작위를 박탈당한 지난날의 랑뜨낙 후작, 별칭 퐁뜨네 자작, 자칭 브르따뉴 대

---

132 1792년 9월 21일 혁명 의회가 제1공화국을 선포한 후, 9월 23일의 포고문에서 프랑스 공화국이 〈유일하고 분할할 수 없는〉 국가임을 천명하였다. 이는 모든 분리주의적 책동이나 반란을 무력으로 진압할 수 있는 법적 근거가 되었다.

공, 그랑빌 해안에 은밀히 상륙한 그자는 법의 밖으로 추방되었도다. 그의 머리에 현상금을 걸었노라. 그를 죽이거나 생포하는 이에게 6만 리브르가 지불될 것이로다. 그 금액은 지폐가 아닌 금화로 지불될 것이로다. 작위 소멸된 랑뜨낙 후작을 수색하거나 인수하기 위하여 쉐르부르 해안 경비대 소속 1개 대대가 즉각 파견될 것이로다. 모든 혁명 지부들의 협조가 필요하도다 ― 그랑빌 혁명 지부에서, 1793년 6월 2일.

프리외르 들라 마른느

그 이름 밑에 다른 서명 하나가 더 있었는데, 글씨가 훨씬 작고 대기의 잔광이 너무 희미하여 읽을 수 없었다.

노인이 모자를 눈이 보이지 않을 만큼 푹 눌러쓰고 선원 외투 자락을 턱까지 여민 다음, 모래 언덕을 신속히 내려갔다. 그 환한 꼭대기에서 지체하는 것이 부질없는 짓임이 더욱 분명해졌다.

그가 이미 그곳에서 너무 오래 지체하였는지도 모른다. 모래 언덕 상단이 육안으로 보이는 유일한 지점이었으니 말이다.

밑으로 내려와 어둠 속으로 들어가면서 그가 다시 걸음을 늦추었다.

그는 자신이 내면에 그려 놓은 여정을 따라 소작지 농가 방향으로 이동하였다. 그쪽이 아마 안전할 것이라 생각한 이유가 있었던 모양이다.

사방이 적막하였다. 더 이상 행인이 지나다닐 시각이 아니었다.

어느 덤불숲 뒤에서 그가 걸음을 멈추더니 외투를 벗었다.

그리고 털이 있는 부분이 밖으로 나오도록 모피 상의를 뒤집어 입은 다음, 누더기와 다름없는 외투 자락에 끈 한 가닥을 꿰어 목에 걸었다. 그러고는 다시 길을 떠났다.

달빛이 밝았다.

길이 두 갈래로 나누어지는 지점에 이르렀는데, 그곳에는 오래된 돌 십자가 하나가 서 있었다. 십자가 기단에 하얀 정방형 하나가 보였다. 그가 조금 전에 읽은 것과 유사한 벽보일 같았다. 그가 그곳으로 다가갔다.

「어디 가십니까?」 낯선 음성 하나가 물었다.

그가 고개를 돌렸다.

어떤 사람 하나가 울타리를 이룬 잡목들 사이에 서 있었는데 그처럼 키가 컸고, 그처럼 늙었으며, 그처럼 백발이었으되 몸에 걸친 것은 그의 의복보다 더 누더기였다. 그와 거의 비슷한 사람이었다.

그 사람은 긴 막대기를 짚고 있었다.

그가 다시 말하였다.

「어디에 가시느냐고 여쭈었습니다.」

「그보다도 우선, 여기가 어디요?」 노인이 거의 오만하다 할 만큼 태연한 어조로 되물었다.

낯선 남자가 대꾸하였다.

「지금 따니스 영지에 들어와 계십니다. 저는 이곳의 구걸꾼이고 당신은 이곳의 영주이십니다.」

「내가?」

「그렇습니다. 나리께서는 랑뜨낙 후작이십니다.」

4
구걸꾼

랑뜨낙 후작이 ─ 이제부터는 그 이름으로 부르자 ─ 엄숙하게 대꾸하였다.

「그렇소. 나를 넘기시오.」

낯선 남자가 자기의 말을 계속하였다. 「우리 두 사람 모두 각자의 집에 와 있습니다. 당신은 당신의 영지에, 저는 잡목림 속에.」

「끝냅시다. 머뭇거리지 마시오. 나를 넘기시오.」 후작이 말하였다.

낯선 남자가 다시 물었다.

「에르브-앙-빠이유 소작지 농가로 가시던 중 아니었습니까?」

「그렇소.」

「그곳에 가지 마십시오.」

「무슨 이유로?」

「그곳에 푸른 제복들[133]이 있습니다.」

「언제부터?」

「사흘 전부터입니다.」

「농가와 그 밖의 마을 주민들이 저항하였소?」

「아닙니다. 그들이 모든 문들을 활짝 열어 주었습니다.」

「아!」 후작의 입에서 나온 소리였다.

---

133 방데 지역 내란(방데 전쟁) 시절, 반란군을 토벌하러 갔던 공화국 군사들의 제복이 하늘색이었던지라, 그 색깔이 군사들 자체를 가리키게 되었다. 이 작품에서는 경우에 따라 〈청군〉으로도 옮긴다.

낯선 남자가, 나무들 위로 멀찌감치 보이는 소작지 농가의 지붕을 손가락으로 가리키며 말하였다.
「후작님, 지붕이 보입니까?」
「그렇소.」
「그 위에 있는 것도 보입니까?」
「펄럭이는 것 말씀이오?」
「예.」
「깃발이군요.」
「삼색 깃발입니다.」
후작이 모래 언덕 위에 있을 때 이미 그의 주의를 끌던 물건이었다.
「사방에서 경종을 울리고 있지 않소?」 후작이 물었다.
「맞습니다.」
「무엇 때문에?」
「틀림없이 후작님 때문일 것입니다.」
「그러나 종소리가 들리지 않소.」
「바람 때문입니다.」
그러고 나서 남자가 다시 물었다.
「벽보를 보셨습니까?」
「보았소.」
「후작님을 찾고들 있습니다.」
그런 다음 소작지 농가 쪽을 한번 쳐다보면서 덧붙였다.
「저기에 반 개 대대 병력이 있습니다.」
「공화파 군사들이오?」
「빠리에서 온.」
「좋소, 걸읍시다.」 후작이 말하였다.

그러면서 그가 소작지 농가를 향해 한 걸음 나아갔다.

남자가 그의 팔을 잡으며 말하였다.

「그곳으로는 가지 마십시오.」

「그러면 내가 어디로 가야 하겠소?」

「저의 거처로.」

후작이 구걸꾼을 물끄러미 바라보았다.

「후작님, 저의 거처가 화려하지는 않으나 안전합니다. 지하실보다 더 낮은 오두막입니다. 해초 한 켜가 마루를 대신하고, 나뭇가지들과 풀로 엮은 지붕이 곧 천장입니다. 저의 거처로 가시지요. 소작지 농가에 가시면 총살당하실 것이지만, 저의 거처에서는 주무실 수 있습니다. 몹시 고단하실 것입니다. 내일 아침이면 푸른 제복들이 다시 행군을 시작할 것이니, 후작님은 원하시는 곳으로 가십시오.」

후작이 그 남자를 찬찬히 뜯어보았다.

「당신은 도대체 어느 편이오?」 후작이 물었다. 「공화파요? 왕당파요?」

「저는 일개 가난뱅이입니다.」

「왕당파도 아니고 공화파도 아니오?」

「그런 것 같습니다.」

「당신은 왕을 지지하오, 혹은 그를 반대하오?」

「저에게는 그럴 시간이 없습니다.」

「지금 일어나고 있는 일들에 대하여 어떤 생각을 가지고 있소?」

「저에게는 먹고살 것이 없습니다.」

「하지만 당신은 나를 돕고 있소.」

「후작님께서 법의 밖으로 나와 계시다는 사실을 알았습니다.¹³⁴ 법이라는 것이 도대체 무엇입니까? 그것 밖으로 나갈 수도 있는 모양입니다. 저는 도무지 무슨 뜻인지 모르겠습니다. 가령, 저는 법의 안에 있습니까? 혹은 법의 밖에 있습니까? 도무지 모르겠습니다. 굶어 죽는 것은 법 안에 있는 것입니까?」

「언제부터 죽을 지경으로 굶으시는가?」

「평생 그렇습니다.」

「그런데 나의 목숨을 구해 주시오?」

「예.」

「무엇 때문에?」

「제가 이렇게 생각하였기 때문입니다. 〈나보다 더 가엾은 사람이 있군. 나에게는 숨쉴 권리가 있는데, 그에게는 그것조차 없군.〉」

「그것은 사실이오. 그래서 나를 구출해 주시는 거요?」

「물론입니다. 이렇게 되고 보니 우리가 형제군요, 나리. 저는 빵을 구걸하고 나리는 목숨을 구걸하십니다. 우리 두 사람 모두 구걸하는 이들입니다.」

「하지만 내 목에 현상금이 걸린 것 아시오?」

「예.」

「그것을 어찌 아시오?」

「제가 벽보를 읽었습니다.」

「글을 읽을 줄 아시오?」

「예. 그리고 쓸 줄도 압니다. 제가 왜 짐승 같은 사람이어야 합니까?」

---

134 랑뜨낙 후작이 〈법의 밖으로 추방되었다〉는 벽보문을 두고 하는 말이다. 벽보문의 뜻은 〈법률의 보호를 받지 못하게 되었다〉는 것이다.

「그렇다면, 당신이 글을 읽을 줄 알고, 또 벽보를 읽었으니, 나를 저들에게 넘기기만 하면 누구든 6만 프랑을 얻는다는 사실을 잘 아시겠구려?」

「압니다.」

「그 돈이 지폐가 아니라는 것도?」

「예, 금화로 지불한다는 사실도 압니다.」

「6만 프랑이 큰돈이라는 것을 아시오?」

「예.」

「따라서 누구든 나를 넘기기만 하면 한재산 장만할 수 있다는 사실도 아시오?」

「그렇다 치고, 그다음에는?」

「큰 행운이지!」

「그것이 바로 제가 생각한 것입니다. 나리를 뵈오면서 이렇게 생각하였습니다. 〈어떤 사람이 저분을 넘기고 6만 프랑을 받는 행운을 잡으면 어쩌나! 서둘러 숨겨 드려야겠군.〉」

후작이 묵묵히 가난한 사람의 뒤를 따랐다.

두 사람은 우거진 숲 속으로 들어갔다. 거지의 은거지가 그곳에 있었다. 수령 오래되고 거대한 떡갈나무 한 그루가 거지에게 내어 준 일종의 방 같은 곳이었다. 그 방은 떡갈나무 뿌리들 밑에 파여 있었고, 그 노목의 실한 가지들로 덮여 있었다. 침침하고 낮으며 숨겨져 있어 보이지 않는 방이었다. 그 속에 두 사람이 머물 만한 자리가 있었다.

「제가 혹시 저의 거처에 손님 한 분을 모시게 될지도 모른다는 생각을 한 적이 있습니다.」 거지가 말하였다.

브르따뉴 지방에는 사람들이 일반적으로 생각하는 것보다 의외로 많은 그러한 지하 거처가 있는데, 그것을 가리켜 촌

사람들은 까르니쇼[135]라 한다. 그 명칭이 두꺼운 벽에 조성한 은닉처를 가리키기도 한다.

거처 안에는 단지 몇과, 지푸라기인지 혹은 씻어 말린 해초인지 모를 것을 깔아 마련한 침상 하나, 거친 모직으로 대강 마름질한 두툼한 이불 한 장, 짐승의 비계로 만든 양초 몇 가락, 부싯돌 하나, 〈곰의 앞발〉[136]이라고들 부르는 식물의 속이 빈 줄기를 말린 부싯깃 등이 있었다.

두 사람은 몸을 잔뜩 구부려 조금 기어서 간 다음, 떡갈나무의 굵은 뿌리들이 괴이하게 구획을 지어 놓은 방 안으로 들어가, 침상으로 사용하는 마른 해초 무더기 위에 앉았다. 출입구의 굵은 뿌리 두 줄기 사이의 공간을 통해 약간의 빛이 들어왔다. 그곳에는 이미 어둠이 짙게 깔려 있었다. 그러나 인간의 시선은 스스로 빛과 균형을 맞추는 법, 따라서 항상 어둠 속에서도 약간의 빛을 발견한다. 달빛의 반사광 한 줄기가 입구를 희끄무레하게 물들이고 있었다. 방 한구석에는 물단지 하나와 불에 묻어 구운 메밀 빵 한 조각 그리고 밤이 있었다.

「저녁 식사 하십시다.」 가난뱅이가 말하였다.

그들은 밤알들을 두 몫으로 나누었다. 후작이 간직하고 있던 건빵을 내놓았다. 그리고 같은 메밀 빵 조각을 함께 깨물었으며, 같은 물 단지를 번갈아 가며 기울였다.

그들이 다시 대화를 시작하였다.

135 *carnichot*. 〈오두막〉을 뜻하는 *cabane*와 〈개집〉 혹은 〈벽감〉을 뜻하는 *niche*의 복합어로, 오두막 속에 있는 작은 공간을 뜻한다. 저지 섬 및 건지 섬 등지의 토속어라고 한다.
136 〈어수리〉로 옮기는 *acanthe*(혹은 *berce*)를 일부 지방에서 그렇게 부른다고 한다.

후작이 따지듯 물었다.

「그래서, 무슨 일이 닥치건 당신에게는 마찬가지란 말이오?」

「거의 그렇습니다. 그것들은 모두 나리들의 일입니다.」

「하지만 결국에는 일어나는 일들이…….」

「그것들은 높은 곳에서 일어납니다.」

거지가 다시 덧붙였다.

「그런데 더 높은 곳에서 일어나는 일들도 있습니다. 떠오르는 태양, 차츰 커지다가는 다시 이지러지는 달, 저의 관심사는 그러한 것들입니다.」

그가 물 단지를 들어 한 모금 마시고 나서 중얼거렸다.

「물이 달고 시원하군!」

그러고는 물었다.

「이 물맛이 어떻습니까, 나리?」

「당신의 이름이 무엇이오?」 후작의 대꾸였다.

「제 이름은 멜마르입니다. 또한 사람들이 저를 께망[137]이라고 부르기도 합니다.」

「그 말은 나도 들은 적 있소. 이 고장 말인 듯하오.」

「구걸꾼이라는 뜻입니다. 또한 저에게는 늙은이라는 별명도 있습니다.」

그런 다음 다시 말하였다.

「저를 늙은이라고들 부른 지 40년이 넘었습니다.」

「40년이라니! 그 시절은 당신이 젊었을 때 아니오?」

「저는 단 한 번도 젊었던 적이 없었습니다. 후작님, 나리께

---

137 *caimand*. 오늘날 구걸한다는 뜻을 가진 *quémander*가 옛날에는 *caimander* 형태로 사용되었고, 이 동사의 어원은 구걸꾼을 뜻하는 까이망 *caimand*이라는 중세 프랑스어인데, 그 말의 어원은 밝혀지지 않았다고 한다.

서는 언제나 젊으십니다. 나리께서는 나이 스물 청년의 다리를 가지고 계시어, 저 높은 모래 언덕도 단숨에 오르십니다. 반면 저는 벌써 제대로 걷지도 못합니다. 4분의 1리으만 걸어도 지칩니다. 하지만 나리와 저는 동갑내기입니다. 부자들이 저보다 유리한 처지에 있기 때문입니다. 즉 그들은 끼니를 거르지 않고 매일 먹을 수 있기 때문입니다. 먹으면 몸이 지탱됩니다.」

거지가 잠시 말을 중단하였다가 다시 계속하였다.

「가난한 사람들, 부자들, 참으로 무서운 일입니다. 그 문제가 숱한 재앙을 초래합니다. 여하튼 제 생각은 그러합니다. 가난한 사람들은 부유해지고 싶어 하고, 부자들은 가난해지려 하지 않습니다. 모든 재앙의 근원은 아마 그것인 듯합니다. 하지만 저는 그러한 일에 기웃거리지 않습니다. 사건들이 저에게는 그저 사건들일 뿐입니다. 저는 채권자의 편도 채무자의 편도 아닙니다. 다만 한쪽에 빚이 있어 그것을 갚고 있는 중이라는 사실만은 저도 알고 있습니다. 그것이 제가 아는 전부입니다. 제 생각에는, 왕을 죽이지 않았다면 더 좋았을 것입니다. 하지만 왜 그렇게 생각하는지 제가 그 이유를 설명하기에는 역부족입니다. 여하튼 저의 그러한 말에 사람들이 이렇게 반박합니다. 〈하지만 전에는 아무것도 아닌 일로 사람들의 목을 나무에 매달았소! 이보시오, 어떤 사람이 왕의 노루를 향해 총 한 방을 쏘았다 하여, 아내와 어린것 일곱을 둔 그 사람의 목을 매다는 것을 내가 직접 목격하였소.〉 쌍방에 모두 할 말이 있는 듯합니다.」

그가 다시 말을 멈추었다가 덧붙였다.

「이해하시겠지만, 저는 아무것도 정확히 모릅니다. 사람들이 분주히 오가는 것으로 보아 많은 일들이 벌어지는 것 같습니다. 하지만 저는 그동안 별들만 바라보고 있습니다.」

뗄마르가 다시 몽상에 잠기는 듯 말을 중단하였다가 계속하였다.

「제가 탈구된 뼈를 다시 맞추어 주는 등, 의사 행세를 조금 합니다. 또한 많은 약초들을 알고 있는지라, 각종 식물들을 이용해 병을 고치기도 합니다. 제가 하찮은 것들을 유심히 관찰하는 것을 본 촌사람들은 저를 마법사 취급합니다. 생각에 잠겨 있는 것을 보고 그들은 제가 무엇을 잘 안다고 믿습니다.」[138]

「당신 이 고장 출신이오?」 후작이 물었다.

「이 고장 밖으로 나가 본 적이 없습니다.」

「그러면 나를 아시오?」

「물론이지요. 제가 나리를 마지막으로 뵌 것은, 두 해 전에 나리께서 이곳을 지나실 때였습니다. 이곳을 거쳐 영국으로 떠나셨지요. 조금 전, 모래 언덕 위에 어떤 사람 하나가 나타나는 것이 제 눈에 띄었습니다. 그런데 신장이 큰 남자였습니다. 이곳에는 신장 큰 남자가 드뭅니다. 브르따뉴는 남자들의 키가 작은 고장입니다. 제가 이미 벽보를 읽었던 터라, 그 남자를 유심히 살폈습니다. 그러고서 이렇게 중얼거렸지요. 〈아니, 이럴 수가!〉 그리고 그 남자가 모래 언덕 아래로 내려

---

138 『트리스탄과 이즈』의 이즈와 그녀의 모후, 『어린 요정』의 화데와 그녀의 손녀 화데뜨, 『웃는 남자』의 우르수스, 『무레 사제의 실절』의 알빈느 등과 같은 치료사들이 마녀나 마법사로 취급되어 박해를 받은 서유럽의 추한 전통은, 아낙사고라스나 쏘크라테스를 비롯한 그리스의 학자들이 귀신 모시는 자들에 의해 핍박당하던 유구한 습속과 맞닿아 있다. 그 박해의 역사는 곧 인간의 이성이 종교라는 미신적 몽매함을 상대로 펼쳐 온 투쟁의 역사이며, 프랑스 대혁명 역시 그러한 역사의 한 페이지라는 시각이다.

왔을 때, 달빛이 있었던지라, 제가 나리를 즉각 알아 뵐 수 있었습니다.」

「하지만 나는 당신이 누구인지 모르겠소.」

「나리께서는 저와 수차례 마주치셨으되 저를 보시지 못하였습니다.」

그런 다음 구걸꾼 뗄마르가 다시 덧붙였다.

「저는 나리를 자주 뵈었습니다. 거지의 시선과 행인의 시선은 같지 않습니다.」

「내가 전에 당신과 마주친 적이 있다는 말이오?」

「저와 자주 마주치셨습니다. 제가 나리의 은덕을 자주 입은 거지이니까요. 나리의 성 앞길에서 자주 눈에 띄던 그 가난뱅이가 바로 저입니다. 나리께서는 저를 보실 때마다 적선을 하셨습니다. 그러나 베푸는 이는 받는 사람을 주시하지 않는 반면, 받는 사람은 베푸는 이를 뜯어보며 관찰하는 법입니다. 구걸하는 사람은 곧 염탐꾼입니다. 하지만 저는, 비록 자주 처량함 속에 휩싸이는 경우가 있어도, 못된 염탐꾼이 되지 않으려 애를 씁니다. 제가 손을 내밀 때마다 나리의 눈에는 손만 보였고, 그 손에 나리께서 적선금을 던지시곤 하였습니다. 그날 저녁 제가 굶어 죽지 않기 위해 필요한 돈이었습니다. 스물네 시간 동안 아무것도 먹지 못하는 경우가 빈번했습니다. 때로는 한 푼이 곧 저의 목숨이었습니다. 제가 나리께 목숨을 빚진 터라 이제 그 빚을 갚습니다.」

「옳은 말씀이오, 당신이 내 목숨을 구해 주시는구려.」

「그렇습니다, 나리, 제가 나리의 목숨을 구해 드립니다.」

그 순간 뗄마르의 음성이 엄숙해졌다.

「다만 조건이 하나 있습니다.」

「그것이 무엇이오?」

「이곳에 오셔서 해악을 끼치지 마셔야 합니다.」

「내가 여기에 온 것은 좋은 일을 하기 위해서라오.」 후작의 대답이었다.

「주무시지요.」 거지의 대꾸였다.

두 사람이 해초 무더기 위에 나란히 누웠다. 거지는 즉시 잠이 들었다. 후작은, 비록 몸이 몹시 지쳤건만, 한동안 몽상에 잠겨, 그 어둠 속에서 거지를 응시하다가 잠을 청하였다. 그러한 잠자리에 눕는다는 것은 곧 땅바닥에 눕는 것과 마찬가지이다. 후작이 바닥에 귀를 대고 들려오는 소리를 들었다. 땅속에 희미한 웅얼거림이 있었다. 모두들 아는 바와 같이 소리는 땅속 깊은 곳까지 전파된다. 종소리가 들려오고 있었다.

경종 소리가 계속되었다.

후작도 잠이 들었다.

5
고뱅의 서명

그가 눈을 다시 떴을 때에는 날이 이미 밝아 있었다.

거지는 벌써 일어서 있었다. 굴속에서가 아니라 문간 밖에서 있었다. 굴속에서는 일어설 수 없었기 때문이다. 그는 막대기를 짚고 있었다. 그의 얼굴에 햇빛이 가득했다. 뗄마르가 먼저 입을 열었다.

「나리, 조금 전 따니스의 종각에서 아침 4시를 알리는 종을 쳤습니다. 종소리가 네 번 들렸습니다. 바람이 방향을 바꾼 듯합니다. 지금은 육지에서 바다 쪽으로 불고 있습니다. 다른 어떤 소리도 들리지 않습니다. 따라서 경종이 멈춘 것이 틀림없습니다. 소작지 농가뿐만 아니라 에르브-앙-빠이유 마을 전체가 조용합니다. 푸른 제복들이 아직 자고 있거나 떠난 모양입니다. 가장 큰 위험은 지나갔습니다. 우리가 이제 헤어지는 것이 현명할 듯합니다. 제가 항상 길을 나서는 시각입니다.」

그가 지평선의 한 지점을 가리키며 말하였다.

「저는 저쪽으로 갑니다.」

그러고서 다시 반대쪽을 가리켰다.

「나리께서는 그쪽으로 가십시오.」

거지가 손을 쳐들어 후작에게 정중한 예를 표하였다.

그런 다음 전날 저녁에 먹고 남은 것들을 가리키며 다시 말하였다.

「시장하시면 밤을 가져가십시오.」

잠시 후 그의 모습이 나무들 아래로 사라졌다.

후작이 자리에서 일어나, 뗄마르가 가리키던 쪽을 향하여 길을 떠났다.

노르망디 지방의 옛 시골말로 〈아침 새소리〉라고 부르는 매력적인 시각이었다. 피리새라고도 부르는 검은 방울새들과 바위종다리들의 재잘거리는 소리가 들렸다. 후작은 전날 저녁 그곳으로 오기 위해 접어들었던 오솔길을 따라 걸었다. 밀림을 빠져나오자 돌 십자가 이정표가 있는 갈림길이 나타났다. 벽보가 아직도 붙어 있었다. 하얗고 또 이제 막 떠오르는 해의 빛을 받아 명랑해 보였다. 그는 전날 저녁에 글자가 너무 작고 어두워 읽지 못한 부분이 벽보 하단에 있다는 사실을 뇌리에 떠올렸다. 그가 십자가 기단으로 다가갔다. 프리외르 들라 마르느의 서명 아래에, 잔글씨로 인쇄된 다음 두 구절이 벽보를 마감하고 있었다.

 작위 박탈당한 랑뜨낙 후작의 정체가 확인되는 즉시 그는 총살될 것이로다.
토벌대 사령관 고뱅

「고뱅!」 후작이 중얼거렸다.
그는 깊은 생각에 잠겨 벽보에서 눈을 떼지 못한 채 걸음을 멈추었다.
「고뱅이!」 그가 다시 중얼거렸다.
그가 다시 걷기 시작하였다. 그러다가 다시 돌아서서 십자가를 바라보더니, 그곳으로 되돌아와 벽보를 한 번 더 읽었다.
그런 다음 느린 걸음으로 그곳을 떠났다. 누가 만약 그의 곁에 있었다면 그가 나지막하게 중얼거리는 다음 말을 들었을 것이다. 「고뱅이!」
그가 미끄러지듯 접어들어 따라가던 움푹 들어간 길바닥으로부터는, 그의 왼편에 있던 소작지 농가의 지붕들이 보이지 않았다. 그는 경사 가파른 언덕을 따라 걷고 있었는데, 언덕은 꽃이 한창인 가시양골담초[139]로 뒤덮여 있었고, 그 꽃을 가리켜 흔히들 〈긴 가시〉라고도 하였다. 언덕 위 상단에는 그 고장 사람들이 〈멧돼지 머리〉라고들 부르는 흙무더기들이 있었다. 그 언덕 아래에서 보이는 것이라곤 나무들 밑에 있는

---

139 브르따뉴 해안 지역에 자생하는데, 노란 꽃이 피고 가시가 많으며 콩 비슷한 열매를 맺는 식물로, 많은 문예 작품에 브르따뉴의 상징처럼 등장한다. 중국인들은 가시콩[荊豆]이라 옮긴다.

것들뿐이었다. 잎 실한 나뭇가지들은 빛에 흠뻑 젖어 있는 것 같았다. 자연이 온통 아침의 그득한 기쁨을 머금고 있었다.

그러한 풍경이 문득 무시무시하게 변모하였다. 마치 숨어 있던 복병들이 일거에 쏟아져 나온 듯하였다. 야만스러운 고함과 총소리로 이루어진 정체 모를 회오리가 아침 햇살 가득한 벌판과 숲을 덮쳤고, 그 순간, 소작지 농가 건물들이 있는 쪽에서 시뻘건 불길 뒤섞인 거대한 연기 덩이가 치솟았다. 마을과 농가 건물들이 불에 타고 있는 짚 한 단에 불과한 듯하였다. 순식간에 일어난 음산한 일이었다. 고요함이 광기로 급작스럽게 변한 것 같았다. 찬연한 여명 속에서 폭발한 지옥이었다. 전조 없는 공포의 내습이었다. 에르브-앙-빠이유 마을 쪽에서 전투를 벌이고 있었다. 후작이 걸음을 멈추었다.

그러한 경우, 그것을 느껴 보지 않은 사람 없겠지만, 호기심이란 공포감보다 강하다. 누구든, 목숨을 잃는 한이 있어도, 호기심을 충족시키고자 한다. 그가 언덕 위로 올라갔다. 그곳에서는 사람들 눈에 잘 보이지만, 또한 모든 것을 볼 수 있었다. 그는 단 몇 분 만에 〈멧돼지 머리〉 위에 도달하였다. 그러고는 유심히 살폈다.

정말 충격전이 벌어졌고, 화재가 발생하였다. 고함 소리가 들렸고, 불길이 보였다. 소작지 농가 건물들이 정체 모를 재앙의 중심지 같았다. 무슨 일이었을까? 에르브-앙-빠이유 마을의 소작지 농가가 공격을 받은 것일까? 하지만 누구의 공격을? 그것이 전투였을까? 그보다는 군대식 처형 아니었을까? 푸른 제복들이 복종하지 않는 농가들이나 마을에 불을 질러 처벌하는 경우가 잦았는데, 그것이 혁명 정부가 내린 명령이었다. 법령으로 지시한 벌목을 시행하여 공화파 기병

대가 지나갈 수 있도록 밀림 사이에 통로를 마련하지 않을 경우, 본때를 보여 주기 위하여 소작지나 마을 전체를 몽땅 태워 버리는 일이 자주 있었다. 특히 최근에는, 에르네 근처에 있는 부르공 소교구를 그렇게 처벌하였다. 에르브─앙─빠이유 역시 그러한 일을 당한 것일까? 혁명 정부의 정령(政令)이 요구한 전략적 통로들이, 따니스와 에르브─앙─빠이유 마을 지역의 밀림이나 경작지에는 뚫리지 않은 것이 분명했다. 그것에 대한 처벌이었을까? 소작 농가를 점령하고 있던 전위 부대에 그러한 명령이 시달되었던 것일까? 그 전위 부대가 혹시 〈지옥의 군대〉라는 악명을 떨치던 그 토벌군의 예하 부대 아니었을까?

몹시 거칠고 사나운 총림이, 후작이 꼭대기에 올라가 관측 장소로 삼은 그 언덕을 사방에서 에워싸고 있었다. 사람들이 에르브─앙─빠이유의 소수림(小樹林)이라고 부르긴 하지만 큰 삼림 못지않은 면적을 가진 그 관목림은 소작지 농가에까지 잇닿아 있었고, 부르따뉴 지방 총림들이 거의 모두 그러하듯 하나의 망상조직을 이룬 협곡들과 오솔길들, 움푹 파인 길들, 미로 등을 감추고 있어 공화파 부대들이 그 속에서 괴멸되곤 하였다.

그 폭음이 처형하는 소리였다면, 그것이 몹시 사납고 신속하게 이루어졌음이 틀림없었다. 포악스러운 모든 일들이 다 그렇듯, 그 처형도 순식간에 이루어졌다. 내란의 잔혹함에는 항상 그런 유의 야만성이 내포되어 있다. 후작이 온갖 추측을 반복하면서 다시 내려갈까 혹은 그 자리에 머물까 망설이는 동안, 그러면서도 귀를 기울이고 사방을 살피는 동안, 그 처형의 굉음이 문득 멈추었다. 아니, 더 정확히 말하자면 그 소음이 분산되었다. 또한 광기 어렸으되 즐거워하는 듯한 대규모 부대 하나가 총림 속으로 뿔뿔이 흩어지는 것이 감지되었다. 나무들 밑에서 무시무시한 굼실거림이 느껴졌다. 소작지 농가로부터 일제히 총림 속으로 뛰어든 모양이었다. 돌격의 북소리도 들렸다. 더 이상 총은 쏘아 대지 않았다. 마치 짐승몰이를 하는 것 같았다. 뒤지고, 뒤쫓고, 포위하는 양상을 띠었다. 누구를 찾고 있음이 분명했다. 소음이 어수선하고 요란스러웠다. 주고받는 말들과 의기양양함의 뒤섞임, 아우성으로 이루어진 소음이었다. 선명히 들리는 것이 없었다. 그런데 문득, 자욱한 연기 속에 그려지는 윤곽처럼, 그 소란스러움 속에서 무엇인가가 유기적이고 선명하게 드러나는데, 그것은 하나의 이름, 수천의 목소리가 반복해 외쳐 대는 이름이었고, 후작에게 선명하게 들려오는 외침은 이러했다.

「랑뜨낙! 랑뜨낙! 랑뜨낙 후작!」

모두들 그를 찾고 있는 중이었다.

6
내란 시절의 감동적인 사건들

그러더니 별안간, 그의 주위에서, 그리고 사방에서 동시에, 관목림이 총들과 그 끝에 꽂은 대검들, 군도들로 가득 찼고, 어둑한 수림 속에 삼색 깃발 하나가 나부끼는데, 〈랑뜨낙!〉이라는 고함이 터지더니, 그의 발 아래쪽 덤불과 나뭇가지들 사이로 기색 맹렬한 얼굴들이 불쑥 모습을 드러내었다.

후작은 언덕 상단에, 숲의 모든 지점에서 훤히 보이는 곳에 홀로 서 있었다. 그의 이름을 외치는 사람들이 그의 눈에는 거의 보이지 않았던 반면, 그는 그들의 시야에 훤히 드러나 있었다. 숲 속에 총 수천 정이 있었다면, 그는 그 총들이 겨누는 표적이었다. 그는 잡목림 속에서 자기를 향하여 고정된, 이글거리는 눈동자들 이외에 아무것도 보지 못하였다.

그가 모자를 벗더니 그 한쪽 챙을 말아 올린 다음, 곁에 있던 가시양골담초에서 긴 가시 하나를 떼어 냈다. 그러고는 호주머니에서 백색 휘장 하나를 꺼내더니, 말아 올린 챙과 휘장을 가시로 모자의 본체에 고정시킨 다음 모자를 다시 썼다. 하지만 챙이 말아 올려진지라, 그의 얼굴과 휘장이 선명하게 사람들 앞에 드러났고, 다음 순간, 그가 숲 전체를 향하여 힘찬 음성으로 말하였다.

「내가 그대들이 찾는 사람이니라. 나는 랑뜨낙 후작, 퐁뜨네 자작, 브르따뉴 대공이며, 국왕 전하의 근위군 중장이니라. 이제 모든 것을 끝내라. 거총! 사격 개시!」

그러면서 두 손으로 자기의 염소 모피 상의 자락을 활짝 열어, 가슴팍을 총구들 앞에 내밀었다.

그가 시선을 아래쪽으로 돌려 자기를 겨누고 있을 총들을 찾았다. 그러나 그 순간, 한쪽 무릎을 땅바닥에 꿇어 예를 올리는 사나이들로 자신이 둘러싸였음을 알아차렸다.

웅장한 고함이 터져 나왔다. 「랑뜨낙 만세! 각하 만세! 장군 만세!」

그와 동시에 모자들이 공중으로 솟구쳤고, 군도들이 허공에서 즐거운 듯 빙글빙글 돌았으며, 잡목림 전체에서 끝에 갈색 양털 모자를 매단 막대기들이 불쑥불쑥 일어섰다.

그를 둘러싸고 있던 사람들은 방데 반란군 무리였다.

그 무리가 그를 발견하고 무릎을 꿇었던 것이다.

전설에 의하면, 튀링겐 지역의 깊은 숲 속에 기이한 존재들이 살고 있었는데, 인간과 어느 정도 유사한 거인족들로서, 고대 로마인들은 그들을 흉악한 짐승들로 여겼고, 게르만족들은 어떤 신들의 화신(化身)으로 여겼으며, 그들은 우연히 마주친 상대에 따라 죽임을 당하거나 열렬한 경배의 대상이 되기도 하였다고 한다.

  후작은 그러한 존재들이 느꼈을 법한 것과 유사한 감회에 휩싸였다. 하나의 괴물로 취급받을 각오를 하고 있던 순간에 문득 신 같은 대접을 받았으니 말이다.

  무시무시한 번득임으로 가득한 그 모든 눈들이, 일종의 야만스러운 사랑에 겨워 그를 주시하고 있었다.

  그 무질서한 떼거리는 소총과 군도, 낫, 곡괭이, 몽둥이 등으로 무장하고 있었다. 모두들 챙이 넓은 펠트 모자나 갈색 빵모자를 쓰고 있었으며, 백색 휘장과 로자리오 묵주 및 호신부(護身符)들을 잔뜩 지니고 있었다. 또한 무릎이 드러난 헐렁한 바지와 거친 모직으로 지은 외투를 입고 가죽 각반을 둘렀는데, 오금의 맨살이 드러나 있고, 어떤 자들은 기색이 사납기도 했지만, 모두들 눈은 어수룩하였다.

  젊고 안색 아름다운 사람 하나가, 무릎을 꿇고 있던 사람들 사이를 지나, 후작을 향해 성큼성큼 걸어 올라갔다. 그 사람 역시 다른 농사꾼들처럼 챙을 처들어 백색 휘장을 부착한 펠트 모자를 쓰고 거친 모직 외투를 걸쳤으나, 손이 희었고 고운 천으로 지은 셔츠를 입었으며, 상의 위로 백색 비단 현장(懸章)을 둘렀는데, 그 현장에는 손잡이에 황금을 입힌 인검(引劍) 한 자루가 매달려 있었다.

  〈멧돼지 머리〉에 도달한 다음, 그가 모자를 벗어 땅바닥에 내려놓고 현장을 풀더니, 한쪽 무릎을 꿇으며 현장과 인검을 후작에게 공손히 바쳤다. 그러고 나서 그가 말하였다.

「저희들이 각하를 찾아 헤맨 끝에 드디어 뵙게 되었습니다. 인검을 받으소서. 여기에 있는 모든 사람들을 각하께 인계합니다. 지금까지 제가 그들을 지휘하였으나, 이제 저는 감히 진급하여 각하의 사졸로 복무하겠습니다. 저희들의 경의를 가납하소서, 각하. 명령을 내리소서, 장군님.」

그런 다음 그가 손짓을 하자, 삼색 깃발을 들고 있던 사람들이 나무들 사이에서 나왔다. 그러더니 후작이 있던 곳까지 올라가 깃발을 그의 발아래에 내려놓았다. 후작이 조금 전 언뜻 본, 나무들 사이에서 나부끼던 그 깃발이었다.

「장군님.」 인검과 현장을 바친 젊은이가 아뢰었다. 「이것은 에르브-앙-빠이유의 농가에 있던 푸른 제복들로부터 저희들이 조금 전에 탈취한 깃발입니다. 각하, 제 이름은 가바르입니다. 저는 루아리 후작 휘하에 있었습니다.」

「좋소.」 후작이 짤막하게 대꾸하였다.

그런 다음, 침착하고 엄숙한 동작으로 현장을 몸에 둘렀다.

그러고는 검을 뽑아 자신의 머리 위로 높이 쳐들면서 소리쳤다.

「일어서시오! 국왕 전하 만세!」

모두들 일어섰다.

그 순간 숲의 깊숙한 곳으로부터 열광적이고 사기 충천한 함성이 터져 나왔다. 「국왕 전하 만세! 우리의 후작님 만세! 랑뜨낙 만세!」

후작이 가바르 쪽으로 고개를 돌리며 물었다.

「이곳에 온 병력이 얼마나 되오?」

「7천입니다.」

언덕에서 내려오는 후작 앞의 가시양골담초를 농사꾼들이 서둘러 헤쳐 길을 내는 동안에도, 가바르가 보고를 계속하였다.

「각하, 아주 간단한 일이었습니다. 이 모든 일이 한마디로 설명됩니다. 저희들이 기다리던 것은 불티 하나뿐이었습니다. 공화파들의 벽보가 각하의 도착을 알렸고, 이 고장 전체가 그것을 보고 국왕 전하를 위하여 일제히 봉기하였습니다. 뿐만 아니라 저희들은 그랑빌의 시장으로부터 각하의 도착을 은밀히 통보받았습니다. 그는 저희들 편이고, 올리비에 사제를 구출한 바로 그 사람입니다. 그리하여 지난밤에 모두들 경종을 울린 것입니다.」

「누구를 위해서?」

「각하를 위해서였습니다.」

「아!」 후작의 반응이었다.

「또한 그래서 저희들이 이렇게 집결한 것입니다.」 가바르가 다시 말하였다.

「그래서 7천 명이?」

「오늘까지 모인 인원만 그렇습니다. 내일은 1만 5천으로 늘어날 것입니다. 그것이 이 고장의 잠재력입니다. 앙리 들라 로슈쟈끌랭 씨가 카톨릭 군대와 합류하기 위하여 떠날 때 역시 경종을 울렸는데, 이제르네, 꼬르끄, 에쇼브루와뉴, 오비에, 쌩-오뱅, 뉘에이유 등 여섯 소교구가 단 하룻밤 사이에 1만 명을 그에게 보냈습니다. 탄약이 없었으나, 어느 석공의 집에서 폭파용 화약 60리브르를 얻었고, 그리하여 라 로슈쟈끌랭 씨는 그것을 가지고 떠났습니다. 저희들은 각하께서

이 숲 어디엔가 계시리라 생각하였고, 그래서 찾아 나선 것입니다.」

「그랬다가 에르브-앙-빠이유 마을의 농가에 있던 푸른 제복들을 공격한 것이오?」

「바람 때문에 그들은 경종 소리를 듣지 못하였습니다. 그리하여 전혀 경계를 하지 않았고, 미련한 그 마을 사람들이 그들을 환대하자 더욱 안심하였던 모양입니다. 오늘 새벽 저희들이 농가에 들이닥쳤을 때, 푸른 제복들은 잠을 자고 있었으며, 그리하여 손 한 번 쳐들자 일이 순식간에 끝났습니다. 저에게 말 한 필이 있습니다. 삼가 여쭙거니와, 그것이라도 가납하시겠습니까, 장군님?」

「좋소.」

군대식으로 마구 일습을 갖춘 말 한 필을 농사꾼 하나가 대령하였다. 후작은, 가바르가 서둘러 그에게 제공하는 도움을 사양하고, 선뜻 말에 올라탔다.

「후라!」 농사꾼들이 함성을 질렀다. 그 영국식 환호성을, 망슈 군도와 교류가 잦은 노르망디 및 브르따뉴 해안 지역에서는 자주 들을 수 있다.

가바르가 군례를 올린 다음 물었다.

「각하, 사령부는 어디에 정하시겠습니까?」

「우선 푸제르 숲에.」

「후작님의 일곱 숲들 중 하나입니다.」

「사제 하나가 있어야겠소.」

「저희들에게 이미 한 분 계십니다.」

「그게 누구요?」

「샤뻴-에르브레의 보좌 신부입니다.」

「내가 그 사람을 아오. 그가 저지 섬에 간 적이 있지.」

사제 하나가 앞으로 나서며 말하였다.

「그곳에 세 번 갔습니다.」

후작이 그에게로 고개를 돌렸다.

「보좌 신부님, 안녕하시오. 앞으로 하실 일이 많소.」

「오히려 잘되었습니다, 후작님.」

「당신이 고해를 들어 주어야 할 사람이 많을 것이오. 물론 원하는 사람들로부터만. 그 누구에게도 강요하지는 말아야 하오.」

「후작님.」 사제가 말하였다. 「게메네에 있는 가스똥은 공화파 군사들에게도 고해 성사를 강요하고 있습니다.」

「그자는 일개 이발사에 불과하오. 여하튼 죽음은 자유로워야 하오.」

몇 가지 일을 지시하러 갔던 가바르가 다시 돌아왔다.

「장군님, 명령을 기다리고 있습니다.」

「우선 푸제르 숲에 재집결하라 하시오. 또한 그곳까지는 흩어져서 이동하도록 하오.」

「이미 그렇게 지시하였습니다.」

「에르브-앙-빠이유 마을 사람들이 푸른 제복들을 환대하였노라고 나에게 말하지 않으셨소?」

「예, 장군님, 그렇게 아뢰었습니다.」

「농가는 태웠다고 하였지요?」

「예.」

「마을 전체를 태웠소?」

「아닙니다.」

「마을도 태우시오.」

「푸른 제복들이 애써 방어하였으나, 그들은 도합 150인데 반해 저희들은 7천이었습니다.」

「그 푸른 제복들은 어느 부대 소속이오?」

「쌍뗴르가 이끌고 온 자들입니다.」

「국왕 전하의 목을 자르는 동안 북을 치던 고수들을 지휘하던 자군. 그렇다면 빠리에서 파견한 대원들이군.」

「반쪽 대대입니다.」

「그 대대 명칭은?」

「장군님, 그들의 군기에 〈붉은 빵모자 대대〉라는 명칭이 보였습니다.」

「사나운 짐승들이군.」

「부상자들을 어찌하리까?」

「목숨을 끊어 주시오.」

「포로들은?」

「총살하시오.」

「대략 여든 명쯤 됩니다.」

「모두 총살하시오.」

「여인도 둘 있습니다.」

「그녀들 역시.」

「아이 셋이 있습니다.」

「아이들은 데려갑시다. 그들을 어찌 처리할지 후에 생각해 봅시다.」

그러고 나서 후작이 말을 앞으로 몰았다.

7
사면 금지(혁명 정부의 군령)
유예 금지(왕족들의 군령)[140]

 따니스 근처에서 그러한 일이 벌어지고 있는 동안, 거지는 크롤롱 방향으로 움직이고 있었다. 그는 모든 것을 무심히 바라보고 아무것에도 주의를 기울이지 않으면서, 그 자신이 말하였듯이 생각하기 보다는 몽상에 잠겨 ― 생각에 잠긴 사람에게는 목표가 있으되 몽상하는 이에게는 그것이 없는지라 ― 헤매고 쏘다니다가 여기저기에서 걸음을 멈추고, 야생 수영의 순을 뜯어 먹거나 옹달샘에서 물을 마신 다음, 멀리서 들리는 소음에 이따금씩 머리를 오뚝 세웠다가는 다시 자연의 눈부신 유혹 속으로 빠져들기도 하고, 자기의 누더기를 햇볕에 쬐기도 하는가 하면, 혹시 인간의 소음도 들었을지 모르지만, 특히 새들의 노래에 귀를 기울이며, 귀머거리 같은 실한 나뭇가지들 밑으로 뻗은 협곡을 따라 깊숙한 곳까지 이르렀다.

 그는 이미 늙어 움직임이 느렸다. 그리하여 더 이상 멀리 갈 수 없었다. 그가 랑뜨낙 후작에게 말하였듯이, 4분의 1리으만 걸어도 피곤을 느꼈다. 그는 크라-아브랑생 방면으로 잠시 가다가 발길을 돌려 돌아왔는데, 어느덧 저녁나절이었다.

 마쎄를 조금 지나면, 그가 따라 걷고 있던 오솔길이 일종의

---

140 혁명 정부가 1793년 4월 29일에 다음과 같은 포고문을 발표하였다고 한다. 〈국민들이여, 달려오라, 방데 지역에서 경종이 울리는도다. 조국이 그대들을 부르노라. (……) 반역의 무리에게는 사면도 유예도 없으리라……〉 사면 금지라는 사법적 표현과 유예 금지, 즉 가차 없이 처단하라는 군령 모두 실은 혁명 정부가 사용한 것이라고 한다.

고갯마루로 이어지는데, 나무가 없는 그 지점에서는 아주 멀리까지 볼 수 있으며, 따라서 바다에까지 이르는 서쪽 지평선이 몽땅 시야에 들어온다.

연기 한 가닥이 그의 주의를 끌었다.

연기 한 가닥만큼 포근한 것 없으되, 그것만큼 두려운 것도 없다. 평화로운 연기가 있는가 하면 범죄적인 연기도 있다. 연기의 농도와 색깔, 그것들의 차이는 곧 전쟁과 평화, 박애와 증오, 환대와 무덤, 삶과 죽음 사이에 있는 차이이다. 나무들 사이로 피어오르는 한 가닥 연기가 이 세상에서 가장 매력적인 것, 즉 가정을 뜻할 수도 있고, 혹은 화재라는 가장 끔찍한 것을 뜻할 수도 있다. 그리하여 인간의 모든 행복이, 모든 불행처럼, 때로는 바람에 흩어지는 그것 속에 있다.

뗄마르가 바라보던 연기는 불안감을 안겨 주는 것이었다.

그 연기는 검고 순간적으로 붉은색을 띠기도 하였는데, 그것을 내뿜던 화로가 간헐적으로 멈추었다가 드디어 완전히 꺼진 것 같았다. 또한 그 연기는 에르브–앙–빠이유 마을 위로 피어오르고 있었다.

뗄마르가 걸음을 재촉하여 그 연기 쪽으로 향하였다. 몹시 지쳤으나 무슨 일인지 알고 싶었다.

드디어 그 마을과 소작지 농가를 감싸고 있는 구릉 상단에 도달하였다.

더 이상 농가도 마을도 없었다.

작은 가옥들 한 무더기가 타고 있었다. 그것이 에르브–앙–빠이유 마을이었다.

궁궐이 불에 타는 것을 바라보는 것보다 더 비통한 일이 있으니, 그것은 초가 한 채가 타는 것을 바라보는 것이다. 화염에 휩싸인 초가는 애처롭다. 가난을 덮치는 유린 행위, 지렁이에 악착같이 매달리는 독수리, 그러한 현상에는 우리의 가슴을 조여들게 하는 무엇인지 모를 역리(逆理)가 있다.

「구약」의 전설에 의하면, 화재를 바라본 사람이 조각상으로 변하는데,[141] 뗄마르 또한 잠시 그러한 조각상과 다름없었다. 그의 눈 아래 펼쳐진 광경이 그를 꼼짝 못 하게 만들었다. 그 파괴 행위는 정적 속에 이루어지고 있었다. 고함 소리 하나 들리지 않았다. 인간의 한숨 소리 한 가닥 그 연기 속에 섞이지 않았다. 그 도가니가 마을을 열심히 삼켜 없애고 있었는데, 건물들의 뼈대 우지끈거리는 소리와 초가들의 탁탁 튀는 소리밖에 들리지 않았다. 가끔 연기 자락이 찢기고 지붕이 무너져 내릴 때마다 입을 크게 벌린 방들이 드러났다. 그러면 그 화로가, 자기의 모든 루비들을, 즉 진홍색 넝마들과 주홍빛 내부에 서 있는 진주홍색의 초라한 가구들을 몽땅 내보였다. 뗄마르는 그 재난 앞에서 음산한 현기증을 느꼈다.

그 집들과 잇닿아 있는 밤나무 숲의 나무 몇 그루에도 불이 옮겨붙어 타고 있었다.

그는 어떤 음성이나 부름 혹은 아우성이 들리지 않을까 하여 귀를 기울였다. 그러나 화염 이외에는 아무것도 움직이지 않았다. 불에 타는 소리를 제외하고는, 모든 것이 입을 다물고 있었다. 도대체 모든 사람들이 깡그리 도망쳐 버렸단 말인가?

살아서 일하던 에르브-앙-빠이유의 그 집단은 어디에 있단 말인가? 그 소박한 백성들이 어찌 되었단 말인가?

뗄마르가 동산에서 내려왔다.

구슬픈 수수께끼가 그의 앞에 있었다. 그는 시선을 그 수

[141] 롯의 아내에 관한 전설을 가리키는 듯하다(「창세기」 11~19장).

수께끼에 고정시킨 채 서두르지 않고 다가갔다. 유령처럼 천천히 그 폐허를 향하여 나아갔다. 그는 자신이 그 무덤 속에 들어와 있는 유령이라고 생각하였다.

드디어 소작지 농가의 정문이었던 지점에 도착하여 안뜰을 바라보았다. 그것을 둘러싸고 있던 울타리는 더 이상 보이지 않고, 주위에 있던 작은 마을과의 경계가 사라졌다.

그가 앞서 보았던 것은 아무것도 아니었다. 그때까지는 무시무시한 것들만 보았는데, 이제 끔찍한 것이 그의 앞에 나타났다.

안뜰 한가운데에 검은 무더기 하나가 있는데, 그 한쪽은 아직 남은 불꽃이, 다른 한쪽은 달빛이, 그 형상을 어슴푸레 보여 주고 있었다. 그 무더기는 사람들이 쌓여 이루어진 것이었다. 사람들은 모두 죽어 있었다.

무더기 주위에 커다란 늪지 하나가 생겼고, 그곳에서 김이 약하게 피어오르고 있었다. 화재의 불빛이 그 늪지에 어리어 있었다. 하지만 늪지는 불빛이 아니라도 붉었다. 피로 이루어진 늪지였기 때문이다.

뗄마르가 그곳으로 다가갔다. 그런 다음 누워 있는 몸뚱이들을 하나하나 차례로 살펴보았다. 모두 시신이었다.

달빛이 그것들을 밝혀 주고 있었다. 마지막 불꽃들도 거들었다.

그 시신들은 군사들이었다. 모두들 맨발이었다. 그들의 신발을 벗겨 가져갔기 때문이다. 그들의 무기도 가져갔다. 하늘색 제복은 그대로 입고 있었다. 사지와 머리들이 쌓여 이루어진 무더기 여기저기에, 삼색 휘장 부착된 모자들이 구멍투성이가 되어 뒹구는 것이 보였다. 공화파 군인들이었다. 전날 저녁까지도 모두 살아서, 에르브-앙-빠이유의 소작지 농가를 숙영지로 삼았던 빠리 사람들이었다. 몸뚱이들이 일정한 간격을 두고 쓰러져 있는 것으로 보아 모두 처형당한 것이 분명했다. 그 자리에 선 채 조준되어 격살당한 것이다. 그들 모두 절명하였다. 무더기에서는 헐떡거리는 소리 하나 들리지 않았다.

뗄마르가 열병하듯 시신들을 하나도 빠트리지 않고 자세히 살폈다. 모두들 총탄 구멍투성이었다.

그들에게 총탄 세례를 퍼부은 사람들은, 아마 다른 곳으로 이동하는 데 바빠서 시신들을 묻어 줄 틈을 내지 못하였던 모양이다.

그가 시신 무더기로부터 물러서려는 순간, 그의 눈이 우연히 안뜰에 있던 나지막한 담장 밑으로 향하였고, 그 담장 귀퉁이 뒤로 발 넷이 삐죽 나와 있는 것이 보였다.

그 발들에는 신발들이 그대로 있었다. 더 작은 발들이었다. 뗄마르가 그것들 가까이로 다가갔다. 여인들의 발이었다.

여인 둘이 담장 뒤에 나란히 누워 있었다. 역시 총격을 받았다.

뗄마르가 그녀들 위로 상체를 숙였다. 한 여인은 일종의 제복 같은 것을 입고 있었다. 그녀의 옆에 구멍이 뚫려 텅 빈 물통 하나가 있었다. 종군 상인임이 분명했다. 그녀의 머리에 총탄 구멍 넷이 있었다. 그녀는 이미 절명하였다.

뗄마르가 다른 여인을 살펴보았다. 촌 여인이었다. 창백한 얼굴에 입을 딱 벌리고 있었다. 눈은 감겨 있었다. 그녀의 머리에는 상처가 없었다. 아마 쓰러질 때 너무 오래 입어 넝마가 되었음 직한 그녀의 상의 자락이 풀렸던지, 그녀의 상체가 반쯤은 드러나 있었다. 뗄마르가 넝마 조각들을 헤치고 보니, 한쪽 어깨에 총탄으로 인한 둥근 모양의 상처 하나가 있었다. 빗장뼈도 부러져 있었다. 그가 그녀의 납빛 젖가슴을 유심히 살폈다. 그러면서 중얼거렸다.

「젖먹이가 있는 엄마군!」

그가 그녀의 몸을 만져 보았다. 차갑지 않았다.

빗장뼈가 부러지고, 총탄으로 인해 어깨에 생긴 상처 이외에, 다른 상처는 보이지 않았다.

가슴팍 위로 손을 얹어 보니 약한 박동이 느껴졌다. 그녀가 죽지 않은 것이다.

뗄마르가 벌떡 일어서더니 무시무시한 음성으로 소리를 질렀다.

「도대체 이곳에 아무도 없소?」

「께망, 자네군!」 어떤 음성 하나가 대꾸하는데, 소리가 하도 약해서 겨우 들릴 정도였다.

그리고 거의 동시에, 폐허 구멍으로부터 얼굴 하나가 불쑥 솟았다.

그러더니 다른 오두막 터에서 다른 얼굴 하나가 나타났다.

몸을 숨겼던 두 농사꾼이었는데, 그 두 사람만 살아남았던 모양이다.

께망의 익숙한 음성에 그들이 안심하였고, 몸을 웅크려 숨어 있던 구석에서 드디어 나온 것이다.

그들이 아직도 벌벌 떨면서 뗄마르에게로 다가왔다.

뗄마르 또한 앞서 고함을 지르기는 하였으나 말을 할 수 없었다. 깊은 격정에 사로잡힌다는 것이 그러하다.

그가 자기 발 옆에 누워 있던 여인을 손가락으로 가리켰다.

「그녀가 살아 있는가?」 농사꾼 하나가 물었다.

뗄마르가 머리를 끄덕였다.

「다른 여자도 살아 있는가?」 다른 농사꾼이 물었다.

뗄마르가 고개를 가로저었다.

먼저 모습을 드러냈던 농사꾼이 다시 말하였다.

「다른 모든 사람들은 다 죽었어, 그렇지 않아? 내가 두 눈으로 다 보았어. 나는 지하실에 있었지. 그런 순간에 가족이 없는 것이 얼마나 다행이야! 내 집이 불에 타고 있었어. 예수님 맙소사, 모두 죽였어! 이 여자에게는 아이들이 있었어. 아주 어린 아이 셋이었어! 아이들이 소리쳤어. 〈엄마!〉 엄마도 소리쳤지. 〈내 아이들!〉 엄마는 죽이고 아이들은 데려갔지. 내가 그걸 다 보았어, 맙소사! 맙소사! 맙소사! 닥치는 대로 학살한 사람들은 떠났어. 그들은 만족스러워했어. 그들이 아이들은 데려가고 엄마는 죽였어. 그런데 그녀가 죽지 않았어. 그렇지? 죽지 않았다고 그랬지? 이보게, 께망, 자네가 그녀의 목숨을 구할 수 있겠는가? 우리가 자네를 도와 그녀를 자네의 까르니쇼에 데려갈까?」

뗄마르가 고개를 끄덕였다.

숲은 농가와 잇닿아 있었다. 그들은 나뭇가지들과 고사리[142]를 이용하여 서둘러 들것 하나를 만들었다. 그런 다음, 여전히 꼼짝도 하지 않는 여인을 그 위에 눕히고 총림 속으로 걷기 시작하였다. 두 농부가, 한 사람은 머리 쪽에서, 다른 한 사람은 발치에서 들것을 들고, 뗄마르는 여인의 팔을 받쳐 주며 자주 맥을 짚어 보았다.

142 브르따뉴 지방의 숲에서 키 높이 자라는 고사리가 촌사람들의 침상 깔개로 사용되거나 양치기 소년, 소녀들의 목가적 보금자리로 이용되었다.

길을 가면서도 두 농사꾼은 이야기를 주고받았다. 그러면서, 달빛이 창백한 얼굴을 비추고 있던 그 피투성이 여인 위로, 질겁한 언사들을 끊임없이 쏟아내었다.

「모두 죽이다니!」

「깡그리 태우다니!」

「아! 맙소사! 이제 모두들 그럴 것인가?」

「그러기를 바란 사람은 그 키 큰 늙은이야.」

「그래, 그 사람이 명령을 내렸어.」

「사람들을 총살할 때 나는 그를 보지 못하였어. 그도 그 자리에 있었나?」

「아니. 그는 이미 떠났어. 하지만 마찬가지야. 모든 일은 그의 명령에 따라 저질러졌어.」

「그러면 결국 그 모든 일이 그의 짓이군.」

「그가 이렇게 말하였어. 〈죽이라! 태우라! 유예하지 말라!〉」

「그 사람이 후작이라 했지?」

「그럼, 우리의 후작이지.」

「그런데 참, 그의 이름이 뭐였지?」

「랑뜨낙 씨라네.」

뗄마르가 눈을 쳐들어 하늘을 쳐다보며 혼잣말로 중얼거렸다.

「이럴 줄 알았다면!」

제2부
빠리에서

제1권
씨무르댕

1
그 시절 빠리의 거리

 일상생활이 공개적이어서 대문 밖에 식탁을 차려 놓고 먹는가 하면, 여인들이 교회당 입구 층계에 앉아 「라 마르세이예즈」[1]를 부르며 붕대를 만들고, 몽쏘 공원과 뤽상부르 공원에서 군사 훈련을 하였으며, 모든 광장에 무기 제조소를 설치하여 행인들이 보는 앞에서 총을 만들기도 하였다. 또한 행인들은 지나가며 박수를 치곤 하였다. 모든 사람들의 입에서 들리는 말은 이것뿐이었다. 〈인내합시다. 우리는 혁명의 과정에 있소.〉 모두들 영웅적인 미소를 지었다. 펠로폰네소스 전쟁[2] 시절 아테네에서 그랬듯이, 극장에도 갔다. 거리 모퉁이마다 공연 포스터가 나붙었다. 「띠옹빌 포위 작전」, 「화염 속

---

1 La Marseillaise. 1792년 4월 프랑스가 오스트리아에 선전 포고를 한 직후, 스트라스부르에 주둔하고 있던 공병대 소속 장교 루제 드 릴르가 작곡한 군가인데, 같은 해 8월 10일 빠리 봉기 때, 마르세이유에서 올라온 〈연맹파〉(혁명파) 인사들이 그 노래를 불렀다 하여 〈마르세이유 사람들의 노래〉라는 명칭을 얻었다고 한다. 1795년에 프랑스 국가로 선포되었다.

에서 구출된 주부」,「낙천주의자 클럽」,「여자 교황들의 맏이 쟌느」,³「철학자 병사들」,「촌에서 사랑하는 기술」 등과 같은 것들이었다. 알레마니아⁴ 군사들이 문턱에 와 있다고들 하는가 하면, 프러시아의 왕이 빠리 오페라의 특별 관람석을 예약하였다는 소문도 돌았다. 모든 것이 무시무시했지만 두려워하는 이 아무도 없었다. 메를랭 드 두에의 범죄적 작품인 〈반혁명 용의자 체포령〉⁵이라는 그 음험한 법령으로 인하여, 단두구 기요띤느가 모든 사람들의 머리 위에서 어른거렸다. 쎄랑이라고 하는 지난날의 고등 법원 검사장이 용의자로 지목되어 고발당하였는데, 그는 잠옷 차림에 실내화를 신고 창가에 서서 플루트를 불며, 자기를 체포하러 올 사람들을 기다렸다. 아무도 한가한 것 같지 않았다. 모든 사람들이 서둘렀다. 삼색 휘장 부착하지 않은 모자는 단 하나도 없었다. 여인들이 이렇게 말하곤 하였다. 〈우리가 붉은 빵모자를 쓰면 더 예뻐

  2 아테네 제국과 스파르타 세력권 간의 주도권 다툼에 고대 그리스 세계 전체가 휩쓸려 들었던 그 시절(B.C. 431~B.C. 404), 전대미문의 대학살이 자행되고, 그것에 흑사병까지 가세하였으며, 가뭄과 기근, 잦은 대규모 지진, 일식 등이 계속되었다고 한다(투퀴디데스, 『펠로폰네소스 전쟁』). 아테네의 공화 체제가 쇠퇴하고 저질 민주주의의 전형인 선동 정치가 활개를 쳐, 결국 아테네 및 그리스 전체를 몰락시키는 단초가 된 전쟁이다.
  3 자신이 남자라고 속여 잠시 교황의 자리에 올랐다는 전설적인 여자이다.
  4 게르마니아 서부 지역을 가리키던 라틴어이며, 〈알라마니아〉라고도 한다. 오늘날의 도이칠란드를 가리키는 프랑스어 Allemagne도 그 명칭에서 비롯되었다. 한편 〈도이칠란드〉라는 명칭이 사용되기 시작한 것은 1870년 이후라고 한다.
  5 *loi des suspects*. 귀족 출신들, 망명자들의 친척들, 파면된 공무원 등 혁명의 명분과 자유주의에 적대적일 것이라 여겨지는 인사들을 체포하여 구금하라는 법령이다. 메를랭 드 두에(1754~1838, 필립 앙뚜완느의 별명)가 그 법령의 취지를 혁명 의회에서 설명하였고(1793년 9월 17일 가결), 그 법령이 공포 정치(1793~1794)의 법률적 기초가 되었다.

보여요.〉 빠리가 몽땅 이사 준비를 하는 것 같았다. 고물상점들은 왕관들과 삼각 주교관들, 금박 입힌 홀(笏)들, 나리꽃 문양 장식품 등, 왕실의 각종 유품들로 가득했다. 임종을 맞고 있던 군주제의 잔해들이었다. 헌 옷 상점들마다 헐값에 팔 제의(祭衣)들과 주교나 추기경들이 입던 짧은 알바[小白衣]들을 아무렇게나 걸어 놓았다. 뽀르슈롱과 랑뽀노 등 술집에서는, 쏘르플리츠(쏘따나 위에 입는 중백의)와 스톨라(알바 위 목에 걸치는 천)를 괴상하게 걸친 남자들이 카쑤불라(알바와 스톨라 위에 입는 두 폭 제의)를 마갑(馬甲) 삼아 입힌 당나귀 등에 올라앉아, 교회당에서 사용하는 키보리움[6]에다 선술집 술을 따르게 하였다. 쌩-쟈끄 로에서는, 신발도 신지 못한 도로 포장 인부들이, 신발 행상인의 외바퀴 손수레를 세운 다음, 자기들끼리 돈을 갹출하여 구두 열다섯 켤레를 사서 혁명 의회에 보내며 우리의 병사들에게 주라고 하였다. 프랭클린, 루쏘, 브루투스, 그리고 마라 등의 흉상들이 어디에나 지천이었다. 그 흔한 흉상들 중 하나인 마라의 흉상 하나가 끌로슈-뻬르쓰 로에 있었는데, 말루에[7]를 기소한 검사의 논고를 검은색 나무로 짠 그림틀 유리 밑에 넣어 흉상 아래에 걸어 놓았고, 확증된 사실들을 나열한 논고의 여백에는 다음과 같은 마라의 언급 두어 줄이 보였다. 〈이 모든 사실들은 썰뱅 바이이의 정부(情婦)가 나에게 알려 준 것들로, 그녀는 나에게 호의를 보인 선량한 혁명파 여인이다 — 마라.〉[8] 빨레-루와얄[9]

---

6 영성체 의식에서 예수의 피를 상징하는 〈축성된〉 포도주를 담는 잔이다.
7 Pierre Victor Malouet(1740~1814). 1789년 비상 신민 회의에 평민 대표로 참가하였으나 군주파에 합류하였고, 1792년부터 1803년까지 망명하였던 사람이다.

앞 광장의 급수대에 새긴, 〈얼마나 사용했기에 물이 새는가!〉라는 문구가, 데트랑쁘 물감으로 그린 커다란 그림 두 폭에 가려져 있었는데, 그 하나는 까이에 드 제르빌[10]이 아를의 〈넝마파〉[11]들이 재집결하는 징후가 포착되었음을 국민 의회에 고발하는 장면을 그린 것이었고, 다른 하나는 루이 16세를 국왕의 화려한 사륜마차에 태워 바렌느로부터 압송하는 장면을 그린 것이었다.[12] 그 마차 밑에 양쪽 끝을 밧줄로 묶어 판자 한 장을 달았고, 판자 위에는 착검한 총을 든 척탄병 둘이 엎드려 있었다. 큰 상점들은 거의 문을 열지 않았다. 잡화를 실은 수레들과 장난감을 실은 수레들을 여인들이 끌고 다니는데, 짐승 비계로 만든 양초를 켜 불을 밝혔고, 촛농이 상품들 위로 떨어지곤 하였다. 노천 상점들은 황금색 가발을 쓴 환속 수녀들이 경영하였다. 노점 한구석에서 스타킹을 기워 수선하는 여자가 백작 부인이라고 하였다. 또 어떤 재봉사 여인은 후작 부인이라고 하였다. 부플레르 부인[13]은 자기의 저택이 내려다보이는 다락방에서 살았다. 신문팔이들이 분주히 뛰어

---

8 1789년 초대 제헌 의회의 의장을 지낸 바이이(1736~1793)와 1792년 학살 사건의 책임자로 지목되었던 마라(1743~1793), 두 사람 모두 같은 해인 1793년에 죽었다.

9 *Palais-Royal.* 〈왕궁〉이라는 뜻으로, 리슐리으가 살던 추기경 궁을 가리킨다.

10 Cahier de Gerville(1751~1796). 혁명파 인사로 1791년 11월에 내무상에 임명되었으며, 최초의 평민 재상이었다.

11 프랑스 남부 아를르의 왕당파들을 가리킨다.

12 1791년 6월 20일 밤 루이16세가 은밀히 빠리를 떠나 메츠에 있는 부이예 후작의 병영으로 피신하려 하다가, 다음 날 새벽 뫼즈 지역 군청 소재지인 바렌느에서 체포되어 가족과 함께 빠리로 압송되었다. 제헌 국민 의회는 6월 21일부터 국왕의 직무를 정지시켰다.

13 문인이며 세네갈 총독을 지낸 부플레르 기사의 아내인 듯하다.

다니며 고함을 쳤다. 목도리 속에 턱을 처박고 다니는 사람을 보면 연주창에 걸렸다고들 하였다. 떠돌이 가수들이 우글거렸다. 왕당파 가수인 데다 용감하여 스물두 번이나 투옥되었던 삐뚜가 나타나면, 사람들이 고함을 지르며 야유하였다. 그는 〈애국심〉이라는 말을 하면서 자신의 몸 허리 아래를 툭 친 죄로 혁명 재판에 회부되었는데, 자신의 머리가 위험에 처한 것을 깨닫고 엉겁결에 이렇게 소리쳤다. 「하지만 제 머리의 반대쪽 부분에 죄가 있습니다!」 재판관들은 웃으며 그를 방면하였다. 그 삐뚜는 당시 유행하던 그리스식이나 라틴식 이름을 조롱하곤 하였다. 그가 자주 부르던 노래는 어느 구두 수선공에 관한 것이었는데, 그는 그 구두 수선공에게 쿠유쓰라는 이름을 부여하였고, 수선공의 아내에게는 쿠유쓰담이라는 이름을 주었다.[14] 까르마뇰[15] 원무를 추며 노래를 부르는 광경이 자주 눈에 띄었다. 〈기사〉니 〈부인〉이니 하는 호칭 대신 〈씨뚜와이앵과 씨뚜와이앤느〉[16]라는 호칭을 사용하였다. 세속인들의 출입이 금지되었던 그러나 폐허로 변한 수도원 경내에서, 주 제단에 조명등을 설치하고, 천장에 십자가 모양으로 고정시킨 두 막대기 위에 촛불 넷을 놓은 다음, 무덤[17]들을

14 라틴어 쿠유쓰 *cujus*를 프랑스 사람들 발음으로 읽으면 〈꾸유쓰〉가 되는데, 그 음은 〈바보〉 혹은 〈불알〉을 뜻하는 꾸이용 *couillon*이나 〈천치〉를 뜻하는 꾸이유쓰 *couillousse*, 혹은 꾸이야쓰 *couillasse*등을 연상시킨다. 꾸유쓰담 *cujusdam*은 〈꾸유쓰의 부인〉이라는 뜻이다.
15 *carmagnole*. 1792년에 작곡된 춤곡인데, 1799년에 보나빠르뜨에 의해 금지되었다.
16 *citoyen, citoyenne*. 오늘날의 의미는 〈시민〉, 〈여자 시민〉이지만 당시에는 아테네와 같은 이상적인 〈공화국의 일원〉이라는 뜻으로 사용되었다. 즉 공화국 국민이라는 뜻이다.
17 수도원 경내에 묻힌 사제들이나 수녀들의 무덤을 가리킨다.

짓밟으며 춤을 추기도 하였다 — 전제 군주들이 입던 하늘색 상의를 걸치고 다니는 사람들이 많았다. 하얀색, 하늘색, 붉은색 보석으로 〈자유의 모자〉 형태를 본떠 만든 핀을 셔츠에 꽂고 다녔다. 리슐리으 로가 〈법의 길〉, 쎙-앙뚜완느 변두리가 〈영광의 변두리〉라고 불리었다. 바스띠유 광장에는 대자연을 형상화한 조각상이 있었다. 이름이 널리 알려진 몇몇 사람들이 지나가면 행인들이 그들을 가리키며 수군거렸다. 가구장이 뒤쁠레[18]의 집 대문 앞에서 밤을 지새우곤 하던 샤뜰레, 디디에, 니꼴라 및 가르니에-들로네, 그리고 단 하루도 거르지 않고 사형수들을 실은 수레를 따라 처형장으로 가면서 그것을 가리켜 〈붉은 미사에 참석한다〉고 하던 불랑, 후작 신분이되 소문난 혁명파로, 자신을 가리켜 스스로 〈디-우〉[19]라고 하던 몽홀라베르 등이 그들이다. 군사 학교 학생들의 행진을 사람들이 구경하곤 하였다. 혁명 의회는 그들을 가리켜 〈마르스의 학교 후보생들〉이라고 하였지만, 일반인들은 〈로베스삐에르의 시동들〉이라 칭하였다. 후레롱이 반혁명 용의자들을 〈네고씨앙띠슴〉[20] 혐의로 고발하는 포고문을 사람들이

18 Maurice Duplay(1736~1820). 유족한 사업가로 로베스삐에르, 싸드 등과 함께 삐끄 혁명 지부에 속하였으며, 1791년부터 1794년까지 로베스삐에르를 자기의 집에 유숙케 했다. 그의 딸 엘레오노르가 로베스삐에르의 청렴하고 굳건한 성품을 흠모하여 두 사람이 혼인을 약속하였다고도 하는데, 전설일 뿐이라고 하는 이들도 있다.

19 *Dix-Août*. 〈10-8월〉, 즉 1792년 8월 10일의 봉기를 뜻한다.

20 *négotiantisme*. 〈협상〉, 〈절충〉을 의미하는 단어 *négociation*을 염두에 두고 어설프게 만든 조어인 듯하다. 물론 사용되지 않는 말이며, 〈협상이나 절충을 지향하는 주의 내지 태도〉를 가리키려 한 것 같다. 〈~주의〉를 뜻하는 어미 *-isme*을 남용하는 풍조를 위고는 『레 미제라블』에서도 은근히 지적하고 있는데, 그러한 풍조는 근래까지도 지속되었다. 나태한 사유(思惟)의 산물이다.

읽었다. 선동에 이끌려 각 구청 정문 앞에 모여 있던 〈사향노루파〉[21]들이 시장(구청장) 앞에서 올리는 혼례식을 야유하였고,[22] 신랑과 신부가 지나가면 그들을 에워싸며 소리치곤 하였다. 〈시청 신혼부부다!〉 앵발리드[23]에 있는 성자들과 왕들의 조각상에 프리기아 모자[24]를 씌워 놓기도 하였다. 광장 주변 경계석 위에서 카드놀이들을 하였다. 카드놀이 역시 큰 혁신을 보이고 있었다. 예를 들어 왕들은 정령들로, 귀부인들은 자유의 여신상들로, 시종들은 평등의 신들로, 아쓰[25]는 법의 여신으로 바뀌었다. 공원에서 쟁기질을 하였으며, 심지어 뛸르리 궁 정원도 쟁기로 갈아엎었다. 그 모든 것에, 특히 패배한 측에 속하는 사람들의 경우가 심했지만, 삶에 대한 일종의 오만한 권태가 스며들었다. 어떤 사람이 후끼에-땡빌[26]에게 보낸 편지에 이러한 구절이 있었다. 〈제발 저를 삶으로부터 해방시켜 주십시오. 저의 주소는 다음과 같습니다.〉 샹쓰네츠라는 사람이, 소요의 본거지였던 빨레-루와얄 한가운데서 다음과 같이 고함을 지른 죄로 체포되기도 하였다. 「터키에서는 언제 혁명이 일어나려나? 터키 황제의 정부가 공화제로 바

---

21 한껏 멋지게 차려입고 다니던 왕당파 젊은이들을 가리키던 말이라고 한다.
22 교회당에서만 올리던 혼례식을 자치 단체장 앞에서 거행하게 된 것은 대혁명 이후부터이다.
23 Invalides(Hôtel des Invalides). 루이 14세가 부상병들을 위해 세운 구호소이다. 현재 그곳에 전쟁 박물관이 있으며, 나뽈레옹 1세의 유해도 그곳에 모셨다.
24 혁명파들이 쓰던 붉은 빵모자를 가리킨다.
25 *as*. 화폐나 중량의 단위를 나타내던 라틴어이며, 그것이 영어로는 〈에이스 *ace*〉로 변화하였다.
26 혁명 재판소의 검찰관으로, 엄혹함과 무자비함의 상징으로 알려졌던 사람이다.

뛰는 것을 보고 싶도다.」 흔한 것이 각종 신문이었다. 점원 이발사들이 여인들의 가발을 사람들 앞에서 지지는 동안, 이발소 주인은 「세계 신보」를 큰 소리로 낭독하였다. 그러는 동안 옆에 모여 있던 다른 사람들은 심한 몸짓을 섞어 가며, 뒤부와-크랑쎄가 발행하는 신문 「서로 이해합시다」나 혹은 「벨르로즈 영감의 나팔」이라는 신문에 대하여 논평하였다. 때로는 이발사들이 돼지고기 장사를 겸하기도 하였다. 그리하여, 황금빛 가발을 씌워 놓은 인형 옆에 염장 돼지 넓적다리와 각종 소시지들을 나란히 걸어 놓곤 하였다. 상인들이 대로 상에서 〈망명자들의 포도주〉[27]라는 것을 팔았다. 어떤 상인은 〈쉰두 종류〉의 포도주라는 광고문을 내걸기도 하였다. 또 다른 사람들은 하프 모양의 벽시계와 공작 부인의 소파 등을 고물로 팔았다. 어떤 이발사는 이런 문구를 내걸었다. 〈사제들에게는 면도를 해주고 귀족들에게는 빗질을 해주며 평민들에게는 치장을 해줍니다.〉 전에 도핀느 로였던 앙주 로 173번지에 있는 마르땡이라 하는 자에게로 가서 카드 점을 보는 사람들이 많았다. 빵도 부족했고 숯도 부족했고 비누도 부족했다. 지방에서 올라온 젖소들이 떼를 지어 지나가는 광경이 자주 목격되었다. 발레 지역에서는 새끼 양 고기 1리브르가 15프랑에 거래되었다. 혁명 정부가 공고하기를, 입[口] 하나 당 열흘에 고기 1리브르를 배당한다고 하였다. 상점들 문 앞에 차례를 기다리는 사람들이 긴 줄을 이루었다. 줄들 중 하나가 전설처럼 사람들 사이에 이야기되고 있는데, 그 줄은 쁘띠-까로라는 길에 있던 식료품 상점에서 시작되어 몽또르괴이유 로 중간까지 이르렀다고 한다. 줄을 선다는 것을 그 시절에는 〈줄

[27] 해외로 망명한 귀족들이 소유하고 있던 고급 포도주라는 뜻일 것이다.

을 잡는다〉고 하였다. 줄을 서는 사람들이 차례대로 밧줄을 잡고 있어야 했기 때문이다. 그 비참한 세월에도 여인들은 꿋꿋하며 다정했다. 그녀들은 빵집 안으로 들어갈 차례를 기다리며 여러 날 밤을 서서 지새우곤 하였다. 대혁명이 편법을 성공적으로 동원했던바, 국가 재산 담보 증권(아씨냐)과 극형이라는 위험한 두 미봉책으로, 광범위하고 심각한 궁핍을 경감시켰다. 담보 증권이 지렛대였다면 극형은 그것의 받침점이었다. 그 돌팔이 요법이 프랑스를 구출하였다. 코블렌츠[28]에 있던 적들이나 런던에 있던 적들 할 것 없이 모두 그 증권을 투기 구매하였다. 젊은 여자들이 오락가락하면서 라벤더 향수와 스타킹 조임 띠, 가발 꼭지 등을 팔고 동시에 환전도 하였다. 비비엔느 로의 계단에는 흙투성이 신발을 신고 기름때 낀 모발에 여우 꼬리 모자를 쓴 투기꾼들이 우글거렸다. 발루와 로에는 구두약을 반질반질하게 바른 장화를 신고, 입에 이쑤시개를 물고 질근거리며 털모자를 머리에 얹은 멋쟁이들이 있었는데, 거리의 여자들이 그들에게 반말을 하였다. 사람들이 그들을 도둑들 못지않게 박대하였다. 왕당파들은 도둑들을 〈활동적인 시민〉이라고 불렀다. 하지만 절도 사건은 매우 드물었다. 극도로 궁핍한 세월이었지만 극기적 정직성이 돋보였다. 맨발로 다니는 사람들도, 굶어 죽게 된 사람들도, 빨레-에갈리떼의 보석상점 진열대 앞을 지날 때에는 엄숙하게 눈을 내리깔았다. 앙뚜완느 혁명 지부 사람들이 보마르셰[29]의

28 Koblenz. 서부 도이칠란드에 있는 도시로, 그곳에서 망명 왕당파들이 1793년에 왕당파 군대를 창설하였다.
29 Pierre Beaumarchais(1732~1799). 극작가. 대표작인 「휘가로의 결혼」(1784)이 압제받던 백성들의 요구를 대변하는 작품이라는 평가를 받아, 혁명파 인사들이 보마르셰를 호의적으로 대하였던 모양이다. 하지만 그가 〈정

집을 방문하는 동안, 어느 여자 하나가 그의 정원에서 꽃 한 송이를 꺾었다. 그러자 함께 갔던 사람들이 그녀의 따귀를 때렸다. 장작 1꼬르드[30]의 가격이 은화 4백 프랑에 달하였다. 그리하여 침대의 목제 부분을 톱으로 자르는 사람들의 모습이 자주 눈에 띄었다. 겨울에는 급수장 펌프가 얼어붙었다. 그리하여 물 한 짐 길어다 주는 삯이 20쑤에 달하였고, 결국 모든 사람들이 물지게꾼이 되었다. 루이 금화 한 닢이 3,950프랑[31]을 호가하였다. 삯마차 한 번 타는 데 6백 프랑을 지불해야 했다. 삯마차를 하루 빌려 타고 나면, 다음과 같은 대화를 주고받았다. 「마부, 내가 얼마를 지불해야 하나?」「6천 리브르입니다.」야채 파는 여자 상인의 하루 매상액이 2만 프랑에 달했다. 어느 거지가 이렇게 말하였다. 「자비심을 발휘하여 저를 도우소서! 230리브르가 부족하여 신발을 사지 못합니다.」여러 다리 입구에서 다비드가 조각하고 그린 거한들을 볼 수 있었다. 메르씨에가 그것들을 〈거대한 목재 뿔리쉬넬〉이라고 혹평하였다.[32] 그 거한들은 연맹파의 신념과 격파된 동맹을 형상화하고 있었다. 이 백성에게는 기력 상실이라는 것이 없었다.

직한〉 사람이었다고 할 수 있을지, 선뜻 단언하기 어렵다.
30 *corde*. 장작의 부피를 나타내던 옛 단위이다. 1꼬르드는 4스떼르, 즉 4세제곱미터와 같다.
31 *franc*. 명목 화폐 단위였던 리브르와 혼용된 것이며, 루이 금화의 명목 가치는 10~24리브르였다.
32 「호라티우스 형제들의 맹세」, 「쏘크라테스의 죽음」 등에 나타난 다비드(1748~1825)의 거창하고 비장한 화풍에 대한 야유일 듯하다. 〈뿔리쉬넬〉은 인형극의 우스꽝스러운 인물로, 이딸리아 인형극 주인공인 〈뿔치넬라〉의 프랑스식 변형이다. 한편 메르씨에(1740~1814)는 연극 이론에 밝은 문인으로, 그의 『빠리 풍경』(1790, 전12권)이라는 책은 대혁명 직전의 프랑스 사회를 부활시켜 놓았다는 평을 받았다고 한다. 사실, 다비드가 그린 〈쏘크라테스〉의 모습은 과장이 지나쳐, 그 현인의 모습이 허풍선이처럼 보인다.

옥좌들을 끝장내 버렸다는 음산한 기쁨이 감돌았다. 자신의 심장을 바치겠다는 의용병들이 범람할 지경으로 몰려들었다. 각 거리마다 병력 1개 대대를 내놓았다. 명구(銘句)를 수놓은 각 구역의 깃발들이 분주히 오갔다. 까삐쌩 구역의 깃발에는 다음과 같은 구절이 있었다. 〈아무도 우리의 수염을 깎아 주지 못할 것이다.〉[33] 또 다른 구역의 깃발에서는 이런 구절도 읽을 수 있었다. 〈가슴속 이외에는 더 이상 귀족[34]이 없다.〉 모든 담벼락에 크고, 작고, 희고, 노랗고, 푸르고, 붉고, 인쇄되고, 손으로 쓴 온갖 벽보들이 붙었고, 각 벽보에는 어김없이 다음과 같은 외침이 있었다. 〈공화국 만세!〉 어린아이들이 혁명의 노래 「싸 이라」[35]를 흥얼거렸다.

그 아이들이 곧 광막한 미래였다.

후에 가서 비극적 도시가 냉소적 도시의 뒤를 이었다. 그리하여 빠리의 거리에 나타난 혁명의 면모가, 열월 9일[36]을 기점으로 완연히 달라졌다. 쌩-쥐스뜨의 빠리가 딸리앵의 빠리에 자리를 내어 주었다. 그것이 바로 절대 신이 제시하는 끊임없는 반대명제인바, 시나이 산 직후에 꾸르띠유가 나타

33 〈아무도 우리를 이기지 못한다.〉

34 *noblesse*. 〈고결함〉으로 읽어야 할 듯하다.

35 Ça ira. 〈잘 되리라〉는 뜻을 가진 아주 소박한 표현이다. 1790년 5월에 떠돌기 시작하여, 같은 해 7월 14일 혁명 기념 축제에서 불렸다고 한다. 그 초기의 가사는 이러했다. 〈아! 싸 이라, 싸 이라, 싸 이라! / 삐에로와 마르고 선술집에서 노래하네! / 싸 이라, 싸 이라, 싸 이라! / 즐깁시다, 좋은 세월 다시 오리라.〉 그런데 후에 급진 혁명파들이 목가적 가사를 이렇게 바꾸었다고 한다. 〈귀족들을 가로등에 매다세……〉

36 열월(熱月) 9일(1794년 7월 27일)에, 쌩-쥐스뜨와 로베스삐에르가 공포 정치의 주동자들이었던 딸리앵, 바라, 비요 바렌느 등에 의해 체포되어, 그들의 동지 19인과 함께 다음 날, 재판도 거치지 않고 단두대에서 참형을 당하였다.

났다.[37]

　백성의 급작스러운 광기는 금방 표면화된다. 이미 80년 전에도 그러한 현상이 있었다. 숨을 쉬고 싶은 절박한 욕구 때문에, 로베스삐에르의 수중에서 벗어나듯 루이 14세의 수중에서 벗어난다. 그 세기를 연 섭정[38]과 그 세기를 마무리 지은 5인 집정관 정부[39]가 그래서 생긴 것이다. 두 공포 정치에 뒤이어 두 싸투르날리아가 나타난 것이다.[40] 프랑스가 군주의 울타리를 벗어난 것처럼 청교도적 울타리[41]를 뛰쳐나와, 탈출에 성공한 백성처럼 즐거워하였다.

　무월 9일[42] 이후 빠리는 명랑해졌다. 그러나 길 잃은 명랑

37 모쉐가 시나이 산에서 야훼로부터 십계명을 받았고, 이스라엘 백성과 야훼 간에 약속이 이루어졌다는 「구약」의 전설은 주지하는 바와 같다. 한편 꾸르띠유는 빠리 북쪽 관문 지역으로(오늘날의 벨빌 언덕), 그곳에 선술집이 많아 사육제 기간에는 환락의 장소였다고 한다. 시나이는 프랑스 대혁명의 초기 면모를, 꾸르띠유는 변질된 면모를 가리키는 듯하다.

38 루이 15세(1710~1774, 재위 1715~1774)의 소년 시절에, 루이 14세의 조카이며 사위이자 루이 15세의 당숙인 오를레앙 공작(1674~1723)이 맡았던 섭정을 가리킨다. 그 시절(1715~1723)에 정치적·종교적 제약이 느슨해져, 프랑스 사회가 모처럼 숨을 돌릴 수 있게 되었다고 한다.

39 혁명 의회의 뒤를 이어 1795년에 들어선 행정부를 가리킨다. 5백인 의회와 원로원이 지명한 집정관 5인이 행정부의 주축을 이루어, 각 부서 재상들과 군의 고위 지휘관들을 임명하였다. 제1공화국 8년 무월(霧月) 18일(1799년 11월 9일)의 꾸데따 이후 종말을 맞았고, 권력은 3인 집정관 정부로 넘어갔다.

40 〈두 공포 정치〉는 루이 14세의 치세와 로베스삐에르의 혁명 의회를 가리킨다. 한편 〈싸투르날리아〉는, 파종과 포도 경작을 주관한다고 믿던 신 싸투르누스를 기리던 고대 로마의 축제였다. 방탕과 무질서를 상징한다. 여기에서는 오를레앙 공작의 섭정기와 5인 집정관 시절을 가리킨다.

41 〈결코 부패할 수 없는 사람〉이라는 별명을 가지고 있던 로베스삐에르의 엄격함을 가리킨다.

42 1794년 7월 27일, 즉 로베스삐에르가 실각한 날이다.

함이었다. 불결한 즐거움이 넘쳐흘렀다. 죽음으로 향한 열광에 뒤이어 삶으로 향한 열광이 나타났고, 그리하여 위대함이 자취를 감추었다. 그리모 들라 레이니에르라고 불리우던 트리말키오 하나가 나타났고, 그리하여 『미식가들 연감』이 발행되었다.[43] 빨레-루와얄의 중이층에 있는 식당에서 요란한 취주악을 들으며 만찬을 즐기고들 하였는데, 여자들로 구성된 악단이 북을 치고 트럼펫을 불어 댔다. 리고동 춤을 이끄는 악사가 바이올린 활을 움켜쥐고 군림하였다. 메오라는 식당에서, 향료 가득 담긴 향로들에 둘러싸인 채, 〈동양식으로〉 저녁 식사들을 즐겼다. 화가 보즈가 천진스럽고 매력적인, 나이 열여섯밖에 아니 된 자기 딸들의 얼굴을 〈단두대 위의 사형수 모습으로〉, 다시 말해 어깨와 가슴팍이 드러나는 붉은 셔츠를 입은 모습으로 그리곤 하였다. 폐허로 변한 교회당에서 추던 격렬한 춤들에 뒤이어 루기에리, 뤼께, 벤첼, 모뒤, 몽땅시에 등의 무도회가 나타났다. 붕대를 만들던 엄숙한 공화국 여인들(씨뚜와이앤느)의 뒤를 이어, 하렘의 여인들과 야만족의 관능적인 여인들과 님파들이 나타났다. 피와 진흙과 먼지로 뒤덮인 병사들의 헐벗은 발에 뒤이어, 여인들의 다이아몬드로 치장한 벗은 발들이 나타났다. 뻔뻔스러움이 나타나

---

43 트리말키오는 카이우스 페트로니우스(?~65)의 풍자 소설 『싸티리콘』에 등장하는 인물로, 주인의 유산 덕분에 부자가 된 노예 출신의 허세꾼이다. 특히 그는 자신의 천한 출신을 숨기기 위하여, 사람들을 초청한 다음 질탕하게 먹인다. 쎄네카처럼 스토아 철학자였던 페트로니우스가 네로 황제 시절의 천한 풍습을 세세하고 적나라하게 그리기 위해 쓴 『싸티리콘』이, 『돈끼호떼』나 『프랑시옹』혹은 『힐 블라스』등의 전형이 되었음직도 하다. 한편 그리모 들라 레이니에르(1758~1838)는 유족한 집안 출신으로, 『미식가들 연감』을 출간한 사람이다.

자, 부정직함도 다시 모습을 드러냈다. 사회의 상층부에는 소매상인들이 있었고, 하층부에는 좀도둑들이 있었다. 우글거리는 야바위꾼들이 빠리를 가득 채웠다. 그리하여 각자가 알아서 자신의 지갑을 잘 지켜야 했다. 소일거리들 중 하나는, 재판소 마당 의자에 묶여 있던 여자 도둑들을 구경하러 가는 것이었다. 그녀들의 치마를 의자에 동여맬 수밖에 없었다. 극장에서 나오면, 소형 마차가 대기하고 있다며 소리치는 개구쟁이 소년들의 목소리가 요란했다. 「씨뚜와이앵, 씨뚜와이앤느, 두 분이 앉으실 좌석이 있습니다.」 신문 「늙은 프란체스코회 수도사」나 「백성의 친구」 등을 사라는 소리는 더 이상 들리지 않고, 『뽈리쉬넬의 편지』나 『개구쟁이의 탄원서』를 사라고 외치는 소리가 들렸다. 싸드 후작이 방돔 광장에 있는 삐끄 혁명 지부를 이끌었다. 모든 반발이 명랑하며 동시에 표독스러웠다. 92년의 〈자유의 용기병들〉이 〈단검의 기사들〉이라는 이름으로 다시 태어나고 있었다.[44] 그 무렵 극장 무대에 죠크리쓰[45]가 다시 불쑥 등장하였다. 〈경이로운 것들〉과, 그것들을 넘어서는 〈믿을 수 없는 것들〉을 구경하였다. 모두들 〈농락하는 말〉과 〈외설스러운 말〉로 맹세를 하였다. 미라보에서 뒷걸음질하여 보베슈에까지 이르렀다.[46] 빠리라는 도

---

44 〈단검의 기사들〉은 1792년 8월 소요 이후 뛸르리 궁에 유폐되어 있던 루이 16세를 탈출시키기 위하여 귀족 청년들이 결성했던 단체이다. 그들이 거사할 때 권총과 단검을 주 무기로 삼으려 하였던 데서 비롯된 명칭이다. 하지만 〈자유의 용기병들〉은 어떤 단체를 가리키는지 알 수 없다.

45 Jocrisse. 몰리에르의 희곡 「스가나렐」이나 도르비니라는 사람의 「죠크리쓰의 절망」 등에 등장하는 인물로, 바보의 전형이다. 그에 정면으로 대비되는 영리하고 약삭빠른 인물의 전형이 쟈노Janot이다.

46 미라보(1749~1791)가 대혁명 초기에 가장 뛰어난 웅변가였다는 사실은 주지하는 바와 같다. 보베슈는 극장 앞에서 손님들을 끌기 위하여 객담

시가 그렇게 오락가락한다. 빠리는 문명의 거대한 시계추이다. 그 추는 두 극(極)을, 다시 말해 테르모퓔라이[47]와 고모라를 번갈아 가며 건드린다. 대혁명이 93년 이후에는 일식과 같은 기이한 엄폐기를 통과하였다. 그 세기가 시작한 일을 마치기를 잊은 것 같았다. 정체 모를 대향연이 끼어들어 전면을 차지하고, 무시무시한 최후의 심판은 뒤로 물러섰다. 그 끝을 알 수 없는 광경이 펼쳐진바, 급작스러운 공포가 지나가고 폭소가 터졌다. 비극이 우스꽝스러운 모방극 속으로 사라지고, 지평선 저쪽 끝에서는 사육제의 연기 한 가닥이 메두사[48]를 흐릿하게 지워 버렸다.

그러나 우리의 이야기가 전개되고 있던 93년에는, 빠리의 거리들이 혁명 초기의 웅대하고 사나운 면모들을 아직도 간직하고 있었다. 거리들은 여전히 특유의 웅변가들을 가지고 있어서, 바를레라는 사람은 바퀴 달린 가건물을 끌고 다니면서 그 위에 올라가 행인들을 향하여 웅변을 하였다. 또한 거리의 영웅들도 여전히 있었는데, 그들 중 하나는 〈쇠붙이 씌운 몽둥이들의 대장〉이라는 별명을 가지고 있었다. 그리고 거리의 총아들도 있었던바, 『루지프』라는 잡지를 창간한 귀프루와가 그들 중 하나이다. 그 명사들 중 몇몇은 불법 행위를 자행하기도 하였지만, 나머지 다른 사람들은 흠잡을 데 없었

을 늘어놓는 익살 광대 역을 맡았던 사람이다. 혁명 초기의 엄숙함이 퇴색하던 시절의 풍정을 지적한 언급이다.

47 테르모퓔라이 협로는 기원전 480년에 스파르타의 왕 레오니다스 1세가 결사대 3백 명을 이끌고 페르시아 대군과 맞섰던 곳으로 유명하다. 숭고함과 비장함의 상징이다.

48 그것을 바라본 사람을 돌로 변하게 하였다는 그 괴물이, 추상같았던 혁명 초기의 특징을 상징하는 듯하다.

다. 그 모든 명사들 중 특히 올곧고 숙명적인 사람 하나가 있었으니, 그는 씨무르댕이었다.[49]

2
씨무르댕

 씨무르댕은 하나의 순결한 그러나 침울한 양심이었다. 그는 내면에 절대를 품고 있었다. 그가 일찍이 사제였던바, 그것은 심각한 일이다. 인간도 하늘처럼 하나의 검은 고요를 가질 수 있다. 그러기 위해서는 무엇인가가 그의 내면에 어둠을 드리워 주는 것으로 족하다. 사제직이 씨무르댕 속에 짙은 밤을 드리워 주었다. 사제였던 사람은 언제까지나 사제이다. 우리의 내면에 밤을 드리우는 것은 우리에게 별들을 남겨 줄 수 있다. 씨무르댕은 미덕과 진실로 가득했으나, 그것들이 암흑 속에서 반짝거렸다.

 그의 생애에 관한 이야기는 지극히 짧다. 그는 어느 마을의 사제이며 동시에 어느 귀족 가문의 가정 교사였다. 그러다가 약간의 유산이 수중에 들어와 자유의 몸이 되었다.

 고집이 세다는 것, 그 점이 그의 두드러진 특징이었다. 그는 명상이라는 도구를 사람들이 집게 사용하듯 사용하였다. 그는 어떤 사념의 끝에 도달하기 전에 그 사념의 가닥을 놓아 버릴 권리가 자기에게 허락되지 않았다고 믿었다. 그리하여

---

49 제2부 제1권 제1장은 신문 기사의 제목들을 나열해 놓은 듯한 문체로 다양한 사실들을 담아 하나의 시대상을 가볍게 스케치한 글이다. 빅또르 위고의 독특한 서술 기법으로, 『레 미제라블』 제1부, 제3권, 제1장(1817) 역시 유사한 글이다.

그의 사유는 집요하였다. 그는 유럽의 모든 언어들을 잘 알았고, 다른 지역의 몇몇 언어들도 약간은 알았다. 그는 끊임없이 학업에 몰두하였고, 그것이 그의 순결을 지킴에 도움이 되었다. 하지만 그러한 억제보다 더 위험스러운 것은 없다.

사제로서, 오기 때문이었는지, 우연이었는지, 혹은 영혼의 고결함 때문이었는지, 여하튼 그가 서원(誓願)은 준수하였다. 그러나 신앙을 간직할 수는 없었다. 학문이 그의 신앙을 무너뜨려 버렸고, 동시에 교조가 그의 내면에서 증발해 버렸다. 그러한 상태에서 자신을 세심하게 검토하던 중, 자기가 불구의 몸이라고 생각하였다. 하지만 사제라는 신분은 떨쳐 버릴 수 없었고, 하는 수 없이 다시 인간이 되려고 노력하기 시작하였다. 하지만 그 방법이 준엄했다. 그는 우선, 일찍이 가정을 빼앗겼던지라, 조국을 양자로 삼았다. 그리고 여자가 허락되지 않았던지라 인류를 아내로 맞았다. 그 충만함이 실은 하나의 공허이다. 농사꾼이었던 그의 부모가 그로 하여금 사제의 길로 들어서게 하면서 바라던 것은, 그를 백성의 신분에서 이끌어 내는 것이었다. 하지만 그는 백성들 속으로 되돌아갔다.

게다가 열광적으로 되돌아갔다. 그는 고통에 시달리는 사람들을 무시무시한 애정을 가지고 응시하였다. 그리하여, 사제였던 그가 철학자로 변하였고, 철학자에서 다시 투사로 변신하였다. 루이 15세가 아직 생존하던 시절에도 그는 벌써 막연하게나마 자신이 공화주의자임을 느끼고 있었다. 어떤 공화국의? 아마 플라톤이 상상하던 공화국을 꿈꾸는 공화주의자였을지 모른다. 그러나 또한 드라콘[50]의 공화국을 꿈꾸었을지도 모른다.

그에게는 사랑하는 것이 금지되었기 때문에 증오하기 시작하였다. 그리하여 거짓과 군주제와 신정(神政)과 자기가 입고 있던 사제복을 증오하였다. 또한 현재를 증오하였기 때문에 미래를 소리쳐 불렀다. 그는 미래를 예감하였고 언뜻 보았으며, 그것이 무시무시하며 장엄함을 짐작하였다. 또한 인간의 가련한 비참함에 종지부를 찍어 줄 해방자가 복수의 신과 비슷한 그 무엇일 것이라 생각하고 있었다. 그리하여 이미 멀리서부터 그 대재앙을 숭배하고 있었다.

그 대재앙이 1789년에 닥쳤고, 그는 이미 대비하고 있었다. 씨무르댕은 논리로 무장을 하고, 다시 말해 그의 기질에 어울릴 만큼 냉혹하게, 그 대대적인 인간의 갱신 작업에 뛰어들었다. 논리는 측은함이라는 것을 모른다. 그는 위대한 혁명적 세월을 겪었고, 모든 거센 숨결들을 느끼며 전율하고 희열에 잠기기도 하였다. 89년에는 바스띠유 감옥의 파괴와 백성들에게 가해지던 참혹한 형벌의 종말을, 90년 6월 19일에는 봉건 제도의 종말을,[51] 91년에는 바렌느에서 왕권의 종말을, 그리고 92년에는 공화국의 도래를 목격하였다.[52] 그는 대혁명이 벌떡 일어서는 것을 보았다. 그는 그 거인을 두려워할 사람이 아니었다. 오히려 그 반대였다. 모든 것들의 급작스러운 성장이 그에게 생기를 주었다. 그리하여, 그가 이미 거의 늙었건만 ― 그의 나이 쉰이었고 게다가 사제는 다른 사람들보다 더 빨리

50 기원전 7세기 말 아테네 최초의 성문법을 만든 입법자이다. 개인적인 복수를 금지시킨 것으로 유명하며, 그의 형법은 〈피로 쓰였다〉고 할 만큼 엄격함의 상징이 되었다.
51 그날 제헌 국민 의회에서 작위의 세습 제도를 폐지하는 법안이 가결되었다.
52 1792년 9월 21일 혁명 의회가 프랑스 최초의 공화 체제를 선포하였다.

늙는다 ─ 그 역시 성장하기 시작하였다. 해가 갈수록 사건들이 점점 커지는 것을 보았고, 그 역시 그것들처럼 커졌다. 그가 처음에는 대혁명이 낙태되지 않을까 근심하였다. 그러면서 관찰하던 중, 혁명에 이유와 권리가 있음을 알게 되었고, 따라서 그것이 성공하기를 갈망하였다. 또한 그것이 사람들에게 두려움을 줄수록 그는 안심하게 되었다. 그는 미래라는 별들로 엮은 왕관을 쓴 그 미네르바가 또한 팔라스이기도 하며, 독사들을 그린 가면을 방패로 삼기를 바랐다.[53] 그는 필요할 경우 팔라스가 악마들에게 지옥의 섬광을 던져, 공포로 공포에 맞서기를 바랐다.

그가 그러한 상태로 93년을 맞았다.

93년은 유럽이 프랑스를 상대로 벌인 전쟁이고, 프랑스가 빠리를 상대로 벌인 전쟁이다. 그리고 대혁명은 무엇인가? 그것은 프랑스가 유럽을 상대로 거둔, 그리고 빠리가 프랑스를 상대로 거둔 승리이다. 그것에서 93년이라는 그 무시무시한 순간의 광대함이 비롯되며, 따라서 그 순간이 그 세기의 나머지 전체보다도 위대하다.

유럽이 프랑스를 공격하고 프랑스가 빠리를 공격하는 사태, 그보다 더 비극적인 것은 없다. 고대 영웅전만큼이나 거대한 비극이다.

93년은 강렬한 해이다. 한껏 노하여 팽창한 뇌우가 그 속

---

53 선뜻 이해하기 어려운 언급이다. 우선 팔라스는 아테나(즉 미네르바)의 별명이라는 전설이 있다. 또 다른 전설들 중 하나는, 팔라스가 아테나의 친부인데 그가 딸을 겁간하려 하자 딸이 그를 죽여 그 가죽으로 방패를 만들었으며, 기가스(거인)들을 상대로 싸울 때 그 방패를 사용하였다는 이야기를 전한다. 작가가 이 구절을 쓰는 순간, 페르세우스를 돕기 위하여 아테나가 메두사를 죽였다는 전설을 뇌리에 떠올린 것 같기도 하다.

에 있다. 씨무르댕은 그곳에서 편안함을 느꼈다. 그 광란적이고 야수적이며 눈부신 환경이 그의 웅대한 심기에 잘 어울렸다. 그 사람은, 바다수리처럼, 외견상 모험을 즐기면서도 내면의 깊은 고요를 간직하고 있었다. 사납되 태평스러운, 날개 달린 특정 생물체들은 큰 바람에 적응할 수 있도록 만들어졌다. 폭풍의 영혼들이라는 것이 정말 존재한다.

그에게는 오직 가엾은 사람들에게로만 향하는 별도의 연민이 있었다. 염오감(厭惡感)을 일으키는 특이한 고통 앞에서 그는 헌신적이었다. 그 무엇도 그에게 혐오감(嫌惡感)을 일으키지 못하였다. 그것이 그 특유의 선량함이었다. 그는 흉측하며 동시에 신성하게 구원의 손길을 뻗는 사람이었다. 그는 궤양을 찾아내어 그것에 기꺼이 입을 맞추었다. 보기에 흉한 아름다운 행위가 실천하기 가장 어렵다. 하지만 그는 그러한 행위들을 선호하였다. 어느 날, 빠리의 오뗄-디외 병원에서, 어떤 남자 하나가 목구멍의 종기 때문에 숨이 막혀 질식사할 지경에 놓였다. 역한 냄새 풍기고 보기에도 끔찍하며 혹시 전염성일지도 모르는 농양을 즉시 뽑아내야 했다. 마침 씨무르댕이 그곳에 있었다. 그가 자기의 입을 종기에 대고 펌프질을 하며, 입에 농양이 가득 찰 때마다 뱉곤 하여, 농양을 몽땅 뽑아내 남자의 목숨을 구하였다. 그가 그 시절에는 아직 사제복을 입고 다녔던지라, 어떤 이가 그에게 말하였다. 「당신이 만약 왕을 위하여 그러한 일을 한다면, 당신은 주교가 될 것이오.」 「왕을 위해서는 결코 하지 않을 것이오.」 씨무르댕의 대꾸였다. 그가 한 행위와 그 대꾸로 인하여, 그의 이름이 빠리의 침울한 거리에 퍼져 나갔다.

그의 명성이 어찌나 자자했던지, 고통에 시달리는 사람들,

눈물짓는 사람들, 위협하는 사람들을, 그가 자기의 뜻대로 다루었다. 매점(買占)하는 이들에 대한 사람들의 분노가 팽배했던 그 시절 — 오해에서 비롯된 분노도 많았다 — 비누를 싣고 쌩-니꼴라 부두에 정박해 있던 선박을 상대로 벌이려 하던 약탈을 씨무르댕의 말 한마디가 저지시켰고, 쌩-라자르 관문에서 짐수레들을 에워싸고 있던 성난 군중 또한 그의 말 한마디에 스스로 흩어졌다.

8월 10일 소요 이틀 후, 백성들이 왕들의 조각상들을 끌어 내려 파괴하였는데, 그 사건을 주도한 사람도 그였다. 조각상들이 떨어지면서 사람들을 죽였다. 방돔 광장에서는, 루이 14세의 목에 밧줄을 걸고 당기던 렌느 비올레라는 여자가 조각상에 깔려 으스러졌다. 루이 14세의 그 조각상은 1백 년 동안이나 서 있었다. 그것을 1692년 8월 12일에 세웠는데, 1792년 8월 12일에 넘어졌다. 꽁꼬르드 광장에서는, 동상 무너뜨리던 사람들을 가리켜 〈개새끼들〉이라고 욕을 하던 갱게를레라는 사람이, 루이 15세의 조각상 기단 위에서 타살당하였다. 동상은 갈갈이 찢겼다. 훗날 그것으로 동전을 주조하였다. 오직 팔 하나만 무사했다. 그것은 로마 황제의 몸짓을 흉내 내며 뻗고 있던 루이 15세의 오른쪽 팔이었다. 씨무르댕의 요청에 따라 사람들이 그 팔을 라뛰드라는 사람에게 가져다주었는데, 그 사람은 37년 동안 바스띠유 감옥에 생매장당했던 바 있다. 라뛰드가 목에 쇠고리를 걸고 배는 쇠사슬에 묶인 채, 당시 빠리를 내려다보고 있던 그 동상의 주인이던 왕의 명령에 따라 그 감옥 밑바닥에서 산 채로 썩어 가고 있을 때, 그 감옥이 무너질 것이고, 그 동상이 쓰러질 것이며, 그가 그 무덤에서 나올 때 군주는 그곳으로 들어갈 뿐만 아니라, 죄수인 그가, 그의 이름이 적힌 죄수 명부에 서명한 그 청동제 손의 주인이 될 것이며, 진흙으로 변한 그 왕이 기껏 그 청동제 팔 하나만 남길 것이라고, 누가 상상이나 할 수 있었겠는가!

씨무르댕은 자신의 내면에서 들려오는 음성 하나[54]가 있어 항상 그것에 귀를 기울이는 사람들 중 하나였다. 그런 사람들은 겉보기에 방심하는 듯하지만, 전혀 그렇지 않다. 그들은 주의를 집중하고 있다.

씨무르댕은 모든 것을 알고 있었으되 또한 아무것도 몰랐다. 학문에 있어서는 모든 것을 알고 있었으되 삶에 대해서는 아무것도 몰랐다. 그의 경직성이 그것에서 비롯되었다. 호메로스가 묘사한 테미스처럼, 그는 자신의 눈을 띠로 가리고 있었다.[55] 그는 오직 과녁만을 보고 그곳을 향하여 날아가는 화살의 눈먼 확신을 가지고 있었다. 혁명에서는 직선만큼 두려운 것이 없다. 씨무르댕은 앞만 바라보며 나아가고 있었다. 그의 숙명이었다.

씨무르댕은, 모든 사회적 생성에 있어서는, 극단의 지점이 든든한 지반이라고 믿었다. 논리로 이성을 대체하는 사람들 특유의 오류이다. 그는 혁명 의회를 능가하였다. 빠리 혁명정부도 능가하였다. 그는 〈주교구〉에 속하여 있었다.

낡은 주교 궁의 홀에서 회의를 열곤 하였기 때문에 〈주교구〉라는 이름을 얻은 그 모임은, 모임이라기보다 잡다한 사

---

[54] 쏘크라테스가 한 유명한 말이다. 그는 자신의 내면에 다이몬(정령) 하나가 있어, 그에게 항상 할 일을 일러 주었다고 한다.
[55] 띠로 눈을 가리고 한 손에는 저울을, 다른 한 손에는 검을 든 모습, 그것이 법의 공평성을 상징하는 그녀의 변함없는 모습이다.

람들의 덩어리였다. 빠리 혁명 정부에서도 그랬듯이, 그 모임에도 조용하고 의미심장한 구경꾼들이 참석하였는데, 그들은 가라[56]가 말한 바와 같이 〈호주머니 수만큼의 권총들을〉 지니곤 하였다. 〈주교구〉는 하나의 기이한 잡탕이었다. 국제적이며 동시에 빠리 고유의, 서로를 배척하지 않는 잡탕이었다. 빠리가, 모든 민족들의 심장이 박동하는 장소이기 때문이다. 그곳에는 평민 계급의 거대한 열광이 있었다. 〈주교구〉에 비할 경우, 혁명 의회는 차가웠고 빠리 혁명 정부는 미지근했다. 〈주교구〉는 화산의 생성과 유사한 혁명적 생성체였다. 〈주교구〉는 무지와 어리석음과 청렴함과 영웅주의와 분노와 질서 등 모든 것을 내포하고 있었다. 그들 중에는 브라운슈바이크[57]가 보낸 요원들도 있었다. 그곳에는 스파르타 시민 못지않은 이들도 있었고, 도형장으로 가야 마땅할 사람들도 있었다. 그러나 대부분 사람들은 열성적이고 정직했다. 지롱드당이, 잠시 혁명 의회 의장직을 맡았던 이나르의 입을 빌려, 다음과 같은 흉측한 말을 하였다. 〈빠리 시민들이여, 조심하시오. 당신들의 도시에서 포개진 돌 하나 찾아볼 수 없게 될 것이며, 훗날 사람들은 빠리가 있던 자리를 찾아 헤맬 것이오.〉 그 말로 인하여 〈주교구〉가 결성되었다. 사람들이, 이미 말한 바와 같이 모든 나라에서 온 사람들이, 빠리를 중심

---

56 Dominique-Joseph Garat(1749~1833). 1792년 11월 당똥의 뒤를 이어 법무상에 취임하였고, 다시 1793년 3월에 내무상으로 발탁되었다.

57 오스트리아-프러시아 연합군 사령관으로, 1792년 7월 25일 〈프랑스 왕실에 추호라도 치욕을 가할 경우, 빠리를 초토화시키고 시민들을 깡그리 학살하여, 영영 잊히지 않을 보복을 감행하겠노라〉는 성명(〈브라운슈바이크의 성명〉이라고 한다)을 발표한 브라운슈바이크 공작(1735~1806)일 듯하다.

으로 해서 결집할 필요를 느꼈다. 씨무르댕이 그 집단과 연합한 것이다.

그 집단이 반동 세력에 저항하였다. 그 집단은, 모든 혁명의 무시무시하고 신비한 측면이기도 한 폭력에 대한 대중적 필요에서 태동하였다. 그러한 힘에 자신감을 얻은 〈주교구〉는 즉시 자기의 역할을 맡았다. 빠리가 격동할 때마다, 대포를 쏜 것은 혁명 정부였고 경종을 두드려 댄 것은 〈주교구〉였다.

씨무르댕은, 그의 흔들림 없는 순진성 때문에, 진실에 봉사하는 것은 모두 공평무사하다고 믿었으며, 그 믿음으로 인하여 그가 여러 과격파들을 지배할 적임자로 떠올랐다. 악당들조차 그가 정직함을 느끼고 만족스러워하였다. 범죄가 자신이 미덕에 의해 주도된다는 사실에 으쓱해졌다. 그들에게는 거북하면서 동시에 유쾌한 일이었다. 바스띠유가 무너진 후 그 돌들을 팔아 사적인 이윤을 챙겼고, 루이 16세가 갇혀 있던 감옥의 벽을 다시 칠하라는 지시를 받자, 벽을 철 막대와 쇠사슬과 죄수의 목에 거는 쇠고리 등으로 뒤덮어 장식하는 열성을 보였던 건축가 빨루와, 수상한 용의자로 지목되었고 얼마 후 사실로 밝혀진 쌩−앙뚜완느 변두리 구역의 선동꾼 공숑, 소문에 의하면 라화이예뜨로부터 돈을 받고 7월 17일에 라화이예뜨를 향해 권총 한 발을 발사하였다는[58] 미국인 푸르니에, 비쎄트르 감옥에서 나온 후 시종, 광대, 좀도둑, 첩자 등의 짓을 하다가 장군이 되어 혁명 의회 본부를 향해 대포를 겨눈 바 있는 앙리오, 지난날 샤르트르의 부주교였으되

---

[58] 라화이예뜨(1757~1834)가 국민병 사령관이었던 시절, 1791년 7월 17일 쟈꼬뱅 당원들이 샹 드 마르스(대연병장)에 집결하는 것을 저지하러 갔을 때 그에게 총격을 가한 사건이 발생하였다고 한다.

자기의 성무 일과서를 『뒤셴느 영감』[59]이라는 잡지로 대체한 라 레이니 등, 그 모든 사람들이 씨무르댕에 대하여 경외심을 품었고, 따라서 가장 못된 자들조차, 그 확신에 찬 무시무시한 천진성 앞에서는 반발하려다가도 우뚝 멈추어 서곤 하였다. 쌩-쥐스뜨도 그렇게 슈나이더를 얼어붙게 하였다.[60] 또한 가난한 사람들과 과격하되 착한 사람들로 이루어졌던 〈주교구〉의 다수파가, 씨무르댕을 전적으로 믿으며 추종하였다. 그는 보좌 신부 혹은 보좌관으로(각자 좋을 대로 부르도록 하자) 공화파 사제 하나를 곁에 데리고 있었는데, 당주라는 그 사제의 키가 헌칠하여 백성들이 좋아하였고, 그에게 〈6뼈에 사제〉[61]라는 별명을 붙여 주었다. 씨무르댕이 원하기만 하였다면, 사람들이 〈삑끄[62] 장군〉이라 부르던 그 불굴의 두령과, 랑발 부인[63]을 구출해 내려고 그녀로 하여금 자기의 팔에 의지하여 시신들을 넘어가게 하였던, 일명 그랑-니꼴라라고도 하던 그 과감한 트뤼숑을 자기의 뜻대로 조종하였을 것이다(이발사 샤를로의 그 사나운 농담만 아니었어도 트뤼숑의 시도가 성공을 거두었을 것이다).

59 에베르가 1789년에 창간한 잡지로, 그 내용과 상스러운 어투 때문에 대중적 인기를 모았다고 한다. 훗날, 〈미친개들〉(에베르파)과 함께 로베스삐에르에 의해 축출되었다고 한다.

60 쌩-쥐스뜨(1767~1794)는 로베스삐에르와 함께 청렴하고 개결한 혁명가로 널리 알려졌으나, 슈나이더(슈네데르)라는 사람은 어떤 인물인지 밝히지 못하였다.

61 자연스러운 우리말로 옮기면 〈6척(尺) 사제〉이다. 『가르강뛰아』에 등장하는 혁명가적 사제인 수도사 쟝 Frère Jean을 연상시킨다.

62 Pique. 창(槍)이라는 뜻이다.

63 Mme de Lamballe(1749~1792). 왕비 마리 앙뚜와네뜨의 헌신적인 친구이며 왕비 가정의 집사로, 포르쓰 감옥에 유폐되어 있던 중 1792년 9월 학살 사건 때 피살당하였다.

빠리 혁명 정부가 혁명 의회를 감시하였고, 〈주교구〉가 혁명 정부를 감시하였다. 성품 올곧아 간계를 몹시 싫어하던 씨무르댕은, 뵈르농빌이 〈시커먼 사람〉이라고 지칭하던 빠슈[64]의 수중에 있던 수상한 실 여러 가닥을 끊었다. 〈주교구〉에서는 씨무르댕이 모든 사람들을 자신과 대등하게 대하였다. 돕쌍과 모노로가 서슴지 않고 그의 견해를 묻기도 하였다. 그가 구스만에게는 에스빠냐어로, 뻬오에게는 이딸리아어로, 아서에게는 영어로, 페레이라에게는 플라망어로, 어느 대공의 서출인 오스트리아인 프롤리에게는 알레마니아어로 대꾸하였다. 그렇게, 부조화 속에서 상호 이해를 창출하였다. 모호하되 강력한 기반이 탄생하였다. 에베르조차 그를 두려워하였다.

씨무르댕은 그런 세월에, 그 비극적인 집단 속에서, 불가사의하게 냉혹한 이들의 힘을 발휘하고 있었다. 그는, 자신은 결코 잘못을 저지를 수 없다고 믿는 완전무결한 존재였다. 아무도 그가 눈물 흘리는 것을 보지 못하였다. 범접할 수 없고 얼음장 같은 천품이었다. 그는 두려움을 주는 의인이었다.

혁명에 뛰어든 사제에게는 중간이라는 것이 없다. 사제는 오직 가장 낮은 동기나 가장 높은 동기에만 이끌려, 화염 이글거리는 경이로운 모험에 자신을 던질 수 있다. 즉, 그가 비열하거나 아니면 숭고해야 한다. 씨무르댕은 숭고했다. 그러나 고독 속에서, 깎아지른 듯한 절벽에서, 불친절한 창백함 속에서 숭고했다. 낭떠러지로 둘러싸인 곳의 숭고함이었다. 높은 산에는 그렇게 음산한 순결이 있다.

씨무르댕의 외모는 평범했다. 아무 옷이나 걸치고 다니던

---

[64] 제1부 제1권의 각주61 참조.

그는 가난한 사람의 모습이었다. 젊었던 시절에는 정수리를 삭발하였고, 늙어서는 대머리였다. 몇 가닥 남지 않은 그의 머리카락은 회색이었다. 그의 이마는 넓었고, 관찰력 뛰어난 사람이라면 그 이마에서 어떤 징후 하나를 발견할 수 있을 것이다. 씨무르댕은 퉁명스럽고 열렬하며 장중한 특유의 화법을 가지고 있었다. 간결한 음성, 단호한 억양, 구슬프고 신랄한 입, 맑고 깊은 눈, 특히 무엇인지 모르게 분개한 듯한 기색 감도는 얼굴 등이 그러한 화법을 구성하는 요소들이었다.

씨무르댕이라는 사람이 그러했다.

이제 그의 이름을 아는 이 아무도 없다. 역사는 그처럼 무시무시한 무명의 인물들을 감추고 있다.

3
스튁스 강물에 젖지 않은 한구석[65]

그러한 사람이 하나의 인간이었을까? 인류에 봉사하는 사람이 특정인에 대한 애정을 품을 수 있었을까? 그가 하나의 심장이기에는 이미 지성에 너무 가까이 있었던 것 아닐까? 모든 것과 모든 사람들을 받아들이는 그 거대한 포옹이, 특정인을 위한 자리를 별도로 마련해 둘 수 있었을까? 씨무르댕이 누구를 사랑할 수 있었을까? 그 질문에 즉각 대답해 두자. 그렇다.

---

[65] 〈유일한 약점〉을 가리킨다. 아킬레우스가 태어나자, 어떠한 무기도 그에게 치명상을 입힐 수 없도록 그의 모친 테티스가 아기의 발을 잡아 저승을 둘러싸고 흐르는 스튁스 강물에 담갔으나, 그녀가 잡고 있던 부분은 물에 젖지 않았고, 결국 훗날 트로이아에서 파리스의 화살이 그 부분을 명중시켜 그가 치명상을 입게 된다.

그가 젊었던 시절, 왕족과 거의 대등한 가문의 가정 교사였던지라, 그 가문의 아들이며 후계자를 가르치게 되었고, 그 어린 제자를 사랑하였다. 누구든 어린아이에게는 쉽사리 애정을 쏟는다. 또한 아이에게 용서하지 못할 것이 무엇인가? 그 아이가 영주이건 왕자이건 군주이건, 그 모든 것을 용서한다. 천진스러운 나이가 혈통을 잊게 하며, 그 연약함이 신분을 잊게 한다. 하도 어려서 그의 큰 세력도 용서한다. 아이가 상전이라는 사실을 하인이 용서한다. 흑인 노인이 백인 아이를 애지중지한다. 씨무르댕은 자기의 제자에게 열정을 쏟았다. 아이에게는 형언할 수 없는 그 무엇이 있어, 아이를 위하여 모든 사랑을 소진할 수도 있다. 씨무르댕의 내면에 있던 애정이 몽땅 그 아이에게로 쏠렸다. 그 가냘프고 천진스러운 존재가, 고독 속에 처박히는 선고를 받은 그 가슴에는 일종의 먹잇감이 되었다. 아이에게로 향한 그의 사랑은 모든 형태의 애정이 혼합된 것으로, 그를 사랑하던 그의 마음은 아버지의, 형제의, 친구의, 창조자의 마음이었다. 아이는 그의 아들이었다. 물론 그의 육신에서 나온 아들이 아니라 정신적 아들이었다. 그가 아비 아니었으며, 아이가 그의 소생도 아니었다. 하지만 그는 숙련된 장인이었고, 아이는 그의 최고 걸작품이었다. 그 어린 상전을 그가 인간으로 만들어 놓았다. 누가 알겠는가? 혹시 위대한 인간으로 만들었을지도 모른다. 왜냐하면 꿈들이 그러하기 때문이다. 그 가문 모르게 — 하나의 지성과 의지와 올곧음을 창조하려는 데 가문의 허락이 필요한가? — 그가 자기의 제자인 어린 자작에게 자기의 내면에서 이룩한 모든 발전을 넘겨주었다. 자기의 내면에 있던 미덕의 무시무시한 병균을 그에게 접종하였다. 그의 혈관에 자기의 신념과 양심과 이상을 주입하였다. 그 귀족의 뇌수에 백성의 혼을 부어 주었다.

영혼이 젖을 먹인다. 그럴 때 지성은 유방이다. 자기의 젖을 주는 유모와 자기의 사상을 건네는 스승 사이에는 유사점이 있다. 유모가 생모보다 더 어머니답듯이, 때로는 가정 교사가 생부보다 더 아버지답다.

그 심오한 정신적 부자 관계가 씨무르댕을 자기의 제자에게 얽매어 놓았다. 그 아이를 바라보기만 하여도 그의 눈시울이 뜨거워지곤 하였다.

다음 사실들을 덧붙여 두자. 그가 아이의 아버지를 대신하기는 쉬웠다. 아이에게 아버지가 없었기 때문이다. 아이는 고아였다. 아버지도 어머니도 이미 타계하였다. 아이를 돌볼 사람은, 앞을 못 보는 할머니와 집을 자주 비우는 종조부 하나뿐이었다. 얼마 후 할머니가 타계하였다. 그리고 가문의 어른인 종조부는, 군인이며 지체 높은 영주인지라 조정에서 요직을 맡고 있었으며, 그러한 이유로 가문의 낡은 성을 떠나 주로 베르사이유에 머물면서 여러 군부대를 자주 시찰하였고, 어린 고아를 외로운 성에 홀로 남겨 두곤 하였다. 따라서 가정 교사가 모든 의미에서 그 성의 실질적인 주인이었다.

이 사실 또한 덧붙여 두자. 씨무르댕은 자기의 제자인 아이가 태어나는 것도 보았다. 아주 어릴 때 고아가 된 아이가 중병에 걸린 적이 있었다. 씨무르댕은 사경을 헤매던 아이를 밤낮으로 간호하였다. 치료는 의사가 하지만 환자의 목숨을 구하는 사람은 간병인이다. 씨무르댕이 아이의 목숨을 구하였다. 그 아이가 그에게 훈도와 가르침과 학문만을 빚진 것이 아니라, 중병으로부터의 회복과 건강 또한 그의 덕이었다. 그의 제자가 그에게 사상만을 빚진 것이 아니라 생명의 빚도 지고 있었다. 우리에게 모든 것을 빚진 사람을 우리는 애틋하게 아끼고 사랑한다. 씨무르댕이 아이를 그렇게 사랑하였다.

어느 순간 삶이 그들을 자연스럽게 갈라놓았다. 교육이 끝난지라, 씨무르댕은 이제 청년으로 성장한 아이 곁을 떠나야 했다. 그러한 이별들이 얼마나 차갑고 무심한 잔인함 속에서 이루어지는가! 한 아이에게 자기의 사념을 몽땅 남겨 놓은 가정 교사와, 그 아이에게 자기의 내장을 몽땅 남겨 놓은 유모를, 그 가문들은 얼마나 태연히 내보내는가! 보수를 받고 축출된 씨무르댕은, 저 높은 세계에서 나와 저 아래 세계로 돌아갔다. 그다음, 고귀한 사람들과 미천한 사람들 사이에 있는 칸막이가 다시 닫혔다. 장교 신분으로 태어나 첫 계급으로 대위를 수여받은 젊은 나리는, 어느 병영으로 떠났다. 그리고, 이미 가슴속 밑바닥에서 저항의 기운이 꿈틀거리고 있던 그 미천한 가정 교사는, 사람들이 흔히 하위 사제 계급이라고 부르는 교회의 침침한 아래층으로 서둘러 다시 내려갔다. 그 이후, 씨무르댕의 시야에서 그의 제자가 사라졌다.

대혁명이 도래하였다. 하지만 그가 하나의 성인으로 키워 놓은 아이에 대한 추억은 그의 내면에 숨어 계속 은근히 타고 있었으며, 그 광대한 사회적 동요 앞에서도 꺼지지 않았다.

조각상 하나를 빚어 그것에 생명을 부여하는 일도 물론 아름답다. 그러나 지성 하나를 빚어 그것에게 진리를 부여하는 일은 더 아름답다. 씨무르댕은 영혼 하나를 빚은 퓌그말리온이었다.

영혼도 자식을 낳을 수 있다.

그 제자, 그 아이, 그 고아가, 씨무르댕이 이 지상에서 사랑하였을 유일한 존재였다. 하지만, 비록 그러한 애정을 품고 있었다 할지라도, 그러한 사람이 치명상을 입을 수 있었을까?
    그 이야기는 뒤에 가서 하기로 하자.

제2권
빵 로의 선술집

1
미노스, 아이아코스, 라다만토스[66]

빵 로에, 흔히들 까페라고 부르던 선술집 하나가 있었다. 그 까페에 뒷방 하나가 있었는데, 그것이 이제는 역사적 유물이 되었다. 강력한 권세를 누리고 있어 감시의 눈초리가 어찌나 심한지, 공공연히 대화 나누기를 꺼리는 사람들이 가끔 거의 비밀리에 그곳에서 회동하곤 하였다. 산악당과 지롱드당이, 1792년 10월 23일 그 유명한 입맞춤을 나눈 것도 그곳에서였다.[67] 비록 자기의 〈회고록〉에서는 그 사실을 부정하고 있지만, 그 음산했던 날 밤, 가라가 정보를 얻으려 왔던 곳도 그 까페이다.[68] 그날 밤 가라는, 끌라비에르[69]를 본느 로에 피

---

66 미노스와 라다만토스는 제우스와 에우로페 사이에서 태어났고, 아이아코스는 제우스와 님파인 에기나 사이에서 태어났다. 제우스의 그 세 아들이 모두 지혜롭고 공정하여, 사후에 저승의 판관이 되었다고 한다. 비르길리우스의 『아이네이스』 제6장에, 그리고 특히 단떼의 『신성한 희극』, 「지옥」편 제5장에 묘사된 그들의 모습을 위고가 염두에 두었을 듯하다.

67 구체적으로 어떤 사건을 가리키는지 확인할 수 없었다.

신시킨 다음, 루와얄 다리 위에 자기의 마차를 세우고, 경종 소리가 들리는지를 확인하기 위하여 한동안 귀를 기울였다.

1793년 6월 28일, 세 남자가 그 뒷방에서 탁자 둘레에 앉아 있었다. 그들이 앉아 있던 의자는 서로 닿아 있지 않았다. 각자 탁자의 한 면씩을 차지하였고, 나머지 한 면은 빈자리였다. 저녁 8시쯤이었다. 거리는 아직 환한 대낮이었으나, 그 뒷방은 어두웠다. 당시에는 사치품이었던 깽께 등[70] 하나가 천장에 걸려 있었고, 그것이 탁자 위를 밝혀 주었다.

그 세 남자들 중 하나는 안색 창백하고 젊으며 엄숙한데, 입술이 얇고 시선은 차가웠다. 그의 볼에 경련이 일곤 하여, 그것 때문에 미소를 짓기가 거북하였을 것이다. 가발에 분가루를 뿌렸고, 장갑을 끼었으며, 말끔하게 솔질한 상의 단추들은 모두 잠겼는데, 밝은 하늘색 상의 천에는 주름 하나 없었다. 또한 담황색 남경산 직물로 지은 짧은 바지를 입었고 백색 스타킹을 신었으며, 넥타이는 한껏 치켜 매었는데, 주름진 가슴 장식을 달았고, 은제 고리쇠가 달린 구두를 신고 있었다. 나머지 두 남자 중 하나는 일종의 거인이었고, 다른 하나는 난쟁이족에 속하였다. 진홍색 고급 직물로 지은 품 헐렁한 정장을 아무렇게나 걸쳤고, 가슴 장식보다도 더 밑으로 늘어진 넥타이가 풀려 실한 목덜미가 드러났으며, 단추들이 떨어

---

68 〈음산했던 날 밤〉이란, 혁명 재판소가 설치된 1793년 3월 10일 전날 밤을 의미하는 듯하다. 〈회고록〉은 가라가 1792년에 출간한 『프랑스 대혁명에 관한 고찰』을 가리키는 듯하다.

69 Etienne Clavière(1735~1793). 역시 가라처럼 지롱드당원이었고, 재무상을 역임하였으며, 다른 지롱드파 인사들과 함께 탄핵을 받은 직후 단두대의 참혹함을 피하기 위하여 자살하였다.

70 앙뚜완느 깽께 A. Quinquet라는 사람이 만든 램프라고 한다.

져 나가 상의 앞자락이 활짝 열려 있던 거인은, 상단이 뒤집혀 접힌 승마용 장화를 신고 있었는데, 머리를 손질하여 꾸민 흔적에도 불구하고, 머리카락들이 일제히 곤두서 있었다. 안면에 천연두 자국이 있었고, 미간에는 분노의 주름살이 선명했으며, 입 귀퉁이 주름에는 착함이 감도는데, 입술이 두툼하고 치아들이 굵직하며, 짐꾼의 주먹에 눈빛은 형형하였다. 작은 남자는 안색이 노랗고, 앉아 있는 모습이 보기 흉할 만큼 기형이었다. 즉, 머리를 뒤로 젖히고 있었는데, 눈에 핏발이 섰고, 안면은 연판처럼 창백하였으며, 기름때로 인해 납작해진 머리카락을 수건으로 감쌌는데, 이마가 없는 반면 입이 크고 무시무시했다. 그는 긴 바지를 입고 실내화를 신었으며 백색 비단으로 지은 듯한 조끼를 입고 있었다. 조끼 위로 걸친 헐렁한 웃옷의 주름들이 곧고 경직된 선을 이루고 있는 것으로 보아, 안에 단검 한 자루가 매달린 것 같았다.

그 세 남자들 중 처음 언급한 사람이 로베스삐에르였고, 두 번째 사람이 당똥, 세 번째 사람은 마라였다.

그 뒷방에는 그들 셋뿐이었다. 당똥 앞에는 유리잔 하나와 먼지 뒤집어쓴 포도주 병 하나가 놓여 있었는데, 루터의 원통형 맥주잔을 연상시켰다.[71] 마라 앞에는 커피 한 잔이, 로베스삐에르 앞에는 종이 몇 장이 놓여 있었다.

그 종이 곁에 둥글고 줄무늬가 있는, 납으로 만든 묵직한 잉크병 하나가 놓여 있었는데, 금세기 초에 학교에 다녔던 사람들은 그러한 잉크병을 기억할 것이다. 펜 하나가 잉크병 옆

---

71 프랑스인 중에는 루터가 술고래였다고 생각하던 이들이 있었던 모양이다. 아나똘 프랑스(『천사들의 반란』 중 〈맥주 때문에 배불뚝이가 된 루터〉)가 그 대표적인 예이다.

에 뒹굴고 있었다. 종이들 위에는 구리로 만든 큼직한 인장 하나가 놓여 있었고, 바스띠유 감옥의 형태를 정확하게 본뜬 그 인장에 〈빨루와 훼키트〉라는 명문(銘文)이 보였다.[72]

탁자 중앙에 프랑스 지도 한 장이 펼쳐져 있었다.

출입문 밖에는 마라의 경비견이며 꼬르들리에 로 18번지의 심부름꾼 로랑 바쓰가 버티고 서 있었다. 그는 그날 즉 6월 28일로부터 대략 보름 후인 7월 13일에, 그 순간에는 아직 깡에서 막연한 생각에 잠겨 있었을 샤를로뜨 꼬르데라는 여인의 머리를 의자로 내려치게 되어 있었다.[73] 로랑 바쓰는 「백성의 친구」[74] 교정쇄를 배달하는 일을 하고 있었다. 그날 저녁, 빵 로의 까페에 상전을 따라서 온 그는, 마라와 당똥 그리고 로베스삐에르가 있던 그 방의 출입문을 철저히 지키라는 명령을 받았다. 또한, 공안 위원회나 혁명 정부 혹은 〈주교구〉의 인사 이외에는 아무도 들여보내지 말라는 분부도 받았다.

로베스삐에르는 쌩-쥐스뜨가 들어오는 것을 막으려 하지 않았고, 당똥은 빠슈가 들어오는 것을 막으려 하지 않았으며, 마라는 구스만이 들어오는 것을 막으려 하지 않았다.

72 열렬한 혁명파를 자처하던 토목 사업가 빨루와(1755~1835)가, 1789년 7월 14일 바스띠유 감옥 점령 후 그 해체 작업을 위임받아 그곳에서 나온 석재를 팔아 막대한 이익을 챙겼다고 한다. 그 이후, 그가 바스띠유 감옥의 모형을 제작하여 전국에 배포하였는데, 그 모형에 새긴 구절 *Palloy fecit*(빨루와의 작품)을 의미하는 듯하다. 플로베르가 『보바리 부인』에 생생하게 그려 놓은 오메Homais와 같은 인물이었던 모양이다.

73 1793년 7월 13일, 깡Caen에 살던 샤를로뜨 꼬르데(1768~1793)라는 처녀가 마라를 단검으로 찔러 살해한 사건을 가리키는 언급이다. 마라가 그녀를 욕조 안에 앉아서 접견하다가 피살당하였는데, 그 순간 로랑 바쓰가 달려와 그녀의 머리를 의자로 내리쳤다는 말인 듯하다.

74 L'Ami du Peuple. 1789년 9월 마라가 창간하였으며, 그 논조가 격렬하기로 유명했다.

회의가 시작된 지 벌써 오래되었다. 탁자 위에 펼쳐 놓은 종이들에 기록된 것들이 안건이었는데, 그 내용을 로베스삐에르가 두 사람에게 읽어 주었다. 음성들이 높아지기 시작하였다. 노기 비슷한 것이 그 세 사람 사이에서 으르렁거리고 있었다. 이따금씩 높아진 음성이 밖에까지 들렸다. 그 시절에는, 방청석에서의 습관이 아무 말에나 귀를 기울일 수 있는 권리를 만들어 내기라도 한 듯하였다. 문서 발송계원에 불과했던 화브리키우스 파리스라는 자가, 열쇠 구멍을 통하여 공안 위원회의 일거수일투족을 들여다보기도 하던 시절이었다. 지나는 길에 말해 두는 바, 그것이 부질없는 짓은 아니었다. 1794년 3월 30일과 31일 사이 밤에, 급박한 상황을 당똥에게 알려 준 사람이 파리스였으니 말이다.[75] 로랑 바쓰 또한, 당똥과 마라와 로베스삐에르가 있던 그 뒷방의 출입문에 귀를 대고 그들의 대화를 엿듣고 있었다. 로랑 바쓰가 마라의 시종 노릇을 하고 있었으나, 그는 〈주교구〉 사람이었다.

2
그들을 불운의 증인으로 삼는다오[76]

당똥이 자기의 의자를 뒤로 벌컥 밀면서 일어서더니 언성을 높였다.

---

75 파리스는 혁명 재판소 서기였다. 한편 1794년 3월 30일 당똥에 대한 체포령이 공안 위원회에서 의결되었고, 4월 2일에 그를 재판하였으며, 4월 5일에 단두대에서 처형하였다.

76 비르길리우스의 다음 구절에서 일부를 인용한 것이다. *Phlegyasque miserimus omnis admonet et MAGNA TESTANTUR VOCE PER UMBRAS* (『아이네이스』 제6장 618~619절). 〈그들 중 가장 불운한 플레기야스가, 어

「잘 들으시오. 위급한 일은 하나뿐이오. 공화국이 위험에 처해 있다는 것이오. 내가 아는 것은 오직 하나, 적으로부터 프랑스를 구출하는 일이오. 그 일을 위해서라면 모든 수단이 정당하오. 모두! 모두! 모두! 내가 모든 위험에 직면해 있다면 나는 모든 수단을 동원하오. 또한 내가 모든 것을 두려워한다면 나는 모든 것에 과감히 맞서겠소. 나의 사념은 한 마리 암사자와 같소. 고식적인 절충은 아니 되오. 혁명에서 점잖은 척하는 것은 금물이오. 네메시스[77]가 새침데기는 아니오. 우리 모두 무시무시하고 유용한 사람들이 됩시다. 코끼리가 자리 살피며 자기의 발을 옮겨 놓소? 적을 으스러뜨립시다.」

로베스삐에르가 부드러운 어조로 대꾸하였다.

「나 역시 그러고 싶소.」

그러고는 다시 덧붙였다.

「문제는 적이 어디에 있는지를 정확히 아는 것이오.」

「적은 밖에 있소. 내가 내쫓았소.」 땅뚱의 대꾸였다.

「적은 안에 있소. 내가 감시하고 있소.」 로베스삐에르가 말하였다.

둠 속에서 큰 소리로 그들에게 경고하며 그들을 (자기 불운의) 증인으로 삼는다오.〉 플레기야스는 마르스의 아들로, 자기의 딸을 납치한 아폴론에게 복수하기 위하여 델포이 신전에 불을 질렀고, 그로 인해 저승에서 끔찍한 형벌을 받게 되었는데, 그가 그러한 자신의 처지를 한탄하며 다른 이들에게 경고하며 죄를 짓지 말라고 조언하였다는 이야기를 쿠메의 여사제(무녀) 씨불라가 아이네아스에게 들려준다. 로베스삐에르, 당똥, 마라, 쌩-쥐스뜨, 에베르 등 모든 원리주의적(급진적) 혁명가들의 운명을 염두에 두고 인용한 듯하다. 또한 플레기야스의 일화를 상기시키는 그 인용구는 위고의 종교관을 드러내기도 한다. 바티칸 신전을 델포이 신전의 모조품으로 간주하던 혁명가들이 많지 않았던가.

77 분개와 복수를 상징하는 여신이다.

「그러면 내가 다시 그들을 내쫓겠소.」당똥이 대꾸하였다.

「안에 있는 적은 내쫓는 법이 아니오.」

「그러면 도대체 어찌한다는 말씀이오?」

「박멸해야 하오.」

「나도 그 말씀에는 동의하오.」그렇게 대답하고 당똥이 다시 말하였다.

「분명히 말하지만, 로베스삐에르, 적은 밖에 있소.」

「당똥, 분명히 말하거니와 적은 안에 있소.」

「로베스삐에르, 적은 국경에 있소.」

「당똥, 적은 방데 지역에 있소.」

「진정들 하시오.」세 번째 음성이 말하였다.「적은 사방에 있소. 그러니 당신들에게는 가망이 없소.」

그 말을 하는 사람은 마라였다.

로베스삐에르가 마라를 한 번 바라보고 나서 다시 조용히 말하였다.

「보편적인 말은 그만둡시다. 내가 명확히 밝혀 말하겠소. 구체적인 사실들은 이러하오.」

「유식하군!」마라가 웅얼거렸다.

로베스삐에르가 자기 앞에 펼쳐 놓은 종이들 위에 손을 얹은 다음 말을 계속하였다.

「프리외르 들라 마른느가 보내온 지급 보고서들을 두 분께 읽어 드렸소. 그 젤랑브르로부터 받은 정보들을 두 분께 말씀 드렸소. 당똥, 잘 들으시오, 타국과의 전쟁은 아무것도 아니오. 문제는 내전이오. 타국과의 전쟁이란 팔꿈치에 입은 찰과상에 불과하지만, 내전은 우리의 간을 먹어 치우는 궤양이오. 조금 전 두 분께 읽어 드린 보고서들의 내용을 종합하면 다음과 같은 결론을 얻을 수 있소. 즉, 지금까지는 몇몇 두목들의 주도하에 산발적으로 전개되던 방데 지역의 반란이, 이제 집결되는 양상을 보이기 시작하였소. 차후로는 반란이 한 사람의 지휘하에 전개될 것이오……」

「중심을 이루는 강도에 의해……」 당똥이 중얼거렸다.

「6월 2일 뽕또르송 근처에 상륙한 그 사람이오.」 로베스삐에르가 계속하였다. 「그가 어떤 사람인지 두 분께서도 짐작하셨을 거요. 우리가 파견한 프리외르 들라 꼬뜨-도르와 롬므가 바이으에서 6월 2일, 즉 같은 날, 반역적인 깔바도스 관할구 당국자들에 의해 체포되었다는 사실, 즉 두 사건이 동시에 일어났다는 점을 주목하셔야 하오.」

「그리고 두 사람을 깡에 있는 어느 성으로 이송한 사실도.」 당똥이 덧붙였다.

로베스삐에르가 다시 말을 이었다.

「다른 첩보들을 요약하여 말씀드리겠소. 숲에 의지한 게릴라전이 광범위하게 조직되고 있소. 동시에 영국군의 기습적인 상륙도 준비되고 있소. 방데 지역 사람들과 영국인들이 합세한다는 것은 곧 브르따뉴와 브르따뉴[78]가 합세한다는 뜻이오. 휘니스떼르의 휴론족과 콘월의 토피남부족은 같은 언어를 사용하오.[79] 얼마 전 우리 측이 가로챈 삐제의 서신을

---

78 영국(브리튼, 브리타니아)을 큰 브르따뉴Grande Bretagne, 프랑스의 브르따뉴 지방을 작은 브르따뉴Petite Bretagne라고 칭한다.
79 휘니스떼르 지방과 콘월 지방은 〈켈트 문명의 요람〉(미슐레, 『프랑스 역사』)이다. 트리스탄과 이즈의 전설을 비롯하여, 아서 왕에 관련된 숱한 전설들의 무대이기도 하다. 〈휴론족〉(북아메리카 휴론 호 근처 지역 원주민)과 〈토피남부족〉(브라질 원주민의 하나)은 모두 켈트인들을 비하적으로 가리킨 것이다. 브르따뉴어가 켈트어 계통에 속하며, 브르따뉴 지방을 비롯하

두 분께 보여 드렸소. 그 편지에 이런 구절이 있소. 〈반란군에게 나누어 준 붉은 제복[80] 2만 벌이 10만 명을 봉기시킬 수 있다.〉 농민 봉기가 이루어지면 영국군의 기습 상륙이 시작될 거요. 그들의 작전 계획은 이러하오. 지도를 잘 보시오.」

로베스뻬에르가 손가락으로 지도를 짚으며 계속하였다.

「영국군은 깡깔과 뼁뽈 사이에서 상륙 지점을 택할 것이오. 크레이그는 쌩-브리윽 만을, 콘윌리스는 쌩-까스뜨 만을 택할 것이오. 하지만 그것은 지엽적인 일이오. 루와르 강의 좌안은 방데 반란군의 수중에 있고, 앙쓰니와 뿡또르송 사이에 노출되어 있는 28리으에 달하는 해안 지역의 경우, 마흔 개에 달하는 노르망디 소교구들이 영국군에 협조하기로 약속하였소. 쁠레랭, 이휘니악, 그리고 쁠레뇌프 등 세 지점에 기습적으로 상륙할 것이오. 그런 다음, 쁠레랭으로부터는 쌩-브리윽으로, 쁠레뇌프로부터는 랑발로 진격할 것이오. 상륙한 다음 날에는 영국군 포로 9백 명이 억류되어 있는 디낭을 접수하며 동시에 쌩-주앙과 쌩-메앙을 점령할 것이오. 그곳에 기병대를 주둔시킬 것이오. 제3일에는 두 지대로 나누어, 한 개 지대는 주앙으로부터 베데로, 다른 한 지대는 디낭으로부터 천연의 요새인 베슈럴로 진격하여, 그곳에 포대 둘을 설치할 것이오. 그리고 제4일에는 렌느에 입성할 것이오. 렌느는 곧 브르따뉴의 열쇠요. 렌느를 수중에 넣으면 모든 것을 얻는 것이나 다름없소. 렌느가 점령되면 샤또뇌프와 쌩-말로가 무너지오. 렌느에는 실탄 1백만 발과 야포 쉰 문이 있소…….」

여 콘월, 웨일즈, 아일랜드 등지에서 같은 계통에 속하는 언어들이 사용된다.
80 영국 군인들의 제복이다.

「놈들이 휩쓸어 가져갈.」 당똥이 중얼거렸다.

로베스삐에르가 말을 계속하였다.

「곧 마치겠소. 렌느로부터 세 지대로 나뉘어, 하나는 푸제르로, 다른 하나는 비트레로, 나머지 하나는 르동으로 진격할 것이오. 교량들이 끊어진지라, 적들은 거룻배들과 두꺼운 널판들을 준비할 것이오. 두 분께서도 보고서에서 그 구체적 사실을 확인하셨소. 그들은 또한 향도들을 고용해 기병대가 도섭할 수 있는 지점들을 찾아낼 것이오. 저들이 푸제르로부터는 아브랑슈로, 르동으로부터는 앙쓰니로, 비트레로부터 라발로 범람한 강물처럼 넘쳐흐를 것이오. 낭뜨가 항복할 것이며, 브레스트가 항복할 것이오. 르동은 빌렌느 강의 물길을 열어 줄 것이고, 푸제르는 노르망디로 통하는 길을 제공할 것이며, 비트레는 빠리로 가는 길을 활짝 열어 줄 것이오. 우리는 보름 안에 강도 30만으로 구성된 대군과 맞서야 할 것이며, 브르따뉴 전체가 프랑스 국왕의 수중으로 들어갈 것이오.」

「다시 말해 영국 왕의 수중으로.」 당똥이 말하였다.

「아니, 프랑스 국왕의 수중으로.」

그러면서 로베스삐에르가 덧붙였다.

「프랑스의 왕이 더 고질병이오. 이방인을 내쫓으려면 15일이 필요하지만, 군주제를 몰아내기 위해서는 1천8백 년[81]이 필요하오.」

다시 자리에 앉은 당똥은, 팔꿈치를 탁자 위에 올려놓고 두 손으로 머리를 감싼 채 몽상에 잠겼다.

「우리에게 닥친 위험을 깨달으셨을 거요.」 로베스삐에르가 말하였다. 「비트레가 빠리로 통하는 길을 영국군에게 제공하

81 선뜻 이해되지 않는 수치이다. 예수교와 군주제를 동일시한다는 말일까.

게 되었소.」

당똥이 다시 고개를 번쩍 쳐들더니, 모루를 내려치듯, 움켜쥔 커다란 주먹으로 지도를 내려쳤다.

「로베스삐에르, 베르덩 또한 빠리로 통하는 길을 프루시아 군대에게 내어 주지 않았소?」

「그래서?」

「그러니, 프루시아 군대를 격퇴하였듯이, 영국군도 물리칠 수 있을 것이오.」

그 말을 하면서 당똥이 다시 일어섰다.

로베스삐에르가 자기의 차가운 손을 당똥의 열에 들뜬 주먹 위에 올려놓았다.

「당똥, 샹빠뉴 지방이 프루시아 편이 아니었던 반면, 브르따뉴 지방은 영국군 편이오. 베르덩을 수복하는 일은 외국과의 전쟁이었음에 반해, 비트레를 수복하는 일은 내전이오.」

그러고 나서 로베스삐에르가 다시 차갑고 심각한 억양으로 중얼거렸다.

「엄연하게 다르지.」

그러면서 다시 말하였다.

「어서 자리에 앉으시오, 당똥. 그리고 지도에 주먹질만 하지 말고 잘 보시오.」

하지만 당똥은 자기의 생각에만 몰두하였다. 그가 고함지르듯 언성을 높였다.

「정말 너무 심하군! 대재앙이 동쪽에 있는데 그것이 서쪽에 있다고 생각하다니! 로베스삐에르, 영국이 대양 위로 벌떡 일어서고 있다는 말씀에는 동의하오. 그러나 에스빠냐도 피레네 산맥 위로 일어서고, 이딸리아도 알프스 연봉 위로 일어서고, 알레마니아도 라인 강 위로 일어서고 있소. 그리고 러시아의 큰곰도 그 뒤에서 웅크리고 있소. 로베스삐에르, 위험이 원을 그리고 있는데 우리가 그 안에 있소. 나라 밖에서는 우리를 노리고 동맹을 맺고들 있는데, 나라 안에서는 반역이 횡행하고 있소. 남쪽에서는 쎄르방이 에스빠냐의 왕에게 프랑스의 출입문을 반쯤 열어 주고 있소.[82] 북쪽에서는 뒤무리예가 적의 편으로 넘어가오. 하기야 그는 항상 홀랜드보다는 빠리를 더 위협하였지. 네르빈든이 제마쁘와 발미를 지워 버렸지.[83] 철학자 라보 쌩-에띠엔느는, 신교도답게 배신자로서, 궁정인 몽떼스끼우와 내통하고 있소. 우리의 군대는 거덜이 났소. 이제 병력 4백 이상을 보유한 부대가 하나도 없소. 그 용맹스럽던 드-뽕(쯔바이 브뤼큰) 연대의 병력이 150으로 줄었소. 빠마르에 있는 기지는 적의 수중으로 넘겨졌소. 지베 기지에는 밀가루 5백 포대밖에 남지 않았소. 우리는 지금 란다우 근처로 후퇴하고 있소. 부름저가 끌레베르를 압박하고 있소. 마인츠는 용감무쌍하게, 꽁데는 비겁하게 무너지고 있소.[84] 발랑씨엔느 역시 마찬가지요. 하지만 발랑씨엔느를 방

82 지롱드당이 정권을 장악하던 시절에는 쎄르방(1741~1808)이 전쟁상(국방부 장관)이었다가, 1792년 9월 정권이 산악당으로 넘어가면서 피레네 지역 군사령관으로 임명된 바 있다.

83 뒤무리예(1739~1823)는 북부군 사령관으로 발미 전투와 제마쁘 전투를 모두 승리로 이끌었고, 1793년 2월 홀랜드로 진격하여 브레다를 점령하였으나, 곧이어 네르빈든과 루뱅에서 연패하였다. 자기가 반역 혐의를 받는다는 사실을 안 직후 적의 진영으로 넘어갔다.

84 뀌스띤느(1740~1793)가 이끄는 프랑스군이 1792년에 점령하였던 마인츠를 브라운슈바이크 공작의 군대가 1793년 7월에 탈환하였는데, 당시 프랑스군의 방어가 집요하였다고 한다. 한편 〈꽁데〉는 꽁데-쉬르-에스꼬(노르 지역)를 가리키는 듯하다. 그 도시 역시 뀌스띤느가 방어하다가, 1793년 7월 오스트리아군에게 빼앗겼다고 한다.

어하고 있는 샹쎌과 꽁데를 방어하고 있는 늙은 훼로가, 마인츠를 방어하던 뫼니에 못지 않은 영웅들이라 하지 않을 수 없소. 그러나 나머지 다른 자들은 모두들 배신하고 있소. 다르빌은 아헨에서, 무똥은 브뤼셀에서, 발랑스는 브레다에서, 뇌이이는 림부르크에서, 미랑다는 마아스트리히트에서 배신하고 있소. 스땅젤, 라누, 리고니에, 므누, 디용, 그자들 모두 반역자들이오. 그들 모두 뒤무리예의 추한 부스러기들이오. 본때를 보여 주어야 하오. 뀌스띤느가 부대를 역방향으로 행군시킨 것이 매우 수상하오. 또한 뀌스띤느가, 우리에게 긴요한 코블렌츠를 점령하는 대신, 이권을 노려 프랑크푸르트를 점령하지 않았나 의심하오. 프랑크푸르트가 전쟁 비용 4백만 프랑을 내놓을 수 있다고 칩시다. 하지만 망명자들의 소굴을 박살 내는 것에 비할 수 있겠소? 단언하거니와, 그것은 반역이오. 뫼니에는 6월 13일에 죽었소. 이제 끌레베르 홀로 남았소. 그러는 동안 브라운슈바이크의 군대는 점점 강성해져 진격해 오고 있소. 그러면서 자기가 점령하는 모든 프랑스의 광장에 알레마니아의 깃발을 높이 내걸고 있소. 브란덴부르크의 변방 사령관[85] 따위가 지금 유럽의 심판관 노릇을 하고 있소. 그가 우리의 프로빈키아(정복지)를 자기의 주머니에 주워 넣고 있소. 두고 보시오, 그가 벨기에도 수중에 넣을 것이오. 우리가 베를린을 위하여 일한다고들 할 것이오. 만약 사태가 이대로 계속된다면, 우리가 이 사태를 바로잡지 않는다면, 프

---

[85] 슬라브족과 여러 게르만족의 침범이 잦았던 브란덴부르크에, 샤를마뉴(카롤루스 마그누스)가 8세기 말 변방 기지 사령부를 설치하였다. 그 기지 사령관의 후예로 간주되는 프러시아 왕 프리드리히-빌헬름 2세(재위 1786~1797)를 가리키는 듯하다.

랑스 혁명이 포츠담[86]의 이권을 위해 수행되었다고들 할 것이오. 우리의 혁명이 거둔 유일한 결과는, 프리드리히 2세의 작은 국가를 크게 키워 준 것뿐이고, 우리가 프로시아의 왕을 위하여 프랑스의 왕을 죽인 꼴이 될 것이오.」

그러고 나서 당똥이 무시무시한 표정을 지으며 폭소를 터뜨렸다.

당똥의 그 웃음에 마라가 미소를 지었다.

「두 분 모두 각자의 지론을 가지고 계시군. 당똥, 당신은 프로시아, 그리고 로베스삐에르, 당신은 방데. 나 또한 나의 소견을 밝혀 말씀드리겠소. 두 분은 진정한 위험이 무엇인지 깨닫지 못하고 계시오. 그것은 까페들과 온갖 술책들이오. 슈와죌 까페는 쟈꼬뱅파, 빵땡 까페는 왕당파, 랑데-부 까페는 국민병을 공격하고, 뽀르뜨-쌩-마르땡 까페는 국민병을 변호하고, 레장스 까페는 브리쏘에 적대적이고, 꼬라차 까페는 브리쏘를 지지하고, 프로꼬쁘 까페는 디드로의 이름으로 맹세하고, 떼아트르-프랑세 까페는 볼떼르의 이름으로 맹세하고, 로똥드 까페에서는 혁명 정부가 발행한 지폐를 마구 찢고, 쌩-마르쏘 구역 까페들은 발광하고, 마누리 까페에서는 밀가루 문제를 가지고 목구멍이 터져라 떠들어 대고, 푸와 까페에서는 소란을 피우며 주먹다짐을 하고, 뻬롱 까페에서는 금융계 말벌들이 붕붕거리고 있소. 심각한 위험은 바로 그러한 것들이오.」

당똥이 더 이상 웃지 않았다. 마라는 계속 미소를 지었다. 난쟁이의 미소가 거한의 폭소보다 더 끔찍하다.

86 프로시아 왕들의 하계 거처가 있던 곳으로, 여기서는 그 왕들을 가리킨다.

「마라, 당신 지금 조롱하는 거요?」 당똥이 으르렁거렸다.

마라가 궁둥이를 발작적으로 움직였다. 그 특유의 널리 알려진 동작이었다. 그의 미소가 사라졌다.

「아! 씨뚜와이앵 당똥, 당신의 진면목을 다시 보는군. 혁명 의회 회의장에서 나를 가리켜 〈마라 녀석〉이라고 한 사람이 바로 당신이야. 잘 들으시오. 당신을 용서하오. 우리는 지금 얼빠진 세월을 건너고 있소. 아! 내가 조롱한다고? 사실, 내가 어떤 사람이오? 내가 샤죠, 뻬띠옹, 케르생, 모르똥, 뒤프리슈-발라제, 리고니에. 므누, 반느빌, 쟝쏘네, 비롱, 리동, 그리고 샹봉 등을 고발하였소. 내가 잘못을 저지른 것이오? 나는 반역자가 풍기는 반역의 냄새를 맡소. 또한 범행이 저질러지기 전에 범인을 고발하는 것이 유익하다고 생각하오. 나는, 당신네들이 다음 날에나 하는 말을 전날 저녁에 하는 버릇이 있소. 나는 입법 의회에 하나의 완벽한 형법 법안을 제출한 사람이오. 내가 지금까지 무슨 일을 하였지요? 나는, 혁명 지부들이 혁명의 원칙에 익숙해지도록, 그들을 훈련시키자고 강력히 요구하였소. 나는 서른두 개 상자의 봉인을 뜯게 하였소. 나는 롤랑의 수중으로 들어간 다이아몬드를 내놓으라고 요구하였소. 나는 브리쏘 지지자들이 보안 위원회에 백지 체포 영장을 전달한 사실을 입증하였소. 나는 까뻬의 죄목들에 대한 랭데의 보고서에서 누락된 것들을 지적하였소.[87] 나는 그 폭군을 스물네 시간 이내에 처형하자고 주장하였소. 나는 모꽁세이유 대대와 레쀠블리껭 대대를 변호하였소. 나는 나르본느와 말루에의 사적인 서신을 공람하지 못하도록 하

---

[87] 〈까뻬〉는 루이 까뻬, 즉 루이 16세를 가리킨다. 랭데가 루이 16세 재판 때, 법정에 그의 죄목들을 열거한 보고서를 제출하였다고 한다.

였소. 나는 부상병들에 관한 법안을 발의하였소. 나는 6인 위원회를 없애도록 하였소. 나는 몽스 사건에서 이미 뒤무리예의 반역을 예감하였소. 나는 적에게 넘겨진 우리 위원들의 안전을 보장하는 방법으로, 망명한 자들의 혈족 10만 명을 볼모로 잡아 두자고 요구하였소. 나는 무단히 국경을 넘는 국민 대표는 모두 반역자로 낙인찍자고 제안하였소. 나는 마르세이유 소요 당시, 롤랑의 도당들이 쓰고 있던 가면을 벗겼소. 나는 에갈리떼의 아들[88] 목에 현상금을 걸자고 강력히 주장하였소. 나는 부쇼뜨를 위하여 변론하였소. 나는 이나르를 은둔처에서 이끌어 내기 위하여 호명 점호라도 취하려 하였소. 나는 빠리 시민들이 국가에 현저한 공로가 있다고 선포하도록 하였소. 그러한 이유로 루베가 나를 꼭두각시 취급하였소. 휘니스떼르 지역은 나를 축출하라고 요구하오. 루딩 시는 내가 해외로 망명하기를 바라오. 아미앵 시는 나에게 부리망을 씌워 주기를 갈망하오. 코부르크 시는 내가 체포되기를 바라오. 그리고 르꾸웽뜨-뻬라보는 혁명 의회에 제안하기를, 내가 미쳤다고 선포하라 하오. 아! 이런, 씨뚜와이앵 당똥, 나의 견해를 듣기 위해서가 아니라면, 도대체 왜 나를 이 구수회의에 오게 하였소? 내가 이런 회의에 참석하게 해달라고 요청하였소? 그럴 리가 없지. 로베스삐에르와 당신 같은 반혁명적인 사람들과 이마를 맞대는 것은 내 취향이 아니오. 게다가, 이럴 줄 미리 알았어야 했는데, 두 분 모두 내 말을 이해하지 못하셨소. 당신이 로베스삐에르보다 나을 것 없고, 로

---

88 필립-에갈리떼(1747~1793)의 아들이며 1830년 옥좌에 오른 루이-필립 1세(재위 1830~1848)를 가리킨다. 1793년 3월 네르빈든 패전 후 뒤무리예와 함께 망명하였다.

베스뻬에르 또한 당신보다 나을 것 없소. 도대체 이곳에는 정치인이 없단 말인가? 당신들에게 정치의 알파벳을 천천히 불러 주어야 하나? 철차 〈i〉 위에 당신들을 위하여 일일이 점을 찍어 주어야 하나? 내가 두 분께 한 말은 이런 뜻이오. 즉, 두 분 모두 착각하고 계시오. 위험은 로베스삐에르가 생각하듯 런던에 있는 것도 아니고, 당똥이 생각하듯 베를린에 있는 것도 아니오. 위험은 빠리에 있소. 위험은 통일성의 결여 속에, 두 분처럼 각자 자기의 주장만을 고집할 수 있는 권리 속에, 여러 지성들을 먼지 속에 묻어 버리는 행위 속에, 각종 의지들의 무정부주 속에 있소…….」

「무정부주의라, 그러한 상태를 조성하는 사람이 당신 아니면 누구란 말이오?」 당똥이 그의 말을 끊었다.

하지만 마라는 말을 중단하지 않았다. 「로베스삐에르, 당똥, 위험은 무더기를 이루고 있는 그 까페들, 도박장들, 클럽들 속에 있소. 검둥이 클럽, 연맹파 클럽, 귀부인 클럽, 끌레르몽—또네르가 시작하여 1790년부터는 군주파 클럽이었으며 끌로드 포셰라는 사제가 상상해 낸 클럽인 공평파 클럽, 그 수다꾼 프뤼돔므가 만든 양털 모자 클럽 등 이루 다 헤아릴 수 없을 지경으로 많은데, 로베스삐에르, 당신의 그 쟈꼬뱅 클럽, 당똥, 당신의 그 꼬르들리에 클럽 또한 그것들 중 하나요. 위험은 기근 속에 있소. 기근으로 인하여 밀가루 포대 운반꾼 블랭이, 빨뤼 장터의 빵집 주인 프랑수와 드니를 시청의 가로등에 매달았소. 또한 위험은, 빵집 주인 드니의 목을 매단 혐의를 받은 밀가루 포대 운반꾼 블랭의 목을 매단 사법 속에도 있소. 위험은 사람들이 하찮게 여기는 지폐 속에도 있소. 땅뿔르 로에 1백 프랑짜리 지폐 한 장이 떨어져 있었는데,

어느 행인 하나가, 그것도 평범한 백성이, 이렇게 말하였소. 〈저것 주워 보았자 아무짝에도 못 써.〉 투기꾼들과 매점꾼들, 그들이 위험이오. 시청에 검은 깃발을 높직하게 내건들 그것이 무슨 소용인가! 당신들이 트랭크 남작을 체포하였지만 그것으로는 충분치 못하오. 제발 그 감옥 속의 음모꾼 늙은이의 목을 비트시오.[89] 제마쁘 전투에서 적의 군도에 맞아 마흔한 군데나 상처를 입었고, 쉬니에가 스스로 나서서 선전한 그라베르떼슈의 머리에, 혁명 의회 의장이 애국자의 화관을 얹어 주었다 하여 할 일을 다하였다고 믿소? 희극이며 어릿광대짓이오. 아! 당신들은 빠리를 유심히 살피지 않소! 아! 위험이 가까이에 있는데, 그것을 먼 곳에서 찾고 있소! 로베스삐에르, 당신의 비밀경찰을 무엇에 쓰오? 빠리 혁명 정부에 있는 빠이양, 혁명 재판소에 있는 꼬패날, 보안 위원회에 있는 다비드, 공안 위원회에 있는 꾸똥 등, 당신이 첩자들을 거느리고 있으니 말이오. 보시다시피 그 모든 정보가 나에게 있소. 그러니 명심해 두시오. 위험은 당신들의 머리 위에 있소. 그것은 당신들의 발밑에 있소. 모두들 사방에서 음모 꾸미는 데 혈안이 되어 있소. 행인들이 거리에서 신문을 읽으며 서로에게 은근한 눈짓을 보내오. 망명했다가 돌아온 자들, 사향노루파들, 마뜨봉파 등, 공민증 없는 녀석들 6천여 명이, 지하실과 다락방 속에, 심지어 빨레-루와얄 정원에 갤러리를 이룬 나무들 사이에도 숨어 있소. 빵집들 앞에서는 사람들이 줄을 서고 있소. 착한 여인들이 대문 앞에서 두 손을 모으며 이

---

[89] 프러시아의 트랭크 남작(1726~1794)이 프리드리히 2세의 누이를 사랑한 죄로 오랜 옥고를 치르다가 탈옥하여 모스끄바와 빈 등지를 전전하다 빠리에 왔지만, 프리드리히의 첩자라는 의심을 받아 처형되었다고 한다.

렇게 한탄하오. 〈언제쯤에나 평온해질까?〉 당신들이 아무리 집행 위원회 회의실 속에 당신들끼리만 들어가 처박혀도 모두 헛일이오. 당신들이 그 속에서 나눈 이야기를 다른 사람들도 샅샅이 알고 있소. 로베스삐에르, 그 증거를 보여 드리겠는데, 어제저녁 당신이 쌩-쥐스뜨에게 이렇게 말하였소. 〈바르바루의 배가 불룩해지기 시작했어. 그것이 그의 도주에 장애가 되겠어.〉 그렇소, 위험은 사방에 있고, 특히 중앙에 있소. 빠리에서는 작위 박탈당한 자들이 음모를 꾸미고, 혁명가들은 맨발로 다니고, 3월 9일에 체포되었던 귀족들은 석방되고, 전선에서 대포를 끌어야 할 말들이 사치스러운 마차를 끌며 거리에서 우리들에게 흙탕물을 튀기고, 빵 4리브르 값이 3프랑 12쑤에 이르고, 극장들은 불순한 작품들을 공연하며, 로베스삐에르는 장차 당똥을 단두대로 보낼 것이오.」[90]

「설마!」 당똥이 말하였다.

로베스삐에르는 지도를 들여다보고 있었다.

마라가 문득 언성을 높였다.

「우리에게 필요한 것은 집정관[91]이오. 로베스삐에르, 당신은 내가 집정관 하나를 간절히 원한다는 사실을 잘 아시오.」

로베스삐에르가 다시 고개를 쳐들었다.

---

90 당똥과 까미유 데물랭 등 〈관용파〉가 1794년 4월에 체포되어 처형되었는데, 그 일을 주도한 사람이 로베스삐에르라고 생각하는 사람이 많았다고 한다.

91 *dictateur*를 그 원의(*dictator*)대로 옮겼다. 선동 정치가 극에 달하여 공화 체제 내지 국가의 존립이 위협을 받을 때, 한 사람에게 한시적으로 전권을 부여하여 난국을 수습도록 하던 고대 로마 공화정에서는, 그 사람을 〈딕타토르〉라 불렀다. 일종의 정치적 청소부로, 그 말이 근대에 와서는 〈독재자〉 혹은 〈폭군〉 등 변질된 의미를 갖게 되었다. 선동꾼들의 궤변에 민주주의가 위기를 맞으면 도입하던 일종의 극약 처방이다.

「알겠소, 마라, 당신 아니면 나.」

「나 아니면 당신.」 마라가 다시 말하였다.

당똥이 중얼거렸다.

「집정관제라, 잘들 해보시지!」

마라가 당똥의 찌푸린 눈살을 보았다.

「내 말 들어 보시오.」 그가 다시 말하였다. 「한 번만 더 노력해 봅시다. 우리 뜻을 모읍시다. 현재의 상황이 그것을 요구하고 있소. 지난 5월 31일의 거사[92]를 위해서도 우리가 이미 합의를 이루지 않았소? 현재의 전반적인 문제는 지엽적인 문제인 지롱드당 문제보다 훨씬 더 심각하오. 두 분이 하시는 말씀에도 진실은 있소. 그러나 진실은, 진실의 전모는, 진정한 진실은 내가 말씀드린 것이오. 남쪽에는 연맹파, 서쪽에는 왕정주의, 빠리에는 혁명 의회와 빠리 혁명 정부 사이의 다툼, 그리고 전선에서는 뀌스띤느의 비겁한 후퇴와 뒤무리예의 반역 등, 그것이 현실이오. 이 모든 현상을 가리켜 무엇이라 해야겠소? 나라의 분할이오. 우리에게 무엇이 필요하겠소? 통합이오. 오직 거기에만 우리의 안위가 있소. 하지만 서둘러야 하오. 빠리가 대혁명을 대변하는 정부를 장악해야 하오. 우리가 만약 단 한 시간이라도 허비한다면 방데 지역 반란군들이 내일 당장 오를레앙에 나타날 수 있고, 프러시아 군대가 빠리에 입성할 수 있소. 당똥, 내가 당신의 이런저런 견해에 동의할 수 있소. 로베스뻬에르, 내가 당신에게 이런저런 것은 양보할 수 있소. 좋소. 하지만 나의 결론은 집정관제요.

---

92 혁명 의회 내에서 산악당과 지롱드당 사이의 대립이 고조되고 있을 때, 〈미친개파〉와 에베르파가 주도하던 〈과격 혁명파〉가 지롱드당을 무력화시킨 사건(1793년 5월 31일~6월 2일)을 가리키는 듯하다.

전권을 장악합시다. 대혁명을 대변하는 우리 세 사람이. 우리가 곧 케르베로스[93]의 세 대가리요. 세 대가리 중 하나가 말하는데, 그것이 로베스삐에르요. 다른 하나는 포효하는데, 그것이 당똥 당신이오……」

「나머지 대가리 하나는 물지. 그것이 마라 당신이지.」 당똥이 덧붙였다.

「대가리 셋이 모두 물지.」 로베스삐에르의 말이었다.

잠시 침묵이 흘렀다. 그러다가 음울한 동요 가득한 대화가 다시 시작되었다.

「이보시오, 마라, 혼인을 하려면 먼저 쌍방이 서로를 잘 알아야 하오. 내가 어제 쌩−쥐스뜨에게 한 말을 도대체 어떻게 아셨소?」

「로베스삐에르, 그것은 나의 사적인 일이오.」

「마라!」

「나의 눈이 뜨이게 하는 것은 나의 의무이며, 무엇을 조회하는 것은 나의 일이오.」

「마라!」

「나는 알아보기를 좋아하거든.」

「마라!」

「로베스삐에르, 나는 당똥이 라크롸에게 한 말을 아는 것과 마찬가지로, 당신이 쌩−쥐스뜨에게 한 말을 알고 있소. 망명한 자들의 님파들[94]이 모이는 그 소굴, 즉 떼아땡[95] 강변

---

93 머리 셋에 목덜미가 독사들로 뒤덮인 저승의 경비견이다. 오르페우스는 뤼라를 연주하여 그 개를 달래고, 아이네아스는 과자를 주어 달랜 다음 저승에 진입한다.
94 애첩들을 가리키는 듯하다.
95 오늘날 빠리 제7구의 볼떼르 강변로를 가리킨다.

로에 위치한 라브리프 저택에서 일어나고 있는 일들을 알고 있는 것처럼. 또한 고네스[96] 근처 띠에 저택에서 일어나는 일을 알고 있는 것처럼. 그 저택은 체신국장이었던 발므랑주의 소유로, 옛날에는 모리와 까잘레스[97]가 드나들었고, 그 이후 씨에예스와 베르니오[98]도 드나들었으며, 지금도 매주 한 번씩 그곳에 가는 사람이 있소.」

그 〈사람〉이라는 말을 하면서 마라가 당똥을 쳐다보았다.

당똥이 소리쳤다.

「나에게 두어 푼어치의 권력만이라도 있다면, 그것이 무시무시할 거요.」

마라가 자기의 말을 계속하였다.

「로베스삐에르, 땅쁠르의 탑에서 루이 16세의 비계를 두툼게 해주던 무렵 그곳에서 일어나던 일들을 알고 있듯이, 나는 당신이 하는 말을 알고 있소. 그 시절 그를 어찌나 살찌웠던지, 9월 한 달에만 그 늑대와 암늑대 그리고 새끼 늑대들이 복숭아 여든여섯 바구니를 먹어 치웠소. 그러는 동안, 그 무렵, 백성들은 배고픔에 허덕였소. 내가 그 사실을 알듯이, 롤랑이 아르쁘 로의 어느 뒤뜰에 면한 거처에 은신하고 있었다는 사실도 아오. 마찬가지로, 7월 14일에 사용된 창 6백 자루가, 오를레앙 공작 휘하의 자물쇠공 포르에 의해 제작되었다는 사실도 알고 있소. 또한 씨여리의 애첩 쌩−일레르의 집에서 무엇들을 하는지도 잘 알고 있소. 무도회가 열리는 날이면, 뇌브−데−마뛰랭 로에 있는 노란색 거실의 마루를 늙은 씨여

---

96 발−두와즈 군(일−드−프랑스 지역)에 있는 소읍이다.
97 두 사람 모두 왕당파였다.
98 씨에예스는 입헌 군주파였고, 베르니오는 지롱드파였다.

리가 손수 분필로 문질러 대곤 하오. 뷔죠와 케르생이 그곳에서 저녁을 먹곤 하였소. 쌀라댕이 27일 그곳에서 저녁을 먹었는데, 로베스삐에르, 누구와 함께였는지 아시오? 당신의 친구 라쑤르쓰와 함께였소.」[99]

「허튼 수다군. 라쑤르쓰는 나의 친구가 아니오.」 로베스삐에르가 중얼거렸다.

그러면서 깊은 생각에 잠긴 듯한 기색으로 덧붙였다.

「그건 그렇다 치고, 런던에 위폐를 찍어 내는 공장이 열여덟이나 있소.」

마라가 태연한 음성으로 말을 계속하였다. 그러나 음성이 가볍게 전율하였고, 그 떨림이 무시무시했다.

「당신의 조직은 비중 큰 인물들로 구성되어 있소. 그렇소, 쎙–쥐스뜨가 〈국가의 침묵〉이라고 칭하는 그것에도 불구하고, 나는 모든 것을 알고 있소……」

마라는 〈국가의 침묵〉이라는 말에 힘을 주었고, 그러면서 로베스삐에르를 뚫어지게 바라본 다음 말을 계속하였다.

「나는 르바가, 자기의 약혼녀 엘리자벳 뒤쁠레, 즉 당신의 제수가 될 그녀가 장만한 음식을 먹이기 위하여 다비드를 초대한 그날,[100] 로베스삐에르, 그 식탁에서 나눈 이야기를 알고

---

99 마라가 이 부분에서 거명한 롤랑(1734~1793), 뷔죠(1760~1794), 케르생(1742~1793), 라쑤르쓰(1762~1793) 등은 모두 지롱드파였으며, 〈오를레앙 공작〉은 자기의 사촌 루이 16세의 사형 언도에 찬성표를 던졌으되 반역 혐의를 받아 처형된 필립–에갈리떼(1747~1793)를 가리키는 듯하다. 씨여리는 필립–에갈리떼 휘하에 있던 사람이다.

100 르바(1765~1794)는 로베스삐에르에게 매우 헌신적이었던 혁명가였으며 엘리자벳 뒤쁠레의 남편이었다는데, 그가 타계하기도 전에 어떻게 그녀가 로베스삐에르의 아우 오귀스땡(1764~1794)의 약혼녀가 될 수 있었는지 모르겠다. 더구나 마라는 그녀를 르바의 약혼녀라 칭하고 있다. 게다가

있소. 나는 백성의 거대한 눈인지라, 나의 지하실 밑바닥으로부터도 모든 것을 주시한다오. 그렇소, 나는 모든 것을 보고, 모든 것을 들으며, 모든 것을 알고 있소. 당신들은 자질구레한 것들로 만족하오. 당신들은 스스로를 찬미하오. 로베스삐에르는 샬라브르 부인이 자기를 찬미하도록 한껏 맵시를 부리오. 다미앵[101]이 처형되던 날 저녁에 루이 15세와 카드놀이를 하던 그 샬라브르 후작의 따님 말이오. 그렇소, 모두들 고개를 빳빳이 세우고 다니오. 쌩-쥐스뜨는 아예 넥타이 속에서 살지요. 르쟝드르는 긴 진솔 상의와 백색 조끼를 깔끔하게 갖춰 입고, 사람들로 하여금 그의 앞치마[102]를 잊도록 하기 위하여 가슴팍 장식물도 갖추고 다니지요. 로베스삐에르는, 자기가 제헌 의회에서는 올리브색 프록코트를 입었고, 혁명 의회에서는 하늘색 옷을 입었다는 사실을 역사가 알고 싶어 할 것이라 상상하고 있소. 그의 방에는 벽마다 그의 초상화들이 걸려 있소……」

로베스삐에르가 마라의 음성보다 더 차분한 음성으로 그의 말을 끊었다.

「그리고 마라, 당신의 초상화는 모든 하수도에 있지.」[103]

두 사람은 한담을 나누는 어조로 계속하였지만, 느릿느릿

당시 그녀가 로베스삐에르와 장래를 약속하였다는 소문도 돌았다고 한다. 〈다비드〉는 훗날 그 유명한 그림 「암살당한 마라」를 그린 쟈끄 루이 다비드(1748~1825)를 가리키는 듯하다.

101 Robert-François Damiens(1715~1757). 루이 15세가 직분에 소홀하다고 생각하여, 왕에게 경각심을 주려는 뜻으로 다미앵이 주머니칼로 왕을 가볍게 건드렸는데, 그를 그레브(오늘날의 빠리 시청 앞 광장)에서 거열형에 처하였다고 한다. 가혹한 행형의 예로 유명하다.

102 르쟝드르(1752~1797)가 혁명가로 변신하기 전에 푸주한이었던 사실을 암시하는 언급이다.

한 어조가 오히려 응수와 반격의 격렬함을 두드러지게 하였고, 무엇인지 모를 빈정거림이 위협에 가미되었다.

「로베스삐에르, 당신은 옥좌들을 뒤집어엎으려는 이들을 가리켜 〈인류의 돈끼호떼〉라 하셨소.」

「그리고 마라, 당신은 8월 4일 사건[104] 후, 당신의 그 〈백성의 친구〉 제559호에서 — 아! 내가 그 숫자를 기억해 두었는데 요긴하군 — 귀족들에게 작위를 돌려주자고 하였소. 그러면서 이렇게 썼지. 〈하나의 공작은 언제까지나 공작이다.〉」

「로베스삐에르, 당신은 12월 7일 회의에서 비아르에 맞서 롤랑의 처[105]를 변호하였소.」

「사람들이 쟈꼬뱅당 본부에서 당신을 공격할 때, 마라, 내 아우가 당신을 변호해 준 것처럼. 도대체 그 일이 무엇을 입증할까? 아무것도 드러내지 못하오.」

「로베스삐에르, 당신이 뛸뜨리 궁의 어느 작은 방에서 가라에게 다음과 같이 말하였는데, 그 방을 아는 사람들이 있소. 〈나는 혁명에 지쳤소.〉」

「마라, 당신이 10월 29일 바르바루[106]를 포옹한 것은, 바로

---

103 1793년 7월 마라가 암살당한 후 1794년 9월에 그의 유해가 빵떼옹에 안치되었으나, 그것이 1795년 2월 그곳으로부터 퇴출되어 몽마르트르 하수구에 버려졌다. 위고는 그러한 사실을 염두에 두고 로베스삐에르의 반격을 상상해 낸 듯하다.

104 1789년 8월 4일 밤 제헌 의회가 봉건 제도의 파기를 의결한 사건을 가리키는 듯하다. 그 법안은 자유주의적인 귀족들에 의해 발의되었다.

105 지롱드파가 집권하였을 당시 1792년 내무상으로 입각했던 쟝-마리 롤랑(1734~1793)의 아내로, 지롱드파 내에서 영향력이 컸다고 한다.

106 Charles Jean Marie Barbaroux(1767~1794). 1792년 8월 10일, 마르세이유의 〈연맹파〉를 이끌고 뛸르리 궁을 점령한 장본인이다. 지롱드파와 가까워졌다가 참수당하였다.

여기, 이 선술집에서였소.」

「로베스삐에르, 당신은 뷔죠[107]에게 이렇게 말하였소. 〈공화국, 도대체 그것이 무엇이란 말인가?〉」

「마라, 당신이 마르세이유 사람 셋을 점심에 초대하여 회합을 가진 것은 이 선술집에서였소.」

「로베스삐에르, 당신은 몽둥이로 무장한 어느 시장 인부의 경호를 받으며 다니오.」

「그리고, 마라, 당신은 8월 10일 전야에, 마차꾼으로 변장하고 마르세이유로 도망칠 수 있도록 도와 달라고 뷔죠에게 요청하였소.」

「로베스삐에르, 9월의 심판[108]이 진행되는 동안 당신은 몸을 숨겼소.」

「그리고, 마라, 당신은 자신을 과시하였소.」[109]

「로베스삐에르, 당신은 붉은 빵모자를 땅바닥에 던졌소.」

「그렇소. 어느 배신자 하나가 그것을 보란 듯이 쓰고 다닐 때였소. 뒤무리예를 치장하는 물건은 로베스삐에르를 모독하오.」

「로베스삐에르, 샤또비으의 군사들이 지나가는 동안, 당신

---

107 François Buzot(1760~1794). 지롱드파의 일원으로, 1793년 5월 31일에서 6월 2일 사이에 진행된 지롱드파의 축출 사건 때, 바르바루 및 뻬띠옹 등과 함께 산악당의 전횡에 저항하다가(〈연맹파의 봉기〉라고 한다) 실패하여 자살한 사람이다.

108 1792년 9월 2일부터 6일에 걸쳐 빠리와 일부 지방 감옥에 수감되어 있던 사람들을 시민이 직접 심판한다며 학살한 사건을 가리키는 듯하다. 당시 법무상이었던 당똥은 수수방관하였고, 마라를 비롯한 몇몇 혁명 지도자들이 군중을 선동하였다고 한다. 프랑스 대혁명에 오점을 남기고 공포 정치의 시발점이 된 사건이다.

109 선동에 앞장섰다는 말일 듯하다.

은 루이 16세의 잘린 머리를 너울로 가리기를 거부하였소.」

「나는 그의 수급을 너울로 가리는 것보다 더 큰일을 하였소. 내가 그의 목을 쳤소.」

당똥이 끼어들었다. 하지만 기름이 불길 사이로 끼어든 격이었다.

「로베스삐에르, 마라, 진정들 하시오.」

마라는 자기가 두 번째로 호명되는 것을 좋아하지 않았다. 고개를 돌리며 말하였다.

「당똥, 도대체 무슨 참견이신가?」

당똥이 펄쩍 뛰었다.

「무슨 참견이냐고? 이런 참견이오. 형제를 살해하는 짓을 저지르면 아니 되고, 백성에게 봉사하는 두 사람이 서로 다투면 아니 되고, 외국과의 전쟁에 지치고 내전에 지쳤는데 집안 싸움을 벌여서는 아니 되고, 내가 혁명을 이루어 놓았고, 따라서 나는 누가 혁명을 망가뜨리는 것을 원하지 않소. 이상이 내가 참견하는 바이오.」

마라가 그 말에 대꾸하는데, 음성조차 높이지 않았다.

「당신이 해야 할 보고나 제대로 하시지.」

「내가 해야 할 보고라!」 당똥이 소리를 질렀다. 「그런 것들은 아르곤느 지방의 협곡에 가서, 해방된 샹빠뉴 지방에 가서, 정복한 벨기에에 가서, 내가 이미 네 번이나 적의 집중 사격 앞에 내 가슴팍을 내민 바 있는 그 군대에게 물어보시오!」[110]

[110] 1792년 9월 뒤무리예가 지휘하던 프랑스 군이, 브라운슈바이크 공작이 지휘하던 프러시아 침략군을 샹빠뉴 지방 아르곤느 산악 지역에서 격파할 때(발미 전투), 자신도 그곳에 있었다는 말인 듯하다. 실제 당똥이 1792년 말과 1793년 2월에 독전관(督戰官)으로 벨기에에 파견된 바 있으며, 그가 벨기에의 병탄을 주장하기도 하였다고 한다.

혁명의 광장[111]에 가서, 1월 21일[112]의 단두대에 가서, 땅바닥에 내동댕이친 옥좌에 가서, 기요띤느 그 과부에게 가서 물어보시오……」

그 순간 마라가 당똥의 말을 끊었다.

「기요띤느는 동정녀요. 그 위에 눕지만 수태시킬 수는 없소.」

「그것에 대하여 당신이 무엇을 아시오?」 당똥이 반박하였다. 「내가 그것을 수태시키겠소, 내가!」

「어디 두고 봅시다.」

마라가 그렇게 말하며 미소를 지었다.

당똥이 그 미소를 보았다. 그의 언성이 더욱 높아졌다.

「마라, 당신은 숨어 사는 사람이지만 나는 활짝 열리고 환한 곳에서 사는 사람이야. 나는 파충류의 삶을 몹시 싫어해. 쥐며느리처럼 숨어 사는 것은 내 성미에 맞지 않소. 당신은 지하실에 살지만 나는 거리에 살아. 당신은 그 누구와도 교제하지 않지만, 어느 행인이든 나를 볼 수 있고 나에게 말을 건넬 수 있소.」

「귀여운 소년이군, 우리 집으로 들어오지 않으련?」 마라가 웅얼거렸다.

그러다가 문득 미소를 멈추더니, 단호한 어조로 다시 말하였다.

「당똥, 샤뜰레 재판소에서 당신이 대소인(代訴人) 직무를 수행한 노고에 보답한다는 명분으로 몽모랭이 왕을 대신하

---

111 혁명 전까지 〈루이 15세 광장〉이라 하였고, 오늘날에 〈꽁꼬르드 광장(화해의 광장)〉이라 부르는 그 광장을, 1792년 8월 10일 소요 이후부터 5인 집정관 시절까지 그렇게 불렀다.

112 1793년 1월 21일, 루이 16세가 처형된 날이다.

여 당신에게 경화(硬貨)로 지불한 3만 3천 에뀌에 대해 보고해 보시오.」

「나는 7월 14일[113]의 사나이오.」 당똥이 거만하게 말하였다.

「그리고 왕실 가구 보관소는? 또한 왕관의 다이아몬드들은?」

「나는 10월 6일[114]의 사나이오.」

「그리고 당신의 분신인 라크롸가 벨기에서 저지른 절도 행위는?」

「나는 6월 20일[115]의 사나이오.」

「그리고 몽땅시에에게 금전을 대여한 것은?」

「바렌느로부터의 귀환 사건 때, 내가 백성들을 이끌었소.」

「그리고 당신이 조달한 돈으로 지은 오페라 극장은?」

「내가 빠리의 혁명 지부들을 무장시켰소.」

「그리고 법무부의 기밀비 10만 리브르는?」

「내가 8월 10일 사건[116]을 일으켰소.」

「그리고 당신이 그 4분의 1을 가로챈 2백만 리브르에 달하는 의회의 비공식 지출금은?」

「내가 진격해 오는 적을 저지하였고, 연합한 왕들의 통로를 막았소.」

113 1789년 7월 14일. 왕권의 전횡을 상징하던 바스띠유 감옥이 시민들에 의해 점령된 날이다.
114 1789년 10월 5~6일 베르사이유 궁으로 피신한 후 빠리를 봉쇄한 루이 16세를, 빠리 중앙 시장 여인들이 주축이 되어 다시 빠리로 모셔다가 뛸르리 궁에 머물도록 한 사건을 가리키는 듯하다.
115 1791년 6월 20일 밤, 루이 16세와 그의 가족이 피신하다가 바렌느에서 저지당해 다음 날 빠리로 압송당한 사건을 가리키는 듯하다.
116 1792년 8월 10일 뛸르리 궁의 점령, 군주제의 종말, 국왕 일가의 땅쁠르 감옥 유폐 등이 일어났다.

「매춘꾼!」 마라가 중얼거렸다.

당똥이 벌떡 일어서는데, 그 기세가 무시무시했다. 그가 고함을 질렀다.

「그래, 나는 공공의 계집이오! 내가 나의 배때기를 팔았소. 하지만 내가 세상을 구출하였소.」

로베스삐에르는 다시 자기의 손톱을 질근질근 씹기 시작하였다. 그는 크게 웃을 줄도, 미소를 지을 줄도 모르는 사람이었다. 당똥의 번개인 너털웃음도 마라의 벌침인 미소도 그에게는 없었다.

당똥이 다시 말하였다.

「나는 대양과 같소. 나에게는 밀물과 썰물이 있어서, 간조 때에는 나의 밑바닥이 보이고, 만조 때에는 나의 파도가 보이오.」

「당신의 거품이겠지.」 마라가 한마디 던졌다.

「나의 폭풍우야.」

당똥과 동시에 마라도 벌떡 일어섰다. 그 역시 폭발하였다. 율모기가 문득 용으로 변하였다.

「아!」 그가 언성을 높였다. 「아! 로베스삐에르! 아! 당똥! 당신들 도대체 내 말에 귀를 기울이지 않는군! 좋아, 직설적으로 말하겠는데, 당신들은 이제 끝장이야! 당신들의 정책은 더 이상 멀리 갈 수 없는 불가능의 지점에 이르렀소. 당신들에게는 더 이상 출구가 없소. 그리고 당신들은 당신들 앞에 있는 모든 문들을, 무덤으로 통하는 문만 제외하고 몽땅 닫는 짓들을 저지르고 있소.」

「그것이 우리들의 위대함이오.」 당똥이 그렇게 말하며 어깨를 으쓱하였다.

마라가 말을 계속하였다.

「당똥, 조심하게, 베르니오 역시 쭉 찢어진 입과 두툼한 입술, 노한 듯한 눈썹의 소유자야. 베르니오 역시 미라보나 자네처럼 곰보야. 하지만 그런 것들이 5월 31일의 일[117]을 막아 주지는 못하였어. 아! 자네가 어깨를 으쓱하다니. 때로는 어깨 한 번 으쓱한 죄로 목이 날아가기도 하지. 당똥, 자네에게 분명히 경고해 두는데, 자네의 큰 목소리, 느슨한 넥타이, 부드러운 장화, 자질구레한 저녁 식사들, 커다란 호주머니들, 그 모든 것들이 루이제뜨를 향하고 있어.」

루이제뜨는 마라가 기요띤느를 친근하게 가리키던 명칭이었다.[118]

그가 말을 계속하였다.

「그리고 자네, 로베스뻬에르, 자네는 온건파이지만, 그것이 아무 소용 없을 걸세. 가발에 분가루를 뿌리고, 한껏 머리치장을 하고, 옷에 솔질을 하며 멋을 부리고, 넉넉하게 살고, 옷을 몸에 꼭 맞게 입고, 머리를 볶아 곱슬거리게 해보게. 그런다고 그레브 광장을 피할 수는 없을 걸세. 브라운슈바이크의 성명서를 읽어 보게. 자네도 시역 죄인 다미앵보다 나은 대접을 받지는 못할 걸세. 지금 자네는 네 마리 말에 의해 당겨질 때를 기다리며[119] 치장용 핀 네 개에 의해 한껏 당겨지고 있는

---

117 지롱드당의 몰락을 초래한 1793년 5월 31일부터 6월 2일까지의 소요 사태.

118 단두구 기요띤느 *guillotine*를 제작한 사람은 기요땡 Guillotin(1738~1814)이 아니라 루이 Louis라는 의사였다고 하는데, 〈루이제뜨 Louisette〉는 루이의 지소형이다. 해부학자였던 기요땡이 그 기구를 사용하여, 참수당하는 사형수들의 고통을 덜어 주자고 의회에 제안하였는데, 그러한 이유로 그의 완강한 항의에도 불구하고 그 무시무시한 단두구가 그의 이름을 갖게 되었다 한다.

119 다미앵처럼 그레브 광장에서 거열형 당할 때를 기다린다는 의미이다.

꼴이야.」

「코블렌츠의 메아리군!」[120] 로베스삐에르가 중얼거렸다.

「로베스삐에르, 나는 그 어떤 것의 메아리도 아니야. 나는 모든 것의 절규야. 아! 당신들은 젊어. 당똥, 자네 몇 살이지? 서른네 살이지. 로베스삐에르, 자네 몇 살이지? 서른세 살이지. 그런데 나는 영겁으로부터 살아왔어. 내가 곧 유구한 인간적 고통 그 자체야. 나는 6천 년을 살았어.」

「그건 사실이야.」 당똥이 응수하였다. 「두꺼비가 돌덩이 속에 들어앉아 자신의 몸을 보존하듯, 카인이 6천 년 전부터 자신의 몸을 증오 속에 보존하였지. 그 증오 덩어리가 깨져, 카인이 드디어 인간들 속으로 톡 튀어 들어왔는데, 그것이 마라야.」

「당똥!」 마라가 고함을 질렀다. 또한 그 순간, 창백한 섬광한 줄기가 그의 눈에 어른거렸다.

「그래, 뭐야?」 당똥이 대꾸하였다.

그 무서운 세 사람이 그렇게 입씨름을 하고 있었다. 천둥들 간의 아귀다툼이었다.

3
가장 깊숙한 신경 섬유의 전율

대화가 잠시 멈추었다. 그 티탄들이 그동안 각자의 사념 속으로 다시 들어갔다.

사자들도 독사들을 겁낸다. 로베스삐에르는 창백해졌고,

---

[120] 1792년 7월 25일, 망명 왕당파 인사가 초하고 프러시아 군 총사령관 브라운슈바이크 공작이 서명하여 코블렌츠에서 발표한 성명서의 냄새가 난다는 뜻이다.

당똥의 얼굴은 붉어졌다. 두 사람 모두 일종의 전율을 느꼈다. 마라의 갈색 눈동자에서 섬광이 사라졌다. 두려움을 주는 사람들조차 두려워하는 그 사람의 안면에 평온이, 거만한 평온이, 다시 자리를 잡았다.

당똥은 자신이 졌음을 느꼈으나 그 사실을 시인하고 싶지 않았다. 그가 다시 말을 꺼냈다.

「마라는 집정관제와 단합을 외치지만, 그에게는 단 하나의 능력밖에 없어. 그 능력이란 분산시키는 능력이지.」

로베스삐에르가 꼭 다물고 있던 입을 겨우 다시 열며 덧붙였다.

「나는 아나카르시스 클로츠의 견해에 동감이오. 다시 말해, 롤랑의 생각에도 마라의 생각에도 동의하지 않소.」

「나는 당똥의 생각에도, 로베스삐에르의 생각에도 동의하지 않소.」 마라의 대꾸였다.

그러더니 두 사람을 뚫어지게 바라보며 덧붙였다.

「당똥, 내가 당신에게 조언 한마디 하겠소. 당신은 지금 연정에 빠져 재혼할 생각을 하고 있소. 그러니 더 이상 정치에 휩쓸려 들지 마시오. 현명하게 처신하시오.」

그리고 나서 밖으로 나가려는 듯, 출입문 쪽으로 한 걸음 물러서면서 음산한 인사를 하였다.

「신사분들,[121] 안녕히 계시오.」

당똥과 로베스삐에르는 온몸이 오싹해짐을 느꼈다.

---

[121] *messieurs*. 두 사람을 구시대의 잔재 혹은 다른 부류 인간으로 취급한다는 의미로, 즉 영별을 고한다는 뜻이다. 그렇지 않다면, 비록 심하게 다투는 중이라도, 〈공민〉의 의미를 갖는 호칭 씨뚜와이앵*citoyens*을 사용하였을 것이다.

그 순간, 방 안쪽 끝에서 음성 하나가 들려왔다.

「마라, 자네가 옳지 않네.」

일제히 그쪽으로 고개를 돌렸다. 마라가 열변을 쏟고 있는 동안, 그리하여 아무도 알아채지 못하는 사이에, 어떤 사람 하나가 뒷문으로 들어와 있었다.

「씨뚜와이앵 씨무르댕, 자네인가? 안녕하신가.」 마라가 말을 건넸다.

정말 씨무르댕이었다.

「자네가 옳지 않다고 하였네, 마라.」 그가 다시 말하였다.

마라의 얼굴이 파랗게 변하였다. 그 특유의 낯빛이었다.

씨무르댕이 덧붙였다.

「자네가 유익한 사람이라면, 로베스삐에르와 당똥은 필요한 사람들일세. 도대체 무슨 이유로 두 사람을 협박하는가? 단결! 씨뚜와이앵, 단결들 하시오! 백성은 우리가 단결하기를 바라오.」

그 출현이 차가운 물과 같은 효과를 가져왔다. 그리하여, 부부가 한창 싸우고 있을 때 외부인이 문득 들이닥친 경우처럼, 그 밑바닥은 몰라도, 표면이나마 가라앉았다.

씨무르댕이 탁자 곁으로 다가왔다.

당똥과 로베스삐에르도 그의 얼굴을 알고 있었다. 두 사람은, 혁명 의회의 일반 방청석에 앉아 많은 사람들의 인사를 받곤 하던, 그러나 별로 잘 알려지지 않았던 그 강력한 사람을 자주 목격하였다. 하지만 로베스삐에르는 절차를 중시하는 사람인지라 그에게 물었다.

「씨뚜와이앵, 어떻게 들어오셨소?」

「이분은 〈주교구〉를 대표하시오.」 마라가 그의 물음에 대신 답변하는데, 그 음성이 어딘지 모르게 위축된 것 같았다.

마라가, 혁명 의회를 대수로이 여기지 않고, 혁명 정부를 멋대로 조정하고 있었지만, 〈주교구〉만은 두려워하고 있었다.

그것이 변함없는 하나의 법칙이다.

미라보는 자신의 내면 깊숙한 곳에서 로베스삐에르가 꿈틀거림을 느끼고, 로베스삐에르는 마라가 꿈틀거림을, 마라는 에베르가 꿈틀거림을, 에베르는 바뵈프[122]가 꿈틀거림을 느낀다. 자신의 발밑 지하의 켜들이 안정되어 있는 한 정치인은 앞으로 나아갈 수 있다. 그러나 아무리 혁명적인 사람이라도, 그의 발밑에는 지하실 하나가 있으며, 따라서 아무리 대담한 사람들일지라도, 자기들이 자신들의 머리 위에 창조한 것이 자기들 발밑에서 꿈틀거림을 느낄 때면, 불안하여 걸음을 멈춘다.

탐욕에서 비롯된 움직임과 원칙에서 비롯된 움직임을 분별할 줄 아는 것, 그리하여 하나를 격퇴하고 다른 하나를 돕는 것, 그것이 위대한 혁명가의 천재적 재능이며 미덕이다.

마라가 오그라드는 것을 보고 당똥이 얼른 말하였다.

「오! 씨뚜와이앵 씨무르댕께서는 우리들과 함께 계셔도 좋습니다.」

그러면서 씨무르댕에게 악수를 청하였다.

그런 다음 다시 말하였다.

「참, 그렇군! 현재의 상황을 씨뚜와이앵 씨무르댕께 설명

---

[122] François-Noël Babeuf(1760~1797). 1794년 7월 27일 소요(열월 9일 사건) 이후 『호민관』이라는 잡지를 발행하며 공산주의 이론을 편 사람이다. 1796년 5인 집정관 정부를 전복시키려다 실패하여, 사형 언도를 받고 처형되었다.

드립시다. 마침 잘 오셨소. 나는 산악당을 대표하고, 로베스삐에르는 공안 위원회를 대표하고, 마라는 빠리 혁명 정부를 대표하고, 씨무르댕은 〈주교구〉를 대표하오. 그러니 씨무르댕께서 판가름을 내주시오.」

「좋소. 무슨 일에 관한 것이오?」 씨무르댕이 엄숙하고 짧게 말하였다.

「방데에 관한 일이오.」 로베스삐에르가 대답하였다.

「방데라!」 씨무르댕이 반복하였다.

그러더니 다시 말하였다.

「매우 큰 위협이오. 만약 대혁명이 실패하는 경우가 생긴다면, 그것은 방데 때문일 것이오. 방데 하나가 알레마니아 열보다 더 두려운 존재요. 프랑스가 살기 위해서는 방데를 죽여야 하오.」

그 몇 마디 말이 로베스삐에르를 그의 편으로 만들어 놓았다.

하지만 로베스삐에르가 다음과 같은 질문을 던졌다.

「지난날 혹시 사제 아니셨소?」

사제들 특유의 기색이 로베스삐에르의 눈을 피하지 못하였다. 로베스삐에르는 그의 내면에 있던 것을 그의 외면에서 찾아내었다.

씨무르댕이 대답하였다.

「그렇소, 씨뚜와이앵.」

「그것이 무슨 상관이오?」 당똥이 서둘러 큰 소리로 말하였다. 「사제들이 선한 사람들일 경우, 그들이 다른 사람들보다 낫소. 혁명의 시절에는, 종들이 녹아 동전과 대포로 변하듯, 사제들도 녹아 씨뚜와이앵들로 변하오. 당주도 사제이고, 도누도 사제요. 토마스 랭데는 에브르의 주교요. 로베스삐에르,

당신도 혁명 의회에서, 보베의 주교인 마씨으와 팔꿈치를 맞대고 나란히 앉소. 부주교 보주와는 8월 10일 소요를 주도한 사람들 중 하나였소. 샤보는 까뿌치노 교단 소속 사제요. 제를르 예하(猊下)께서는 〈즈 드 뽐므〉 선서[123]를 하셨소. 오드랑 신부님은 국민 회의가 국왕 위에 있노라 선포하도록 하였소. 루이 16세의 좌석 닫집을 떼어 내라고 제헌 의회[124]에 요구한 사람은 구뜨 신부님이오. 왕권의 폐지를 촉발시킨 사람은 그레그와르 신부님이오.」

「익살 광대인 꼴로-데르부와의 도움을 받았지.」 마라가 낄낄거리며 말하였다. 「그들 두 사람이 그 힘든 일을 맡았지. 사제는 옥좌를 뒤엎고, 희극 배우는 왕을 끌어내렸지.」

「방데 이야기로 돌아갑시다.」 로베스삐에르가 말하였다.

「좋소, 그런데 무슨 일이오? 그 방데 지역에서 무슨 일이 꾸며지고 있소?」 씨무르댕이 물었다.

로베스삐에르가 대답하였다.

「그 지역의 지도자가 생겼소. 장차 그 지역이 무시무시해질 것이오.」

「씨뚜와이앵 로베스삐에르, 그 두령이 누구요?」

「스스로 브르따뉴 대공이라 일컫는 지난날의 랑뜨낙 후작이오.」

씨무르댕이 움찔하였다.

---

123 1789년 5월 5일 소집된 비상 신민 회의(속칭 삼부회)에 참석하였던 평민 대표(제3계급)들이, 6월 17일 자신들의 모임이 〈국민 회의〉임을 선포한 다음, 6월 20일 프랑스를 위한 헌법을 제정하지 않고는 해산하지 않겠노라는 선서를 하였다. 〈즈 드 뽐므 *Jeu de paume*〉는 테니스의 전신으로, 여기에서는 그 실내 경기장을 가리킨다.

124 1789년 7월 9일 국민 회의가 스스로 제헌 국민 의회임을 선포했다.

「내가 그를 알지요. 내가 일찍이 그 성의 전속 사제였소.」

그러면서 잠시 생각에 잠기더니 다시 말하였다.

「군문에 종사하기 전에는 여자를 밝히는 사람이었소.」

「일찍이 로정 공작이었던 비롱 공작처럼.」 당똥이 한마디 하였다.

그러자 씨무르댕이 생각에 잠긴 기색으로 덧붙였다.

「그렇소. 전에는 쾌락에 빠져 지내던 사람이었소. 그러니 매우 사나울 것이오.」

「하는 짓이 끔찍하오.」 로베스삐에르가 말하였다. 「그는 마을들을 불태우고, 부상자들을 살해하며, 포로들을 학살하고, 여자들을 총살하오.」

「여자들을?」

「그렇소. 심지어 아이 셋 데리고 있던 여자도 총살하라는 명령을 내렸소. 그 아이들이 어찌 되었는지 아무도 모른다 하오. 게다가 그는 지휘관이오. 그리고 전쟁에 밝다고 하오.」

「사실이오.」 씨무르댕이 대답하였다. 「그가 하노버 전쟁[125]에 참가하였는데, 당시에 군사들이 이렇게 수군거렸다 하오. 〈리슐리으[126]가 위에 있고 랑뜨낙이 밑에 있으나, 진정한 사령관은 랑뜨낙이다.〉 그에 관한 이야기를 당신의 동료인 뒤쏘에게 해주시오.」

로베스삐에르가 잠시 생각에 잠겼다. 그런 다음, 그와 씨무르댕 사이에 다시 대화가 이어졌다.

「그렇소, 씨뚜와이앵 씨무르댕, 바로 그 사람이 방데에 있소.」

---

125 7년 전쟁(1756~1763)을 가리키는 듯하다.
126 추기경 리슐리으(1585~1642)의 종손인 루이 리슐리으 공작(1696~1788)을 가리키는 듯하다.

「언제부터인가요?」

「3주 전부터.」

「그로부터 법의 보호를 박탈해야 하오.」

「이미 그렇게 하였소.」

「그의 목에 현상금을 걸어야 하오.」

「이미 그렇게 하였소.」

「그를 잡는 사람에게 거액을 주겠다고 해야 하오.」

「이미 그렇게 하였소.」

「지폐가 아니고.」

「이미 그렇게 하였소.」

「금화로.」

「이미 그렇게 하였소.」

「그리고 기요띤느로 그의 목을 잘라야 하오.」

「그렇게 할 것이오.」

「누구의 손으로?」

「당신의 손을 빌려.」

「나를 시켜서?」

「그렇소. 당신은 공안 위원회로부터 전권을 위임받을 것이오.」

「수락하겠소.」 씨무르댕이 말하였다.

로베스삐에르는 선택에 있어서 신속하였다. 국가의 일을 담당한 사람이 갖추어야 할 장점이었다. 그가 자기 앞에 있던 서류 뭉치에서 종이 한 장을 꺼냈다. 그 백지 머리에는 다음과 같은 구절이 인쇄되어 있었다.〈유일하고 분할할 수 없는 프랑스 공화국. 공안 위원회〉

씨무르댕이 말을 계속하였다.

「좋소, 수락하겠소. 무시무시한 자는 무시무시하게 대해야 하오. 랑뜨낙은 사납소. 나도 그러겠소. 그 사람을 상대로 모진 전쟁을 벌이겠소. 내가 그 사람으로부터 공화국을 해방시키겠소. 신이 허락하신다면.」

그가 문득 말을 중단하였다가 계속하였다.

「나는 사제요. 하지만 그것은 아무 상관 없소. 나는 신을 믿소.」

「신은 늙었소.」 당똥이 말하였다.

「나는 신을 믿소.」 씨무르댕이 태연히 말하였다.

로베스뻬에르가 음산한 기색으로 머리를 끄덕여 동감을 표하였다.

씨무르댕이 다시 말하였다.

「내가 어느 사람 곁에서 나에게 위임된 직권을 행사하게 되오?」

로베스뻬에르가 대답하였다.

「랑뜨낙을 상대로 싸울 원정군 지휘관 곁으로 가실 것이오. 다만, 미리 알려 드리거니와, 그 사람은 귀족 출신이오.」

그러자 당똥이 언성을 높였다.

「그것 또한 나는 개의치 않소. 귀족이라고? 그래서, 그것이 어떻단 말이오? 사제 출신이 있듯이 귀족 출신도 있는 거요. 그가 착하다면 그것으로 족하오. 귀족 신분이란 하나의 편견이오. 그 편견을 어느 한 방향으로만 더 가져서는 아니 되오. 다시 말해 반대하는 쪽으로만 치우쳐서는 아니 되오. 로베스뻬에르, 쌩-쥐스뜨는 귀족 아니오? 플로넬[127] 드 쌩-쥐스뜨, 아니, 참! 아나카르시스 클로츠는 남작이오. 꼬르들리에 클

127 쌩-쥐스뜨(1767~1794)의 앞에 붙는 여러 이름들 중 하나이다.

럽 회합이 있을 때마다 꼬박꼬박 참관하는 우리의 친구 카를 헤쎄는, 그 신분이 대공이며, 헤쎄-로텐부르크를 실질적으로 다스리는 란트그라프(백작)와 형제지간이오. 마라의 지근한 벗 몽또는 후작이오. 혁명 재판소에도 빌라뜨라는 재판관이 있는데 그는 사제이고, 르롸라는 재판관은 귀족인데, 그는 몽홀라베르 후작이오. 두 사람 모두 믿을 만하오.」

「그리고, 당신이 깜빡하셨군, 재판장은……」 로베스삐에르가 덧붙이려 하였다.

「앙또넬 말씀이오?」

「앙또넬 후작.」 로베스삐에르가 대꾸하였다.

당똥이 다시 말하였다.

「얼마 전 공화국을 의하여 꽁데군에 맞서 싸우다 전사한 당뻬에르도 귀족이오. 그리고, 프러시아군에게 베르덩의 관문들을 열어 주느니, 차라리 자신의 머리에 권총을 쏘아 자살하는 편을 택한 보르뻬르 역시 귀족이오.」

「하지만.」 마라가 못마땅하다는 어투로 중얼거렸다. 「꽁도르쎄가 〈그라쿠스 형제들[128]도 귀족이었다〉고 하자, 당똥이 꽁도르쎄에게 이렇게 소리쳤지. 〈모든 귀족들은 배신자들이야, 미라보로부터 자네에 이르기까지.〉」

씨무르댕의 엄숙한 음성이 들려왔다.

---

128 로마 공화국 말기에 경제·사회적 민주주의를 실현하여 개혁을 도모하려 하였던 티베리우스 쎔프로니우스 그라쿠스(B.C. 166~B.C. 133)와 그의 아우 카이우스 쎔프로니우스 그라쿠스(B.C. 154~B.C. 121)를 가리킨다. 두 사람 모두 호민관이었는데, 토지 개혁(재분배)을 통하여 프롤레타리아 계층도 로마 시민권을 얻게 하고, 나아가 로마를 광대한 민주주의 국가로 건설하려다가 형 티베리우스는 선동된 군중에 의해 살해되었고, 아우 카이우스는 자기를 따르던 지지자들 3천 명과 함께 아벤티누스 동산에서 최후를 맞았다.

「씨뚜와이앵 당똥, 씨뚜와이앵 로베스삐에르, 두 분이 서로를 신뢰하는 것이 아마 옳을지 모르오. 그러나 일반인들은 서로를 의심하며, 그것이 잘못은 아니오. 사제가 귀족을 감시, 감독하는 책무를 맡을 경우 그 책임은 배로 무거워지며, 따라서 그 사제는 결코 구부러뜨릴 수 없을 만큼 꿋꿋해야 하오.」

「물론이오.」 로베스삐에르가 말하였다.

그러자 씨무르댕이 덧붙였다.

「그리고 막무가내여야 하오.」

로베스삐에르가 다시 말하였다.

「옳은 말씀이오, 씨뚜와이앵 씨무르댕. 당신은 젊은이 하나를 상대하게 될 것이오. 그 젊은이보다 연세가 배는 많으시니, 그에게 강한 영향력을 끼치셔야 할 것이오. 그를 이끄시되 구슬려야 할 것이오. 군사적 재능이 탁월한 사람 같소. 그 점에 관한 모든 보고서들이 서로 일치하오. 그는, 방데 지역으로 파견하기 위하여 라인 지역군에서 분리한 군단에 소속되어 있소. 라인 강 지역 전선으로부터 그곳으로 간 지 얼마 아니 되는데, 이미 그 영리함과 용맹성이 라인 강 지역 전선에서 입증되었소. 그의 지휘하에 원정 부대가 기선을 잡고 있소. 보름 전부터 그가 그 늙은 랑뜨낙 후작을 궁지로 몰아넣고 있소. 그가 랑뜨낙 후작을 압박하여 추격하고 있소. 그리하여 머지않아 그를 바다로 몰아 처박을 것이오. 랑뜨낙에게는 늙은 사령관의 계략이 풍부한 반면, 그에게는 젊은 지휘관의 대담성이 있소. 그 젊은이에게 벌써 적들과 시샘꾼들이 생겼을 정도라오. 사단장의 참모인 레쉘이 그를 질투하고 있소……」

「그 레쉘이란 자는 자기가 사단장 자리를 차지하고 싶은 모양이오.」 당똥이 끼어들었다. 「그자가 동음이의어를 가지고 하는 허튼 농담 하나가 있는데, 그것 하나밖에 모르는 모양이오. 그 농담이라는 것이 이렇소. 〈샤레뜨 위로 올라가려면 레쉘이 있어야 한다.〉[129] 그러는 동안 샤레뜨는 그를 두드려 대고 있소.」

「게다가 그자는, 자기 이외의 다른 사람이 랑뜨낙을 공격하는 것을 원치 않소.」 로베스삐에르가 다시 말을 이었다. 「방데 지역 전쟁의 불행은 그러한 경쟁 속에 있소. 서툰 지휘를 받는 영웅들, 그들이 바로 우리의 군사들이오. 쉐랭이라는 평범한 경기병 중대장이 트럼펫으로 혁명가 〈싸 이라〉를 힘차게 연주하면서 쏘뮈르로 진입하여 그곳을 수중에 넣었소. 그런 기세로 진격을 계속하여 숄레도 점령할 수 있었소. 하지만 그에게 명령이 하달되지 않았고, 그는 진격을 멈출 수밖에 없었소. 방데 지역의 모든 지휘 체계에 손질을 가해야 하오. 경비대들을 사방으로 흩뜨려 병력을 분산시키고 있소. 산만한 군대는 곧 마비된 군대요. 먼지로 변할 덩어리에 불과하오. 빠라메 기지에는 천막들밖에 없소. 트레기에와 디낭 사이에 무용지물인 초소들 1백여 개가 있는데, 그것들을 규합하면 1개 사단을 편성할 수 있고, 그 사단으로 해안 전 지역을 방어할 수 있소. 레쉘은 빠랭의 지지를 얻어, 남쪽 해안을 방어한답시고 북쪽 해안을 텅 비워 놓아, 결국 영국군에게 프랑스를 활짝 열어 준 꼴이 되었소. 농민 50만의 봉기를 유도하고 영국군을 프랑스 해안에 상륙시키는 것, 그것이 랑뜨낙의

---

[129] 샤레뜨(1763~1796)는 방데 지역 내란을 주도하던 사람들 중 하나였다. 그의 이름은 〈짐수레〉를 뜻하는 보통 명사 *charrette*와 동음이의어이다. 한편 레쉘이라는 이름은 〈사다리〉를 뜻하는 보통 명사 *l'échelle*와 동음이의어이다. 즉, 〈짐수레 위로 올라가려면 사다리가 있어야 한다〉는 뜻이다.

전략이오. 원정군의 한 부대를 지휘하고 있는 그 젊은 지휘관이, 레쉘의 허락도 얻지 못한 채, 그러한 랑뜨낙의 허리에 검을 바싹 들이밀고 압박하며 공격하고 있소. 그런데 레쉘은 그의 상관이오. 그래서 레쉘이 그를 고발하였소. 그 젊은이에 대한 견해는 양분되어 있소. 레쉘은 그를 총살형에 처해야 한다고 주장하오. 반면 프리외르 들라 마른느는 그를 사단장의 참모로 임명하기를 바라오.」

「그 젊은이의 자질이 뛰어난 모양이오.」 씨무르댕이 말하였다.

「하지만 그에게 한 가지 단점이 있소!」

그 말을 한 사람은 마라였다.

「어떤 단점이오?」 씨무르댕이 물었다.

「너그러움이오.」

그렇게 대답하며 마라가 이야기를 계속하였다.

「녀석이 전투에 임하면 단호한데, 그다음에는 물렁물렁하오. 관대함 속으로 빠져들고, 용서하고, 자비를 베풀고, 나이 든 수녀들과 풋풋한 수녀들을 보호하고, 귀족 여인들과 딸들을 위험에서 구출하고, 포로들을 놓아주고, 사제들을 자유롭게 돌아다니도록 내버려 두오.」

「심각한 단점이군.」 씨무르댕이 중얼거렸다.

「범죄 행위요.」 마라가 말하였다.

「때로는.」 당똥의 말이었다.

「대개의 경우는.」 로베스삐에르의 말이었다.

「거의 항상.」 마라가 다시 말하였다.

「조국의 적들을 상대할 때에는 항상 그렇소.」 씨무르댕이 말하였다.

마라가 씨무르댕에게로 고개를 돌리며 물었다.

「그렇다면, 어느 공화파 지휘관이 왕당파 지휘관을 풀어 주었을 경우, 당신은 어찌하겠소?」

「나는 레셸의 의견을 따르겠소. 즉 그를 총살형에 처하겠소.」

「혹은 기요띤느로 목을 자르든가.」 마라가 덧붙였다.

「선택에 따라.」 씨무르댕의 대꾸였다.

당똥이 큰 소리로 웃기 시작하였다.

「나는 둘 중 어느 것이나 좋아.」

「자네는 틀림없이 그 하나를 얻게 될 걸세.」 마라가 웅얼거렸다.

그러고 나서 그의 시선이 당똥으로부터 씨무르댕에게로 다시 옮겨졌다.

「그러니, 씨뚜와이앵 씨무르댕, 만약 어느 공화파 지휘관이 발을 헛디딜 경우, 당신은 그의 목을 자르도록 할 수 있소?」

「스물네 시간 안에 처리하겠소.」

「좋소, 나 또한 로베스삐에르의 견해에 동의하오. 씨뚜와이앵 씨무르댕을, 서부 해안 지역군 소속 원정 부대 지휘관 곁으로, 공안 위원회의 전권을 위임하여 파견해야 하오. 참, 그 지휘관의 이름이 뭐라고 했더라?」

로베스삐에르가 대답하였다.

「지난날의 귀족인데……」 그러면서 서류 뭉치를 뒤적이기 시작하였다.

「감시할 귀족을 사제에게 맡깁시다.」 당똥이 말하였다. 「내가, 홀로 있는 사제는 경계하오. 홀로 있는 귀족 또한 경계하오. 하지만 그들이 함께 있을 때에는 그들을 근심하지 않소. 서로가 서로를 감시하고 있기 때문이오. 그들은 그렇게 함께

가오.」[130]

씨무르댕의 눈썹에만 나타나는 분개한 기색이 한순간 선명하게 부각되었다. 하지만 당똥의 그러한 지적이 실은 적확하다고 판단한 듯, 당똥 쪽으로는 얼굴조차 돌리지 않고 자기의 엄한 음성에 힘을 주어 말하였다.

「나에게 맡겨진 공화파 지휘관이 발을 헛디딜 경우, 사형에 처하겠소.」

로베스삐에르가 서류를 들여다보며 말하였다.

「여기 그 이름이 있군. 씨뚜와이앵 씨무르댕, 당신의 전권에 복종해야 할 지휘관은 지난날의 자작으로, 이름은 고뱅이라 하오.」

씨무르댕의 얼굴이 창백해졌다.

「고뱅!」 그가 소리쳤다.

마라가 씨무르댕의 창백함을 보았다.

「고뱅 자작!」 씨무르댕이 같은 말을 반복 중얼거렸다.

「그렇소.」 로베스삐에르가 대꾸하였다.

「그래, 어떻게 하겠소?」 씨무르댕의 얼굴에 시선을 고정시킨 채 마라가 물었다.

그가 한순간 멈추었다가 질문을 계속하였다.

「씨뚜와이앵 씨무르댕, 당신이 스스로 제시한 조건들을 충족시키겠다는 약속하에, 지휘관 고뱅 곁에 전권을 위임받은 감독관으로 파견되는 것을 수락하시겠소? 약속하시겠소?」

---

130 교회와 세속적 권력 간의 공법 관계를 지탱해 주는 유구한 근간을 지적한 말이다. 세속적 권력은 교회가 가지고 있는 세뇌 기능을 두려워하고, 교회는 세속적 권력에 대한 태생적 질투심을 지니고 있다. 따라서 서로를 철저히 감시할 것이라는 말이다.

「약속된 것이오.」 씨무르댕이 대답하였다.

그의 얼굴이 점점 더 창백해졌다.

로베스삐에르가 자기 곁에 있던 펜을 집어 들더니, 머리에 〈공안 위원회〉라고 인쇄한 종이에다, 그 특유의 느리고 또박또박한 글씨로 넉 줄을 쓴 다음 서명을 하였다. 그러고 나서 종이와 펜을 당똥에게 넘겼다. 당똥이 서명하였다. 그다음, 씨무르댕의 창백한 얼굴에서 눈을 떼지 않고 있던 마라도 서명하였다.

로베스삐에르가 종이를 다시 받아 끝에 날짜를 기입한 다음 종이를 씨무르댕에게 건넸고, 그가 읽은 내용은 다음과 같았다.

공화국 제2년

공안 위원회가 해안 지역군 소속 원정 부대 지휘관 씨뚜와이앵 고뱅 곁으로 파견하는 감독관 씨뚜와이앵 씨무르댕에게 전권을 부여함.

로베스삐에르 — 당똥 — 마라

(각 이름 밑에 별도 서명)

1793년 6월 28일[131]

공민력이라고도 칭하는 혁명력이 그 무렵에는 아직 법적으로 존재하지 않았고, 1793년 10월 5일에야, 롬므의 제안에 따라, 혁명 의회에 의해 공식적으로 채택되었다.

---

131 문서 끝에 기입한 날짜(1793년 6월 28일)는 공화국 제2년이 아니라 원년(제1년)에 속한다. 공화국 제1년이 1792년 9월 22일에 시작되었던지라, 혁명력을 기준한다면 공화국 제1년은 태양력 1793년 9월 21일까지이다.

씨무르댕이 읽는 동안 내내 마라가 그를 주시하였다.

마라가 마치 혼잣말처럼 중얼거렸다.

「모든 것을 혁명 의회의 포고령이나 공안 위원회의 특별 법령으로 명시해야겠군. 아직 할 일이 남았어.」

「씨뚜와이엥 씨무르댕, 거처는 어디에 있소?」로베스삐에르가 물었다.

「꾸르 뒤 꼼메르쓰에.」

「이런, 나도 거기 사는데.」당똥이 말하였다. 「당신은 나의 이웃이오.」

로베스삐에르가 다시 말하였다.

「한순간도 허비할 시간이 없소. 당신은 내일, 공안 위원회 위원 전원이 서명한 정식 위임장을 받으실 것이오. 지금 드리는 이 쪽지는 위임을 확증하는 문서로, 이것이 필립뽀, 프리외르 들라 마른느, 르꾸왱트르, 알께에 등, 현재 사명을 띠고 임지에 가 있는 다른 대표들에게 당신을 보증하는 특별 신임장 구실을 할 것이오. 우리는 당신이 어떤 사람인지 잘 아오. 당신에게는 무한정의 직권이 부여되었소. 당신이 고뺑을 장군으로 승진시킬 수도 있고 단두대로 보낼 수도 있소. 내일 오후 3시에 위임장을 받으실 것이오. 언제 떠나시겠소?」

「오후 4시에.」씨무르댕이 즉각 대답하였다.

그런 다음 뿔뿔이 흩어졌다.

자기의 거처로 돌아온 후, 마라는 다음 날 혁명 의회에 가겠노라고 시몬느 에브라르[132]에게 미리 일러두었다.

---

132 Simone Evrard(1764~1827). 마라와 동거하던 여자로, 양장점에서 바느질품 파는 가엾은 여인이었다고 한다(미슐레, 『프랑스 대혁명』).

제3권
혁명 의회

1
혁명 의회

I

우리가 드디어 위대한 봉우리에 가까이 다가간다.

저기에 혁명 의회가 있다.

그 정상 앞에서는 시선이 고정된다.

인류의 지평선에 일찍이 그보다 더 높은 것이 나타난 적은 없다.

히말라야가 있고 그것과 다주하여 혁명 의회가 있다.

혁명 의회는 아마 역사의 정점일 것이다.

혁명 의회 생존 시절에는 — 하나의 의회도 생명체이니 말이다 — 그것의 실체를 사람들이 미처 깨닫지 못하였다. 그 시절 사람들이 간파하지 못한 것은 바로 그것의 위대함이었다. 그들은 너무나 질겁하여 경탄할 겨를조차 없었다. 모든 위대한 것은 신성한 공포감을 준다. 하찮은 것들과 작은 동산들을 찬미하는 것은 쉬운 일이다. 하지만, 그것이 하나의 천재이건 산이건, 하나의 모임이건 걸작품이건, 지나치게 높을 경우, 가까이에서 보면 공포감을 유발한다. 모든 봉우리는 일종의 과장처럼 보인다. 기어오르는 일은 피곤하다. 깎아지른 듯한 급경사에서는 숨을 몰아쉬고 자주 미끄러지며, 아름다움 자체이기도 한 거칠음에 상처를 입는다. 급류들이 물거품을 일으키며 절벽이 있음을 고발하고, 구름 덩이들이 봉우리들을 감춘다. 등정 또한 추락 못지않게 공포감을 일으킨다. 찬탄하는 마음보다 두려움이 앞서는 것은 그러한 이유 때문이다. 또한 그 순간, 위대한 것에 대한 혐오라는 괴이한 감정에 사로잡힌다. 그리고 심연만 보고 숭고함은 보지 못한다. 다시 말해, 괴물만 보고 경이로움은 보지 못한다. 혁명 의회가 처음에는 그렇게 평가되었다. 참수리들이 드높은 창공에서 관조하게끔 만들어진 혁명 의회를, 근시안들이 의심하고 경멸하는 듯한 눈으로 쏘아보았다.

이제는 그것이 멀리 보인다. 그리고 깊은 하늘에, 고요하고 비극적인 먼 지점에, 프랑스 혁명의 광대한 윤곽을 그리고 있다.

II

7월 14일이 석방하였다.
8월 10일이 벼락을 쳤다.
9월 21일이 초석을 놓았다.
9월 21일은 추분, 곧 균형이다. 리브라[133]이다. 정의의 저울

---

133 *libra*. 저울 및 별자리 천칭궁(天秤宮)을 가리키는 라틴어이다.

이다. 롬므[134]가 말한 바와 같이, 공화국이 선포된 것은 그 평등과 정의의 표상 아래에서이다. 하나의 별자리가 공화국의 도래를 알렸다.

혁명 의회는 백성이 드러낸 최초의 표변(豹變)이었다. 위대한 새 페이지가 펼쳐지고 오늘의 미래가 시작된 것은 혁명 의회에 말미암았다.

모든 이념에는 가시적인 겉봉이 있어야 하고, 모든 주의에는 그 거처가 있어야 한다. 하나의 교회당이란 곧 네 벽 안에 있는 신이다. 어떠한 교조에게든 신전이 필요하다. 혁명 의회가 탄생하였을 때 제일 먼저 해결해야 할 문제는 그것의 거처를 마련하는 일이었다.

처음에는 승마 연습장[135]을 거처로 삼았다가 후에 뛸르리 궁으로 들어갔다. 그 승마 연습장에, 다비드가 단색으로 그린 커다란 회색 그림 한 폭을 넣은 그림틀을 치장용으로 세워 놓고, 대칭을 이룬 장의자들, 정방형 연단 하나, 평행을 이룬 장식 기둥들, 모루 받침 비슷한 받침대들, 직선으로 이루어진 긴 뱃머리 같은 구조물들, 군중이 미어터질 지경으로 몰리고 방청석이라고 불리우던 장방형 벌집 구멍들, 고대 로마 시절의 야외극장용 차일 하나, 그리스식 벽포들을 들여놓았는데, 그 직선들과 직각들 사이에 혁명 의회를 거주시켰다. 기하학적 공간 속에 폭풍우를 들여놓은 격이었다. 연단 위에는 붉은 빵모자가 회색으로 그려져 있었다. 왕당파들이 초기에는 회

---

134 Charles-Gilbert Romme(1750~1795). 혁명력 제정에 공헌한 사람이다.
135 루이 15세 시절, 뛸르리 궁 정원 한구석에 지었던 승마 연습장을 가리킨다. 지은 지 얼마 후 왕의 마부에게 주었고, 그가 승마 학교로 사용하였다고 한다.

색으로 그린 그 붉은 빵모자, 그 누더기 회의실, 판지로 세운 그 기념물, 갖풀 먹인 상자 제조용 종이로 꾸민 그 지성소, 진흙과 가래투성이인 그 빵떼옹을 비웃었다. 얼마나 신속히 사라질 물건처럼 보였겠는가! 원주들은 통널들로, 천장은 산자널로, 저부조는 방수용 회반죽으로, 두겁대는 전나무로, 조각상들은 석고로 되어 있었고, 대리석은 무늬를 그려 대신하였으며, 벽에는 거친 천을 드리웠다. 하지만 그 임시적인 것 속에서 프랑스는 영원한 것을 만들어 냈다.

혁명 의회가 처음 개회할 때, 승마 연습장 회의실 벽들은 국왕이 바렌느로부터 귀환하던 무렵 빠리에 범람하던 벽보들로 뒤덮여 있었다. 어떤 벽보에는 이러한 구절이 있었다. 〈왕이 돌아온다. 박수 치는 자에게는 몽둥이질을 가하고, 왕을 모독하는 자는 목을 매달아야 한다.〉 다른 벽보에는 이러한 구절이 있었다. 〈조용히! 모자 써! 그가 심판관들 앞으로 지나갈 거야.〉 또 어떤 벽보에는 이런 구절도 있었다. 〈왕이 국민을 향해 총을 겨누었다. 그가 장기간 총질을 하였으니, 이제 국민이 사격할 차례이다.〉 그리고 다른 벽보에는 이런 구절도 있었다. 〈법대로! 법대로!〉 혁명 의회가 루이 16세를 심판한 것은 그러한 벽들로 둘러싸인 곳에서였다.

혁명 의회가 1793년 5월 10일 뛸르리 궁으로 옮겨 자리를 잡았고, 그 궁이 빨레-나씨오날로 불리게 되었는데, 〈단합의 동(棟)〉으로 개칭된 〈벽시계 동〉과 〈자유의 동〉으로 개칭된 〈마르상 동〉 사이의 공간 전체를 본회의실로 사용하였다. 〈홀로라 동〉은 〈평등의 동〉으로 이름이 바뀌었다. 일찍이 쟝 빌랑이 축조한 중앙 층계를 통하여 회의실로 올라가게 되어 있었다. 혁명 의회가 차지한 2층 바로 밑 아래층 전체는 일종의 긴 위병소였는데, 의회를 경비하는 각종 병과 군인들의 보따리들과 야전 침대 등이 가득했다. 혁명 의회에는 의장대가 있었는데, 그 부대원들을 가리켜 〈혁명 의회의 척탄병들〉이라 하였다.

삼색 띠 하나가, 사람들의 왕래 잦은 정원으로부터 의회가 자리 잡은 궁을 갈라놓고 있었다.

III

그 회의실이 어떠했는지, 그것에 대한 이야기를 완결하도록 하자. 그 무시무시한 장소에 있던 모든 것이 관심의 대상일 수 있다.

그 안으로 들어서는 순간 제일 먼저 시선을 끌던 것은, 넓은 두 창문 사이에 있던 우뚝한 자유의 여신상이었다.

길이 42미터, 폭 10미터, 높이 11미터, 그것이 국왕의 무대가 되었고 혁명의 현장이 되었던 그 회의실의 규모이다. 비가라니가 궁정인들을 위하여 축조하였던 우아하고 화려했던 그 실내의 모습이 상스럽고 사나운 목조 골격 밑으로 자취를 감추었고, 그 골격은 93년에 백성의 무게를 감당해야 했다. 그 위에 방청석을 설치하였던 목조 골격을 지탱하던 것은 단 하나의 지주였다. 그러한 세부 사항을 첨가해 두는 것도 부질없지는 않을 것이다. 그 유일한 지주가 감당하던 하중의 지지 부분은 반경 10미터에 이르렀다. 그 지주만큼 노고를 감당한 카뤼아티데스[136]도 아마 없을 것인바, 그것이 여러 해 동안 혁명의 거친 압력을 견디었으니 말이다. 그 지주는 환호와 열광

---

136 *karyatides*. 지붕 밑 돌출부(코니스)를 머리로 받치고 있는 여인 조각상.

과 욕설과 소음과 소동과 분노의 거대한 소용돌이와 소요를 꿋꿋이 감당하였다. 단 한 번도 굽히지 않았다. 그 지주는 혁명 의회 다음에 원로원[137]도 보았다. 그리고 무월 18일에 임무를 교대하였다.[138]

그러자 뻬르씨에가 그 지주를 대리석 원주들로 교체하였다. 하지만 그 대리석 지주들이 더 오래 견디지는 못하였다.

건축가들의 이상이 때로는 기이하다. 리볼리 로를 건설한 건축가의 이상은 대포의 탄도(彈道)였고, 칼스루어 시가지를 건설한 건축가의 이상은 부채였던 것 같다. 서랍장의 거대한 서랍 하나, 그것이 1793년 5월 10일 혁명 의회가 자리를 잡은 회의실을 지은 건축가의 이상이었던 모양이다. 그 회의실은 길고 천장이 높고 평평하였다. 그 평행 사변형의 긴 변들의 한쪽에는 넓은 반원이 등을 기대고 있었는데, 그것이 의원들의 긴 의자들로 이루어진 계단식 좌석이었고, 탁자나 작은 책상조차 갖추어져 있지 않았다. 유난히 기록을 많이 하던 가랑-꿀롱은, 자신의 무릎 위에 종이를 놓고 글씨를 썼다. 그 좌석들 맞은 편에 연단이 있었다. 연단 앞에 르뻴르띠에-쌩-화르죠[139]의 흉상이 있었다. 연단 뒤에 의장의 안락 의자가 있었다.

흉상의 머리 부분이 연단의 가장자리보다 조금 높았다. 그러한 이유로 훗날 흉상을 치워 버렸다.

계단식 좌석은, 장의자들로 이루어진 반원형 줄 열아홉이

137 5백인 회의와 함께 1795년 9월 23일부터 입법 의회를 구성하였다.
138 1799년 원로원이 입법 의회를 쌩-끌루로 옮겨, 나뽈레옹의 꾸데따를 수월하게 해주었다. 1799년 11월 9일의 꾸데따 이후 5백인 회의는 없어졌다.
139 혁명 의회에 의해 〈자유의 순교자〉 반열에 올려졌던 사람이다.

앞뒤로 층계를 만들며 구성되어 있었고, 토막들처럼 이어진 그 장의자들이 양쪽 구석까지 연장되어 있었다.

연단 아래 편자 모양의 공간에는 정리(廷吏)들이 서 있었다.

연단 한쪽에는, 검은 목재로 테를 두르고 높이 9뼈에 되는 광고판 같은 것이 벽에 기대어 있었는데, 그 위에 「인권 선언문」이 두 페이지로 나뉘어 붙어 있었고, 그 사이에는 일종의 홀장(笏杖) 하나가 그려져 있었다. 나머지 다른 한쪽은 비어 있었다. 훗날 그곳에 유사한 테를 두른 판자 한 장이 세워졌고, 공화국 제2년 헌법 전문이 역시 두 페이지로 나뉘어 붙었는데, 그 사이에는 검 한 자루가 그려져 있었다. 연단 위쪽에는, 다시 말해 연사의 머리 위쪽에는, 두 칸으로 나뉘고 사람들로 가득 찬 깊숙한 방청석으로부터 거대한 삼색 깃발 세 폭이 거의 수평으로 나와 제단에 의지하여 파르르 떨고 있었는데, 그 제단 위에 〈법〉이라는 단어가 선명하게 보였다. 제단 뒤에는, 자유로운 언사를 감시라도 하려는 듯, 원주처럼 높직한 고대 로마 시절의 속간(束杆)[140] 하나가 우뚝 서 있었다. 벽에 밀착시켜 세워 놓은 거대한 조각상들이 의원들과 마주 보고 있었다. 의장의 오른쪽에는 뤼쿠르고스[141]가, 왼쪽에는 솔론[142]이 있었다. 그리고 〈산〉[143] 위에는 플라톤이 보였다.

140 거대한 도끼에 채찍 다발을 묶어 놓은 것으로, 고대 로마의 집정관을, 특히 그에게 부여되었던 절대권을 상징하던 물건이다. 우리 선조들의 인검(引劍)과 비슷한 역할을 하던 상징물일 듯하다.
141 B.C. 9세기경 스파르타의 전설적인 입법자이다.
142 Solon(B.C. 640?~B.C. 560). 아테네 민주주의의 초석을 놓은 입법자이며 문인으로, 아테네의 정치와 사회 및 경제를 개혁한 사람이다. 그리스 일곱 현인들 중 하나로 추앙받았다. 그가 드라콘의 법을 완화시켰다고도 한다.
143 *Montagne*. 무엇을 가리키는지 모호하다.

그 조각상들의 기단 역할을 하는 것은, 의원들과 방청객들 사이에 있는 긴 수평 돌출부 위에 놓인 주사위 모양의 네모난 돌들이었다. 방청객들이 그 수평 돌출부 상단에 팔꿈치를 괴고 있었다.

검은 목재로 테를 두르고 그 위에 「인권 선언문」을 부착시킨 널판 끝이 수평 돌출부에 닿아, 그 모습에 손상을 입혔다. 직선이 상해를 입은 격이었다. 그것을 보고, 샤보가 못마땅한 투로 바디에에게 중얼거렸다.[144] 「보기 흉하군.」

조각상들의 머리에는 떡갈나무 가지로 엮은 관들과 월계수로 엮은 관들이 번갈아 놓여 있었다.[145]

그러한 관들이 더 짙은 초록색으로 그려진 초록색 벽포가, 둘레의 수평 돌출부로부터 굵은 수직 주름들을 만들며 늘어져, 혁명 의회 의원들이 있던 회의실의 모든 벽면을 덮었다. 그 벽포 위쪽 벽은 온통 희고 차가웠다. 그 벽에, 마치 끌로 쪼아서 판 듯, 당초문도 쇠시리도 보이지 않는 방청석이 두 층으로 나뉘어 있었는데, 아래층은 사각형이었고 위층은 원형이었다. 비트루비우스[146]가 아직 폐위되지 않았던 터이라,

---

144 샤보(1759~1794)는 급진적 혁명가였으되, 〈인도 회사〉 청산 때 추문에 휩쓸렸고, 그러자 공안 위원회에 스스로를 고발하였으며, 공금 횡령죄로 참수당하였다. 반면 바디에(1736~1828)는 정치적 변신을 거듭하고 도주와 은신을 서슴지 않던 사람이다.

145 떡갈나무는 켈트인들이 신성시하던 나무이며, 수탉과 함께 갈리아의 유구한 상징이다. 싸드가 자신의 시신을 떡갈나무 밑에 묻어 달라고 한 것 역시 그러한 정서의 표현이었을 듯하다. 월계수는 그리스투스인 것을 상징한다. 결국, 그 두 나무가 프랑스 혁명의 성격을 요약한다.

146 Marcus Vitruvius(B.C. 80?~B.C. 15?). 아우구스투스 황제에게 헌정한 그의 저서 『건축에 대하여 De architectura』가 근세에까지 많은 영향을 끼쳤다고 한다. 고대 그리스 건축에 관한 연구서라고 한다.

그가 정한 규칙에 따라, 쇠시리 장식 띠들이 두껍대 바로 밑 장식 틀 위에 포개진 격이었다. 회의실 양쪽에 각각 방청석 열 칸이 있었고, 각 벽 끝마다 엄청나게 큰 칸막이 방청석 하나씩이 있었다. 도합 스물넷이었다. 그곳에 군중이 쌓이듯 몰려들곤 하였다.

아래층 방청석의 관객들이 넘쳐 뱃전 같은 돌출부 위에 모이곤 하였다. 위층 방청석에서는, 가슴팍 높이로 단단하게 고정시킨 긴 철 막대가 난간 역할을 하였으며, 층계로 어지럽게 올라오는 군중에 밀려 방청객들이 추락하는 것을 방지해 주었다. 하지만 언젠가, 방청객 하나가 떠밀려 회의장 안으로 떨어졌다. 하지만 그가 보베의 주교 마씨으의 몸 일부를 깔고 떨어져 죽음을 면하였다. 그 사실을 깨닫고 그가 한마디 하였다. 「이럴 수가! 주교도 정말 무엇엔가는 쓸모가 있군!」

혁명 의회 회의실에 2천 명이 들어갈 수 있었는데, 소요가 있는 날에는 3천 명이 들어가기도 하였다.

혁명 의회는 하루에 두 차례 공개 회의를 가졌다. 주간 회의와 야간 회의였다.

의장의 안락의자 등받이는 둥글고 황금빛 못들이 박혀 있었다. 그의 탁자는 날개가 달리고 발은 하나인 괴물 넷이 지탱하고 있었는데, 혁명을 참관하기 위하여 최후의 심판정(아포칼립시스)에서 온 괴물들 같았다. 그것들은 쌍송[147]의 죄수 호송용 수레를 끌기 위하여 에제키엘의 전차[148]에서 잠시 떼어 낸 괴물들 같았다.

의장의 탁자 위에는 거의 종이라고 할 만큼 큰 방울 하나

---

147 루이 16세의 참수형을 집행한 망나니이다.
148 「에제키엘」 1장에 그 괴물들의 모습이 상세히 묘사되어 있다.

와, 아가리가 넓은 구리 잉크병 하나, 그리고 양피지로 표지를 만든 2절판 책 한 권이 있었는데, 그 책은 의사록이었다.

잘려서 창끝에 꿰어진 머리들이 그 탁자 위에서 피를 흘리곤 하였다.

연단 위로 오르려면 아홉 계단으로 이루어진 층계를 이용하였다. 그 계단들이 높고 경사 급하여, 오르기가 어려웠다. 어느 날 쟝쏘네가 그 층계를 오르다 비척거리더니 한마디 하였다.

「이건 단두대의 층계군!」

그러자 까리에가 소리쳤다.

「잘 배워 두게.」[149]

회의실 귀퉁이 벽들이 너무 썰렁해 보였던지, 건축가는 그 벽들에 고대 로마식 속간을 걸어 두었고, 도끼가 바깥쪽으로 드러나게 하였다.

연단 오른쪽과 왼쪽에 있던 받침돌 위에, 12삐에 높이의 나뭇가지 모양 촛대 둘씩을 세웠는데, 각 촛대 상단에 깽께 등 네 쌍을 걸었다. 각 방청석마다 유사한 촛대 하나씩을 세웠다. 그 촛대들의 받침돌에는, 사람들이 〈기요띤느의 목걸이〉라고들 부르던 원들이 조각되어 있었다.

의원들이 앉는 좌석의 맨 뒷줄 장의자들은 방청석의 수평 돌출부 근처까지 올라갔다. 그리하여 의원들과 방청객들이 대화를 나눌 수 있을 정도였다.

방청석의 출구들은 좁은 복도들로 이루어진 일종의 미로

---

149 쟝쏘네는 지롱드파였고, 까리에는 산악당이었다. 1793년 6월 지롱드파가 실각할 때 쟝쏘네도 참수형에 처해졌다. 까리에 또한 1794년 12월 같은 운명을 맞았다.

와 연결되었는데, 가끔 그 미로가 사나운 소음으로 가득 차기도 하였다.

혁명 의회가 뛸르리 궁을 가득 채우고도 모자라, 인근에 있던 저택들로 넘쳐 흘러들기도 하였다. 롱그빌 저택과 꾸와니 저택이 그 대표적인 것들이었다. 브래드포드 경의 어느 편지에 의하면, 8월 10일 사태 이후 왕실의 가구들을 꾸와니 저택으로 옮겼다고 한다. 뛸르리 궁을 비우는 데 두 달이 걸렸다고 한다.

위원회들은 혁명 의회 회의실 근처에 자리를 잡았다. 〈평등 동〉에는 법제, 농업, 상업 등의 위원회가, 〈자유 동〉에는 해군, 식민지, 재무, 지폐, 공안 등의 위원회가, 〈단합 동〉에는 전쟁 위원회가 자리를 잡았다.

보안 위원회와 공안 위원회는, 밤이나 낮이나 항상 야등을 켜놓은 침침한 복도로 연결되어 있었고, 모든 당파들의 첩자들이 그곳을 오가곤 하였다. 그곳에서는 아무도 말을 하지 않았다.

혁명 의회의 일반인 출입 금지 난간이 여러 차례 자리를 옮겼다. 그것이 의장 오른편에 있는 것이 상례였다.

회의장 양쪽 끝에서 수직의 칸막이 둘이, 동심원을 그리는 의원들의 반원형 계단식 좌석을 막고 있었으며, 그 좌우 칸막이들과 벽들 사이에 좁고 깊은 복도 둘이 있었는데, 정방형의 음침한 문 둘이 그 복도들로 뚫려 있었다. 그 문들을 통하여 드나들기도 하였다.

의원들은 훼이양 수도원의 테라스 쪽으로 난 문을 통하여 곧바로 회의장으로 들어오곤 하였다.

창백한 창문들로 인해 낮에도 별로 밝지 않고, 황혼 녘에는 창백한 등불들이 변변히 밝혀 주지 못하는 그 회의실에는, 무엇인지 모를 밤의 기운이 감돌았다. 그 충분치 못한 조명이 밤의 암흑에 가세하곤 하였다. 그리하여 등불 아래에서 열리는 회의는 음산함에 잠기곤 하였다. 서로의 얼굴을 볼 수가 없었다. 한끝에서 반대쪽 끝을 향하여, 즉 오른쪽에서 왼쪽을 향하여, 희미한 얼굴들 집단이 모욕적인 언사를 쏟곤 하였다. 마주치는 경우에는 서로를 알아보지 못하였다. 어느 날 레뇰로가 급히 연단으로 가던 중, 좌석 통로에서 어떤 사람과 부딪쳤다. 그가 얼른 사과하였다. 「미안하오, 로베스삐에르.」 자네 나를 누구 취급하는가?」 쉰 목소리가 들려왔다. 「미안하오, 마라.」 레뇰로가 고쳐 말하였다.

의장의 좌석 아래 좌우편에 방청석 두 곳이 마련되어 있었다. 매우 기이한 일이지만, 혁명 의회에도 특혜받은 방청객들이 있었기 때문이다. 방청석들 중 그곳에만 치장용 벽포가 있었다. 두껍대 바로 밑 장식 틀에 고정된 황금빛 술 둘이 그 벽포들을 당기고 있었다. 일반 백성들의 방청석은 벌거숭이였다.

그 모든 전체가 난폭하고 야만스러우며 가지런하였다. 사나움 속의 단정함, 그것이 어느 정도는 혁명의 실체이다. 혁명 의회 회의실은, 예술가들이 그 시절 이후 〈메씨도르[150] 건축〉이라고 부르게 된 것의 가장 완벽한 표본을 제시하고 있었다. 그것은 묵직하고 동시에 허약했다. 그 시절의 건축가들은 균형을 미로 여겼다. 르네쌍스는 루이 15세 치세기에 종말

---

150 *messidor*. 프랑스 공화력의 제10월, 〈수확의 달〉을 가리킨다(6월 19, 20일~7월 19, 20일). 이 단어가 〈건축〉과 결합되어 어떤 의미를 얻는지는 알 수 없다. 혁명적이라는 뜻일까.

을 고하였고, 하나의 반작용이 일어났다. 그리하여 고결함을 강조하다 무미함에 이르렀고, 순수를 강조하다 지루함에 이르렀다. 건축에도 정숙한 척하는 태가 존재한다. 18세기에 형태와 색깔로 펼치던 눈부신 향연 후, 예술이 절식을 시작하였고, 그리하여 자신에게 오직 직선만을 허용하였다. 그러한 유형의 진보는 추함으로 귀착된다. 앙상한 해골로 전락한 예술, 그것이 필연적으로 생긴 현상이다. 그것이 그러한 종류의 정숙함과 절제가 가지고 있는 단점이다. 양식이 지나치게 소박하여 결국 빈약해진다.

정치적 격정은 차치하고 오직 건축만 보더라도, 그 회의실에서는 특이한 전율이 발산되고 있었다. 옛날의 극장, 온통 꽃으로 장식한 칸막이 관람석들, 푸른빛과 보라색 천장, 천장으로부터 드리운 각양각색의 촛대들, 다이아몬드처럼 반짝이는 나뭇가지 모양의 촛대들, 비둘기 목덜미 빛 벽걸이 천들, 커튼과 벽포에 넘쳐 나던 쿠피도와 넘파들, 미소로 그 냉엄한 곳을 채우던, 그리거나 조각하고, 황금빛으로 감싼, 존엄하며 우아한 목가 등을 어렴풋이나다 기억하고 있는데, 이제는 어느 쪽으로 눈을 돌려도 차갑고 강철처럼 날카로운 직각들만 보였다. 마치 부쉐가 다비드에 의해 참수당하는 것과 같았다.[151]

IV

회의를 바라보는 이의 뇌리에 회의장은 더 이상 존재하지 않았다. 연극을 관람하는 이는 더 이상 극장을 생각하지 않

---

[151] 부쉐(1703~1770)가 신화적이고 목가적인 소재들뿐만 아니라 여인들의 나신들까지 즐겨 화폭에 담았다는 것은 주지하는 바와 같다.

앉다. 더 기괴하고 숭고한 것은 없었다. 한 무더기 영웅들이 보이는가 하면 비겁자들이 가축 떼처럼 나타났다. 산 위에 야수들이 있는가 하면 늪지에서 파충류들이 우글거렸다. 오늘날에 이르러서는 유령들로 변한 그 투사들이, 굼실거리고, 팔꿈치를 맞대고, 서로 도발하고, 협박하고, 싸우고, 삶을 영위하고 있었다.

그 티탄들을 열거해 보자.

오른쪽에 지롱드파가 있었으니, 사상가들 군단이었다. 왼쪽에 산악당이 있었으니, 투사들 집단이었다.

한쪽에 있던 사람들은 이러하다. 바스띠유의 열쇠를 접수한 브리쏘. 마르세이유 사람들이 추종하던 바르바루. 성 밖 쌩-마르쏘 변두리 지역에 주둔하고 있던 브레스트 전투 부대를 지휘하던 케르 벨레강. 장군들에 대한 국민 대표들의 지배권을 확립한 쟝쏘네. 어느 날 밤 뛰를리 궁에서 왕비가 잠든 세자를 보여 주자, 그 아이의 이마에 키스를 하고 그 아이 아버지의 목이 잘리게 한, 숙명적인 가데. 산악당이 오스트리아와 친밀하다고 믿던 공상꾼 고발자 쌀르. 꾸똥에게 왼쪽 발이 없었듯 오른쪽 다리를 절던 씨여리. 어느 신문 기자가 자신을 가리켜 악당이라 하자, 그 기자를 식사에 초대한 다음 〈악당이라는 말이 단지 우리처럼 생각하지 않는 사람을 뜻한다는 것을 잘 안다〉고 한 로즈-뒤뻬레. 자기가 발행하던 1790년 연감 허두에 〈혁명은 끝났다〉고 쓴, 라보-퐁후레드의 에우리쌩-에띠엔느. 루이 16세를 급히 추락시킨 사람들 중 하나인 끼네뜨. 사제들의 기본 공민법을 초하였으되, 부제(副祭) 파리스의 기적을 믿은 나머지 자기의 침실 벽에 못을 박아 고정시킨 높이 7뼈에 되는 구세주 앞에 밤마다 꿇어 엎드리던, 그 얀센파 사제 까뮈. 까미유 데물랭과 함께 7월 14일 사태를 태동시킨 사제 포셰. 브라운슈바이크가 〈빠리를 불태우겠다〉고 선언한 같은 순간에 〈빠리가 파괴될 것〉이라고 말한 죄를 범한 이나르. 최초로 자신이 무신론자라고 외치자, 로베스삐에르가 그 말에 〈무신론은 귀족적〉이라고 응수한 쟈꼽 뒤뽕. 단단하고 예민하며 용맹한 전형적인 브르따뉴의 두개골 랑쥐네. 부와이예-퐁후레드의 에우리알루스[152]인 뒤꼬. 바르바루의 퓔라데스[153]인 르베끼. 르베끼는, 사람들이 로베스삐에르의 목을 치지 않고 멈칫거린다면서 사임하였다. 혁명 지부들의 상설화를 맹렬히 반대하던 리쇼. 〈고마워하던[154] 국민들에게 앙화가 닥치리라〉라는 살의 가득한 금언을 남기더니, 단두대 앞에 이르러서는 〈국민이 자고 있기 때문에 우리가 죽으나, 그대들은 국민이 깨어나기 때문에 죽으리라〉고, 산악당원들에게 당당한, 그러나 자가당착적인 말을 한 라쑤르스. 면책 특권의 폐지 법령을 반포케 하여, 자신도 모르는 사이에 스스로 단두구의 작두날을 벼리고 자신을 위하여 단두대를 세우게 된 비로또. 〈칼날 밑에서는 투표할 수 없다〉고 하면서, 자신의 양심을 그 항변 밑에 피신시킨 샤를 비야뜨.[155] 『포블라 기사』의 저자이며, 연인 로도이스카를 계산대에 앉히고 빨레-루와얄 근처의 서적상으로 생을 마

152 Euryalus. 트로이아의 전사이며, 특히 니쑤스와의 우정으로 유명하다(『아이네이스』 제9장).
153 Puladês. 오레스테스의 사촌이며 친구이다. 두 사람의 우정이 두텁기로 유명했다(아이스퀼로스의 『오레스테이아』, 라씬느의 『안드로마케』 등).
154 〈배은망덕한〉이라는 뜻으로 사용한, 일종의 반어법처럼 들린다.
155 Villatte. 비예뜨Charles Michel de Villette(1736~1793)의 오기인 듯하다.

친 루베. 『빠리 풍경』의 저자이며, 〈모든 왕들이 자신들의 목덜미에 1월 21일이 와 있음을 느꼈다〉라고 한 메르씨에. 〈구시대 패거리〉를 근심하던 마렉. 단두대 밑에 이르러, 〈죽기가 곤란하군, 다음 장면을 보아야 하는데〉라고 망나니에게 말한 신문 기자 까라. 스스로를 가리켜 마이옌느-에-루와르의 제2대대 척탄병이라고 하였으며, 방청객들이 위협하자 이렇게 외친 비제. 〈방청석에서 중얼거리는 소리가 들리기 무섭게 우리 모두 퇴장하여, 군도를 뽑아 들고 베르사이유로 진격하기를 제안합니다!〉 굶어 죽을 운명이었던 뷔죠. 자기의 단검에 자신을 맡긴 발라제. 자신의 호주머니 속에 있던 호라티우스의 책에 의해 밀고되어, 부르-에갈리떼로 지명이 바뀐 부를-라-렌느에서 목숨을 잃게 되어 있던 꽁도르쎄. 1792년에는 군중의 찬미를 받다가 1793년에는 늑대들에게 잡아먹힐 운명이었던 뻬띠옹. 그들 이외에도, 뽕떼꿀랑, 마르보즈, 리동, 쌩-마르땡, 유베날리스의 저서들을 번역하고 하노버 전투에 참가했던 뒤쏘, 부왈로, 베르트랑, 레떼르-보베, 르싸주, 고메르, 가르디앵, 맹비엘, 뒤쁠랑띠에, 라까즈, 앙띠불, 그들의 선두에 있던, 베르니오라는 일종의 바르나브[156] 등 20여 명에 달하는 이들이 있었다.

또 다른 쪽에 있던 사람들은 다음과 같다. 창백하고, 이마 좁고, 용모 깔끔하고, 눈빛 신비롭고, 깊은 슬픔 감도는 나이 스물셋의 앙뚜완느-루이-레옹 홀로렐 드 쌩-쥐스뜨. 알레

---

156 Antoine Barnave(1761~1793). 라화이예뜨 등 입헌 군주파와 제휴하였고, 〈마르크스보다 반세기 앞서 부르주아 혁명 이론을 체계화한 사람〉이라고 한다. 하지만 베르니오(1753~1793)와 바르나브 간의 어떤 유사점을 두고 하는 말인지, 선뜻 가늠하기 어렵다.

마니아 사람들이 〈포이어-토이펠〉 즉 〈불의 악마〉라 부르던 메를랭 드 띠옹빌. 〈용의자 체포령〉이라는 것을 탄생시킨 가증스러운 장본인 메를랭 드 두에. 목월(牧月) 1일 소요 당시,[157] 빠리 시민들이 자기네의 사령관으로 추대하려 했던 쑤브라니. 성수를 뿌리던 손으로 군도를 든, 지난날의 사제 르봉. 판사가 아닌 조정관이 주축을 이루는 미래의 사법 제도를 꿈꾸던 비요-바렌느. 루제 드 릴르가「라 마르세이예즈」라는 숭고한 영감을 얻었듯이, 〈공화력〉이라는 매력적인 것을 고안해 낸 화브르 에글랑띤느(하지만 두 사람 모두 같은 잘못[158]을 반복하지는 않았다). 〈왕 하나 죽는다고 인간이 하나 감소하는 것은 아니〉라고 한, 혁명 정부 검찰관 마뉘엘. 트립슈타트, 노이슈타트, 슈파이어 등 도시들에 연속적으로 입성하여 프러시아 군대가 탈주하는 것을 목격한 바 있는 구죵. 장군으로 변신하여, 8월 10일 소요 엿새 전에 쌩-루이 기사가 되었던 변호사 라크롸. 후레롱-죠일의 아들 후레롱-떼르시뜨. 냉혹한 강철 금고 수색꾼이며, 위대한 공화적 자살의 숙명을 타고난지라. 공화정이 죽으면 자살하게 되어 있던 륄.[159] 악마의 영혼과 시신의 얼굴을 구비하였던 후셰. 기요땡에게 〈자네는 훼이양 클럽 소속이지만 자네의 딸은 쟈꼬뱅 클럽 소속일세〉라고 자주 말하던, 「뒤셴느 영감」의 애독

---

157 공화국 제3년 목월 1~3일(1795년 5월 20~22일)에 걸쳐, 쌩-앙뚜완느 및 쌩-마르쏘 구역 변두리 혁명 지부가 일으켰던 소요 사태를 가리키는 듯하다.

158 선뜻 이해되지 않는다. 그들의 〈업적〉을 못마땅해하던 사람들의 시각을 가볍게 빈정거리는 것일까.

159 Philippe Jacob Rühl(1737~1795). 철두철미한 징세관이었으며, 1795년 5월 20~22일 소요 사태 때 자살하였다고 한다.

자 깡불라. 죄수들이 헐벗었다고 딱하게 여기던 사람들에게 〈감옥이란 돌로 지은 정장〉이라고, 험악한 말로 대꾸하던 쟈고. 쌩-드니 공동묘지의 무시무시한 무덤 발굴꾼 쟈보그. 사람들 추방하기를 일삼던 사람이로되 샤리 부인은 자기의 집에 숨겨 준 오쓸랭. 자신이 회의를 주재할 때면 박수를 치거나 환호하라고 방청석에 신호를 보내곤 하던 벤따볼. 신문 기자 케랄리오 아씨의 남편이며 역시 신문 기자였던 로베르. 그의 아내가 쓴 글에 이런 구절이 있다. 〈로베스삐에르도 마라도 우리 집에 오지 않는다. 로베스삐에르는 언제곤 내키면 오겠지만, 마라는 결코 오지 않을 것이다.〉 루이 16세에 대한 재판에 에스빠냐가 개입하였을 때, 하나의 왕을 변호하는 다른 왕의 서한을 의회가 읽는 은전을 베풀어서는 아니 된다고 의연하게 주장하던 가랑-꿀롱. 처음에는 초기 교회 사람처럼 의연하였으되, 훗날 제정하에서는 공화파 그레그와르를 백작 그레그와르로 지워 버린, 주교 그레그와르. 다음과 같이 말한 아마르. 〈지구 전체가 루이 16세를 단죄한다. 그러니 누구에게 상소하지? 천체들에게.〉 1월 21일, 뽕-뇌프에서 예포를 쏘기로 한 방침에 반대하면서, 〈왕의 머리라 해서 다른 사람의 머리보다 떨어지면서 더 큰 소음을 내서는 아니 된다〉고 한 루예. 앙드레의 아우 쉐니에.[160] 연단에 권총 한 자루를 올려놓고 연설을 하던 사람들 중 하나인 바디에. 모모로와 다음과 같은 대화를 나눈 빠니스. 그가 어느 날 모모로에게 말하였다. 「마라와 로베스삐에르가 내 집에 와서 함께 식사를 하며 서로 포옹하였으면 좋겠네.」 「자네의 집이 어디에 있는

---

[160] 시인 앙드레 드 쉐니에(1762~1794)의 아우 마리-죠제프 드 쉐니에(1764~1811).

데?」「샤랑똥에.」「다른 곳이었다면 내가 놀랐을 걸세.」[161] 프라이드가 영국 혁명 시절의 백정이었듯이, 프랑스 혁명 시절의 백정이었던 르쟝드르. 그가 어느 날 랑쥐네에게 소리쳤다. 「이리 와, 내가 자네를 때려죽여야겠네.」 그러자 랑쥐네가 대꾸하였다. 「우선 내가 황소라는 포고령을 내리도록 하게.」 입이 둘 뚫려 있어, 하나로는 〈예〉 하며 찬동하고 다른 입으로는 〈아니요〉 하며 이미 찬동한 것을 나무라는, 고대 연극에서 사용하던 가면을 쓰고, 낭뜨에서는 까리에를 절망에 빠뜨리고, 리옹에서는 샬리에를 무시하고, 로베스삐에르를 단두대로 보내고, 마라를 빵떼옹으로 보낸 그 음산한 희극 배우 꼴로 데르부와. 〈순교당한 루이 16세〉라는 메달을 소지한 사람은 누구나 사형에 처하라고 요구하던 제니씨으. 몽-쥐라의 어느 노인에게 자기의 집을 내어 준 학교 선생 레오나르 부르동. 선원 똡쌍. 변호사 구삐요. 상인 로랑 르꾸왱트르. 의사 뒤엠. 조각상 제조인 쎄르쟝. 화가 다비드. 왕족 죠제프 에갈리떼. 그들 이외에 다른 사람들도 있었다. 마라가 〈정신 이상〉이라는 사실을 법령으로 포고하기를 요구하던 르꾸왱뜨 뻬라보. 보안 위원회라는 대가리와, 혁명 위원회들이라고 부르는 다리 2만 1천 개를 가지고, 프랑스 전체를 휘감는 그 문어를 창조한, 공포감 일으키는 로베르 랭데. 르뵈프도 있었는데, 지레-뒤프레가 자신의 작품집 『사이비 애국자들의 성탄절』에서, 그를 두고 다음과 같이 읊었다.

161 샤랑똥은 빠리 동남쪽 외곽 지점으로, 그곳에 유명한 정신 병원이 있었다. 마라와 로베스삐에르가 서로 포옹하기를 바라는 빠니스가 미쳤다는 뜻이다.

르뵈프가 르쟝드르를 보고 구슬프게 울었다.[162]

 미국인이며 너그러운 토마스 페인. 알레마니아 사람이고, 남작이고, 백만장자이고, 무신론자이고, 에베르파이고, 순진한, 아나카르시스 클로츠. 뒤뻴레의 친구이며 청렴한 르바. 심술궂음 자체를 위하여 심술궂은 희귀한 사람들 중 하나인 로베르. 흔히들 생각하는 것 이상으로, 예술을 위한 예술이 존재한다. 귀족들에게는 존칭을 사용하자고 한 샤를리에. 사랑으로 말미암아 열월 9일 사건을 일으킨, 애절하면서도 표독스러운 딸리앵. 훗날 대공으로 변신할 검찰관 깡바쎄레스. 호랑이로 변신할 검찰관 까리에. 어느 날, 〈경보를 알리는 대포에게 우선권을 주자〉고 외친 라쁠랑슈. 혁명 재판소의 배심원들로 하여금 큰 소리로 견해를 밝히도록 하기를 원하던 뛰리오. 샹봉에게 결투를 신청하였고, 파인을 고발하였으며, 에베르에게 고발당한 부르동 드 루와즈. 방데 지역에 화공(火攻) 전담 부대를 파견하자고 제안한 화이오. 4월 13일에 지롱드당과 산악당을 거의 중재하였던 따보. 지롱드당의 지도자들과 산악당의 지도자들이 전선으로 가서 평범한 병사로 복무하기를 요구했던 베르니에. 마인츠에 칩거한 로이벨. 쏘뮈르 점령 전투 중 타고 있던 말이 전사한 부르보뜨. 쉐르부르의 연안군을 지휘한 바 있는 갱베르또. 로셸의 연안군을 지휘

---

162 르뵈프Lebœuf는 곧 〈황소*le bœuf*〉이고, 르쟝드르Legendre는 이미 언급한 바와 같이 빠리의 푸주한이다. 또한 르뵈프는 〈홀아비〉를 뜻하는 *le veuf*와 발음이 유사하고, 르쟝드르는 〈사위〉를 뜻하는 *le gendre*로 읽을 수도 있다. 따라서 지레-뒤프레의 구절은 다음 두 구절로 옮길 수 있다. 〈황소가 백정을 보고 구슬프게 울었다.〉 혹은 〈홀아비가 사위를 보고 구슬프게 울었다.〉

한 바 있는 쟈르-빵빌리에. 깡깔 주둔 함대를 지휘한 바 있는 르까르빵띠에. 라슈타트에서 매복에 걸려들었던 로베르죠. 자기의 낡은 기병대장 견장을 달고 여러 병영을 돌아다니던 프리외르 들라 마른느. 쌩-아망 대대의 지휘관 쎄랑으로 하여금, 그의 말 한마디에 자살하도록 한 르바쐬르 들라 싸르트. 르베르슝, 모르, 베르나르 드 쌩뜨, 샤를르 리샤르, 르끼니오, 그리고 그 무리의 정상에 당똥이라고들 부르는 미라보 하나.

그 두 진영 밖에서, 그리고 두 진영에게 경외심을 갖게 하면서, 한 사람이 우뚝 서 있었다. 로베스삐에르였다.

V

그들 밑에 갑작스러운 공포와 두려움이 몸을 잔뜩 구부리고 있었다. 갑작스러운 공포는 귀족일 수 있었고, 두려움은 하층민일 수 있었다. 열정 밑에, 영웅주의 밑에, 헌신 밑에, 광증 밑에, 익명의 침울한 군집이 있었다. 혁명 의회의 그 저지대를 가리켜 〈평원파〉[163]라고 하였다. 그곳에는 부유하는 모든 것들이 있었다. 의구심에 사로잡힌 사람들, 멈칫거리는 사람들, 움찔 물러서는 사람들, 미적거리는 사람들, 이리저리 살피는 사람들, 서로를 두려워하는 사람들이 그 부유물이다. 산악파는 엘리트 집단이었다. 지롱드파 또한 엘리트 집단이었다. 반면 평원파는 곧 군중이었다. 평원파는 씨에예스라는 사람으로 요약되었고 그의 속에 응집되어 있었다.

씨에예스는 깊되 속이 빈 사람으로 변해 있었다. 그는 제3계

163 *la Plaine*를 옮긴 것이다.

급에 멈추어서, 백성들에게까지는 올라가지 못하였다. 중턱에서 멈추는 기질을 타고난 사람들이 있다. 씨에예스는 로베스삐에르를 가리켜 호랑이라 하였고, 로베스삐에르는 그를 가리켜 두더지라 하였다. 그 형이상학자는 지혜가 아니라 신중함에 도달하였다. 그는 궁정인이었지 혁명에 봉사하는 사람이 아니었다.[164] 그는 삽 하나를 들고 백성들과 함께 마르스의 들판[165]으로 일을 하러 갔으되, 알렉상드르 드 보아르네와 같은 수레를 끌었다.[166] 그는 자신이 사용하지도 않는 강력함을 권하곤 하였다. 그리하여 지롱드파에게 이렇게 말하곤 하였다. 〈당신들의 대포를 거치하시오.〉 투사인 사상가들이 있다. 베르니오와 어울린 꽁도르쎄 혹은 당똥과 어울린 까미유 데물랭같은 이들이 그들이다.[167] 한편 살기를 원하는 사상가들

164 씨에예스(1748~1836)가 비상 신민 회의를 제헌 국민 회의로 변형시키는 데 결정적인 역할을 하였지만, 입헌 군주파였다는 사실을 염두에 둔 언급인 듯하다.

165 Champ de Mars를 그대로 옮긴 것이다. 옛 빠리 서쪽 외곽의 그르넬 벌판에 군사 학교가 들어선 후, 군사 학교와 쎈느 강 좌안 사이의 공간을 훈련장으로 사용하면서부터 붙은 명칭이다.

166 1791년 6월 루이 16세가 탈출에 실패하고 빠리에 압송된 후, 그를 재판에 회부하기를 요구하는 시위가 마르스의 들판(연무대)에서 벌어졌으되, 씨에예스를 비롯한 라화이예뜨 및 보아르네 등 소위 입헌 군주파 인사들은 그러한 요구에 반대하는 입장이었음을 지적한 말이다. 한편 보아르네(1760~1793)는 미국 독립 전쟁에도 참가하였던 전형적인 군인으로, 제헌 의회 의장직을 맡은 바 있으되 군인의 신분으로 일관하다가, 1793년 마인츠 방어에 실패하였다는 죄목으로 참수당하였다.

167 꽁도르쎄(1743~1794)는 철학자이며 수학자이자 교육의 개혁을 제안하던 사람으로, 인간의 지적·윤리적 발전이 교육에 의해 이루어질 수 있다고 믿었던 모양이다. 지롱드파라는 이유로 공포 정치 시절에 체포되어 사형 언도를 받았으나, 옥중에서 음독자살하였다. 한편 까미유 데물랭(1760~1794)은 신문 기자로, 당똥과 함께 공포 정치의 확산을 막으려 노력하다가 함께 체포되어 참수형을 받았다.

이 있는데, 그들은 씨에예스와 함께 있었다.

아무리 질 좋은 포도주 통이라도 특유의 재강을 가지고 있다. 평원파 바로 밑에 늪지파[168]가 있었다. 이기주의를 투명하게 드러내는 흉측한 침체이다. 그곳에서는 겁쟁이들의 벙어리 기다림이 오들오들 떨고 있었다. 그보다 더 불쌍한 것은 없다. 온갖 치욕을 겪으면서도 수치심을 느끼지 못한다. 노여움은 숨을 죽인다. 저항은 예속 밑에 눌려 버렸다. 그들은 냉소적으로 겁먹었다. 비겁함에 있어서는 모든 용기를 갖추었다. 그들은 지롱드파를 더 좋아하면서 산악파를 선택하였다. 결말은 그들에게 달려 있었다. 그들은 성공하는 쪽으로 기울었다. 그들은 루이 16세를 베르니오에게, 베르니오를 당똥에게, 당똥을 로베스삐에르에게, 로베스삐에르를 딸리앵[169]에게 넘겼다. 그들은, 마라가 살았을 때에는 그를 중상하다가, 죽은 후에는 신격화하였다. 그들은 자기들이 몽땅 뒤엎는 날까지 모든 것을 지지하였다. 그들은 휘청거리는 모든 것을 결정적으로 밀어 쓰러뜨리는 본능을 가지고 있었다. 그들은, 튼튼해야 한다는 조건에 자신들을 예속시켰기 때문에, 휘청거린다는 것이 그들의 눈에는 곧 배신으로 보였다. 그들은 곧 수였고, 힘이었고, 두려움이었다. 치사한 것들의 대담성이 그것에서 비롯된다.

168 *le Marais*를 직역한 것이다. 실재하였던 정파가 아니다. 평원파 인사들 중 유난히 우유부단하고 기회주의적이었던 사람들을 경멸적으로 가리키는 말로, 위고가 만들어 낸 허구적인 명칭이다.
169 딸리앵(1767~1820)은 쟈꼬뱅당원이었고, 보안 위원회의 특사로 공포 정치의 시행을 위해 보르도에 갔다가, 그곳 감옥에 있던 떼레사 까바루스라는 여자를 만나 기회주의자로 변신한 사람이다. 로베스삐에르의 실각에 결정적인 역할을 한 것으로 알려졌다.

또한 5월 31일 사태도, 아월(芽月, 제르미날*germinal*) 11일 사태[170]도, 열월 9일 사태도 그것에서 비롯되었던바, 거인들이 엮은 비극들을 난쟁이들이 풀어 놓는 격이다.

VI

그 열정 가득한 사람들 속에 몽상 가득한 사람들이 뒤섞였다. 온갖 형태 밑에 유토피아가 있었다. 단두대를 인정하는 호전적인 형태 밑에도 있었고, 사형 제도를 폐지하자는 순진한 형태 밑에도 있었다. 옥좌 쪽에는 유령이 있었고, 백성들 쪽에는 천사가 있었다. 투쟁하는 영혼들 맞은편에는 포란하는 지성들이 있었다. 어떤 이들은 뇌리에 전쟁을 가지고 있었고, 어떤 이들은 평화를 가지고 있었다. 까르노와 같은 뇌수는 열네 개 대군을 잉태하고 있었던 반면, 쟝드브리와 같은 다른 뇌수는 범민주 연맹을 꿈꾸고 있었다. 그 맹렬한 웅변들 가운데, 그 포효하며 으르렁거리는 음성들 가운데, 번식력 강한 침묵들이 있었다. 랑칼은 입을 다문 채 국민 공교육의 틀을 짜고 있었다. 랑뜨나는 입을 다물고 있었지만 초등학교 창설에 전념하였다. 레벨리에르-레뽀는 입을 다물고 있었지만 철학에 종교의 존엄성을 부여할 것을 꿈꾸고 있었다. 다른 사람들도 구체적인 문제들에 몰두하고 있었다. 더 작은 문제들이었으되 더 실용적인 것들이었다. 기동-모르보는 병원들을 더 위생적으로 만들 방도를 연구하고 있었다. 메르는 실질적으로 존속되던 굴종 상태의 파기 대책을 연구하고 있었다.

170 1795년 4월 1~2일 사이에, 군중을 동원한 쟈꼬뱅당원들이 혁명 의회에 난입한 사건을 가리키는 듯하다.

쟝-봉-쌩-앙드레는 채무자 수용 감옥과 인신 구속 제도의 폐지를 연구하고 있었다. 롬므는 샤쁘[171]가 제안한 것을 실행할 방도를 연구하고 있었다. 뒤보에는 고문서 보관소의 시대별 정비를, 꼬랑-휘스띠에는 해부학 연구실과 자연사 박물관 창설을, 기요마르는 하천을 이용한 내륙 항행과 레스꼬 강의 댐 건설을 연구하고 있었다. 예술 분야에도 열광자들이, 아니 심지어 편집광들이 있었다. 1월 21일, 왕국의 머리가 혁명의 광장 위로 떨어지던 동안에, 와즈 지역을 대표하던 의원 베자르는, 쌩-라자르 로의 어느 다락방에 있던 루벤스의 그림을 보러 갔다. 예술가들, 웅변가들, 예언가들, 당똥과 같은 거한들, 클로츠와 같은 아이 어른들, 검투사들, 철학자들, 어느 누구를 막론하고, 모두들 같은 목표, 즉 진보를 향하였다. 아무것도 그들을 당황케 하지 못하였다. 혁명 의회의 위대함은, 사람들이 흔히 불가능이라고 지칭하는 것 속에 있는 일정량의 현실을 모색하였다는 데 있다. 그것의 한쪽 끝에서는 로베스삐에르가 권리에 눈을 고정시키고 있었다. 그리고 반대쪽 끝에서는 꽁도르쎄가 의무에 눈을 고정시키고 있었다.

꽁도르쎄는 몽상과 명료함을 중시하는 사람이었다. 반면 로베스삐에르는 실행하는 사람이었다. 그런데 때로는, 특히 늙은 사회의 마지막 위기에서는, 실행이 박멸을 의미하기도 한다. 모든 혁명에는 오르막과 내리막이라는 두 경사면이 있고, 그 경사면에, 얼음부터 꽃에 이르기까지, 모든 계절들이 층층으로 쌓여 있다. 그 경사의 각 구역이 그곳 기후에 적합한 사람들을 배출하는데, 그들 중에는 태양 속에 사는 이들로

---

[171] Claude Chappe(1763~1805). 그가 고소(高所) 신호기 *télégraphe aérien*를 제작하였다고 한다. 우리의 봉화와 같은 개념이었던 모양이다.

부터 벼락 속에 사는 이들에 이르기까지, 모든 유형의 사람들이 있다.

VII

로베스삐에르가 끌라비에르의 친구인 가라의 귀에 대고 다음과 같은 무시무시한 말을 속삭이던, 왼쪽 복도의 한구석을 사람들이 가리키곤 하였다. 「끌라비에르는 자기가 숨 쉬는 곳이면 어디에서든 도당을 이루어 결탁하였지.」 혼잣말을 하거나 나지막하게 화를 내기에 적합한 바로 그 구석에서, 화브르 에글랑띤느가 롬므와 다투며, 그가 훼르비도르를 테르미도르로 바꾸어 자기의 공화력을 꼴불견으로 변형시켰다고 그를 나무랐다.[172] 오뜨-가론느 지방의 일곱 대표들이 팔꿈치를 나란히 맞대고 앉아 있던 귀퉁이 좌석을, 사람들이 손가락질을 하며 가리키곤 하였다. 끝 좌석이라 제일 먼저 호명되어 루이 16세의 재판에 평결을 내리게 된 그들은, 차례대로 다음과 같이 의견을 밝혔다. 「마일레 — 사형.」 「델마스 — 사형.」 「프로장 — 사형.」 「깔레스 — 사형.」 「아이랄 — 사형.」 「쥘리앵 — 사형.」 「드자비 — 사형.」 인류의 역사를 가득 채우던, 인간의 심판이 존재하기 시작한 이래 재판정의 벽

---

172 흔히 〈열월〉로 옮기는 테르미도르*thermidor*의 어원은 테르마이(그리스어로는 테르모스)로, 〈뜨거운 물로 하는 목욕〉 혹은 〈온천장〉을 가리킨다. 반면 훼르비도르*fervidor*는 그 어원 훼르보의 의미가 〈펄펄 끓는〉 혹은 〈비등〉, 〈동요〉, 〈흥분〉 등이다. 따라서 〈혁명력〉이라고도 할 수 있는 공화력에는 훼르비도르가 더 어울릴 뿐만 아니라, 테르미도르는 17~18세기의 많은 작품들에 밀회나 환락의 장소로 등장한 윤리적 타락의 상징인 온천장을 연상시킨다. 화브르 에글랑띤느가 화를 낸 것은 그 때문인 듯한데, 실제로 그러한 일이 있었는지는 확인하지 못하였다.

에 항상 가 부딪치던, 영원한 반향음이다. 숱한 얼굴들의 소란스러운 뒤섞임 속에서, 그 비극적인 판결을 내리며 와글거리던 이런저런 사람들을 손가락으로 가리키곤 하였다. 그들 중에 빠가넬이 있었고, 그는 판결을 내리며 이렇게 말하였다. 「사형. 하나의 왕이란 오직 자신의 죽음으로써만 유익하오.」 미요도 있었다. 그는 이렇게 말하였다. 「오늘 만약 죽음이 존재하지 않는다면, 그것을 고안해 내야 할 것이오.」 늙은 라프롱 뒤 트루이예는 이렇게 말하였다. 「어서 죽여!」 구삐요는 언성을 높였다. 「즉각 단두대를 세우시오. 느림이 죽음을 악화시키오.」 씨에예스의 말에는 음산한 간결함이 있었다. 「사형.」 백성들의 견해를 묻자는 뷔죠의 제안을 거부한 뛰리오는 이렇게 말하였다. 「뭐라고! 초보자들의 의회란 말인가! 무슨 소리인가! 4만 4천 개의 법정을 열자는 말인가! 끝이 없는 재판이 되겠군. 루이 16세의 머리가 떨어지기 전에 하얗게 되겠군.」 오귀스땡-봉 로베스삐에르는 자기의 형에 뒤이어 이렇게 소리쳤다. 「백성들의 목은 자르고 폭군들에게는 용서를 베푸는 그러한 인정을 나는 모르오. 죽이시오! 집행 유예를 요구하는 것은, 백성의 심판을 폭군들의 심판으로 대체하자는 것이오.」 베르나르댕 드 쌩-삐에르를 대신하여 참석한 후쓰두와르는 이렇게 말하였다. 「나는 인간의 피가 흐르게 하는 것을 몹시 싫어하오. 그러나 왕의 피는 인간의 피가 아니오. 사형.」 쟝-봉-쌩-앙드레는 이렇게 말하였다. 「죽은 폭군이 없이는 자유로운 백성이 없소.」 라비꽁트리는 다음과 같은 격언을 선포하였다. 「폭군이 호흡하는 한 자유는 질식한다. 사형.」 샤또뇌프-랑동은 이렇게 소리쳤다. 「마지막 루이를 사형에!」 기야르댕은 이런 소원을 표하였다. 「뒤집힌 방책을 처단하기를!」〈뒤집힌 방책〉은 옥좌의 방책을 가리키는 말이었다. 뗄리에는 이렇게 말하였다. 「적을 향해 발사하기 위하여, 루이 16세의 머리통 둘레와 같은 구경의 대포를 만드시오.」 또한 관용파들도 있었다. 그들 중 쟝띠는 이렇게 말하였다. 「나는 징역형을 요구하오. 찰스 1세를 만들어 내는 것은 곧 크롬웰을 만들어 낸다는 뜻이오.」[173] 방깔은 이렇게 말하였다. 「추방. 나는 이 세상에서 처음으로 스스로 생계를 꾸려 가야 할 처지에 놓인 왕을 보고 싶소.」 알부이는 이렇게 말하였다. 「추방. 이 살아 있는 유령이 뭇 옥좌들을 찾아가 그 주위에서 배회하도록 만듭시다.」 쟝지아꼬미는 이렇게 말하였다. 「유폐. 까뻬가 허수아비처럼 살도록 합시다.」 샤이용은 이렇게 말하였다. 「그의 목숨을 부지시킵니다. 나는 로마가 성자로 만들 사자(死者) 하나를 만들고 싶지 않소.」

냉혹한 입술들로부터 그러한 판결이 하나씩 떨어져 역사 속으로 흩어지는 동안, 가슴팍과 어깨 드러낸 옷을 입고 한껏 치장을 한 여인들이 앉아 있던 방청석에서는, 손에 명단을 들고 수를 헤아리는 음성들이 들렸고, 여인들은 각 판결 밑에 바늘 하나씩을 꽂고 있었다.

비극이 등장했던 곳에는 전율과 연민이 남는다.

혁명 의회를 본다는 것은, 그것이 지배하던 어느 시기를 보더라도, 까뻬 왕조의 마지막 인물에 대한 심판을 다시 보는 것이다. 1월 21일의 전설이 혁명 의회의 모든 행적에 섞여 있는 듯하다. 그 무시무시한 모임은, 열여덟 세기 동안 밝혀졌던 그 낡은 군주제의 횃불 위를 지나며 그것을 꺼버린 숙명적

---

173 찰스 1세(1600~1649)가 의회를 상대로 싸우다 패하여 1649년에 처형당한 후, 크롬웰의 통치가 시작된 사실을 가리킨다.

인 숨결들로 가득 차 있었다. 하나의 왕에 집약된 모든 왕들에 대한 결정적인 재판은, 혁명 의회가 과거를 상대로 벌인 대대적인 전쟁의 출발점 같았다. 혁명 의회의 어떤 회합을 참관하건, 루이 16세의 단두대로부터 온 그림자가 그곳에 드리워지는 것이 보였다. 방청객들은 케르생과 롤랑의 사임, 병들어 죽어 가는 몸으로 가마에 실려 와서 왕의 구명을 위해 의사를 표시하여 마라의 비웃음을 샀던 쎄브르 지역 대표 뒤샤뗄 등에 대한 이야기를 나누기도 하였다. 또한, 서른여섯 시간 동안 계속된 그 회의 끝에, 피로와 졸음을 견디지 못하여 장의자 위에 쓰러졌다가, 그의 차례가 되었을 때 정리에 의해 깨워져, 눈을 반쯤 겨우 뜬 채 〈사형〉이라는 말을 하고 곧장 다시 잠든, 그러나 오늘날에는 역사가 망각한, 그 의원을 보려고 사람들이 두리번거리기도 하였다.

   그들이 루이 16세에게 사형 언도를 내리던 순간, 로베스뻬에르에게는 살날이 아직 18개월, 당똥에게는 15개월, 베르니오에게는 9개월, 마라에게는 5개월 3주, 르뻴르띠에-쌩-화르죠에게는 하루가 남아 있었다. 인간의 입들에서 발산되는 짧고 무시무시한 숨결이다!

VIII

   백성들이 혁명 의회 쪽으로 열린 창문 하나를 가지고 있었으니, 그것은 방청석이었다. 그리고 그 창문이 충분치 못할 때에는 백성들이 출입문을 열었으며, 그러면 거리가 의회 안으로 들어오곤 하였다. 군중이 원로원 안으로 침입하는 일, 그것은 역사 속에서 볼 수 있는 가장 놀라운 광경들 중 하나일 것이다. 보통 그러한 난입은 우호적이었다. 교차로가 원로원 의자와 우의를 다지곤 하였다. 하지만, 어느 날 문득, 단 세 시간 만에 앵발리드의 대포들과 소총 4만 정을 수중에 넣는 백성의 우의, 그것은 무시무시한 우의이다. 매 순간 행렬 하나가 나타나 회의를 중단시키곤 하였다. 청원을 하러 오는 사람들, 경의를 표하러 오는 무리, 봉물을 바치러 오는 사람들, 즉 회의장에 입장이 허용된 이들이었다. 쌩-앙뚜완느 변두리 지역 명예의 창을 여인들이 받들고 들어왔다. 영국인들이 우리 병사들의 벗은 발에 신기라고 구두 2만 켤레를 바치기도 하였다. 「세계 신보」에는 이러한 기사도 실렸다. 〈오비냥의 교구 사제이며 드롬므 부대 지휘관인 씨뚜와이앵 아르누는, 전선으로 진격하는 것을 허락해 달라고 하면서, 자기의 교구가 보존되기를 희망한다.〉 여러 혁명 지부들이 파견한 대표들이, 큰 접시들과 성체 봉헌식 때 사용하는 단지 및 작은 접시, 성배들, 성체합(聖體盒)들, 무더기로 쌓인 황금과 은과 진주홍 보석을 들것 위에 얹어 가지고 오기도 하였다. 누더기 걸친 무수한 백성들이 조국에 바치는 물건이라 하였다. 그들이 요구한 보상은, 혁명 의회 앞에서 까르마뇰 춤을 출 수 있도록 해달라는 것이었다. 슈나르, 나르본느, 발리에르 등과 같은 가수들이 와서 산악당을 찬미하는 노래를 부르기도 하였다. 몽-블랑 지부는 르뻴르띠에의 흉상을 가져왔고, 어떤 여인은 붉은 빵모자를 의장의 머리 위에 올려놓았다. 그러자 의장이 그녀를 포옹하였다. 〈마이유 지부의 씨뚜와이앤느들〉이라고 하는 여인들이 〈입법관들〉에게 꽃을 뿌렸다. 〈조국의 생도들〉이 악대를 앞세우고 와서 〈세기의 융성을 준비해 준〉 혁명 의회에 감사를 드렸다. 가르드-프랑쎄즈 지부 여인들은 장미 꽃을 바쳤다. 샹젤리제 지부 여인들은 떡갈나무 가지로 엮은 관(冠)을 바쳤다. 땅뽈르 지부 여인들은 의장석 앞에 와서 선서하기를, 〈진정한 공화주의자들이 아니면 혼인하지 않겠다〉고 하였다. 몰리에르 지부는 프랭클린의 흉상이 조각된 메달 하나를 바쳤고, 그것을 자유의 여신상 머리에 걸라는 포고령이 내려졌다. 〈공화국의 자식들〉로 선포된 〈버려진 아이들〉이 국민병 제복을 입고 행진하였다. 까트르뱅-두즈 지부의 처녀들이 긴 백색 드레스를 입고 왔다. 다음 날 「세계 신보」에는 다음과 같은 구절이 보였다. 〈어느 젊은 미녀로부터 의장이 꽃다발을 받다.〉 연사들이 군중을 환영하였다. 그들이 때로는 군중의 비위를 맞추기도 하였다. 그러면서 때로는 이렇게 말하기도 하였다. 「그대는 어김없도다. 그대는 나무랄 데 없도다. 그대는 숭고하도다.」 백성에게는 아이들과 같은 면이 있다. 그리하여 그러한 사탕발림을 좋아한다. 가끔 군중이 의회 안으로 노도처럼 밀려들어 왔다가, 그것을 통과한 후에는 잔잔해져서 나가기도 하였다. 론느 강이 레망 호수를 통과할 때, 흙탕물로 들어와 창공처럼 맑아져서 나가는 것과 같았다.

때로는 그렇게 평화롭지 못한 경우도 있었다. 그럴 때면 앙리오가, 뛸르리 정문 앞에 대포의 커다란 철환이라도 벌겋게 달굴 수 있을 화덕들을 가져다 놓게 하였다.[174]

174 선뜻 이해되지 않는 언급이다. 앙리오는 빠리 입시세관(入市稅關)의 징세관이던 시절 노한 군중이 세관 건물에 불을 지르자, 불을 끄기는커녕 서류들을 그 속에 던져 불길을 돋우며 방화하던 군중에 합세하였다고 한다. 그 일을 계기로 그가 빠리 혁명 수비대장이 되었고, 마라가 그를 가리켜 〈조국의 구원자〉라고 하였다 한다. 그 앙리오가 유명 인사는 아니었으되, 미슐레가 『프랑스 대혁명』(1847~1853)에서 그의 이야기를 상세하게 전하는바, 그것을 염두에 둔 언급이 아닌지 모르겠다.

IX

혁명 위원회가 혁명으로부터 나왔지만, 그것이 문명을 만들었다. 용광로이되 제철소이기도 했다. 공포가 부글거리던 그 거대한 통 속에서 진보가 발효하고 있었다. 그 어둠의 대혼돈과 구름 덩이들의 소란스러운 흐름으로부터, 영원한 법칙들과 평행을 이루는 광막한 광선들이 나오고 있었다. 지평선 위에 머물러, 백성들의 하늘에 언제까지라도 모습을 드러내는 그 광선들, 그것들 중 하나는 정의, 다른 하나는 관용, 이것은 착함, 저것은 이성, 또 다른 하나는 진리, 그리고 또 하나는 사랑이었다. 혁명 의회는 다음과 같은 위대한 공리(公理)를 공포하였다. 〈한 시민의 자유는 다른 시민의 자유가 시작되는 곳에서 끝난다.〉 그 두어 줄이 인간적 사회성 전부를 집약한다. 혁명 의회는 적빈(赤貧)을 신성하다고 선포하였다. 국가의 피후견인이 된 소경과 귀머거리와 벙어리들의 불구 상태가 신성하다고 선포하였다. 미혼모들을 위로하고 격려하며 그녀들의 출산을 신성하다고 선포하였다. 조국으로 하여금 입양케 한 고아들을 신성하다고 선포하였다. 혐의를 벗은 사람들을 배상해 주며 그들의 무고함을 신성하다고 선포하였다. 흑인 매매 행위를 가혹하게 처벌하였다. 그리고 노예 제도를 폐지하였다. 애국적 연대를 선포하였다. 무상 교육을 법령으로 발포하였다. 빠리에는 사범 학교, 도청이나 군청 소재지에는 중앙 학교, 읍과 면에는 초등학교를 세워, 국민 교육을 체계화하였다. 음악, 미술, 공예 전문학교들과 박물관들을 세웠다. 법규의 통합, 도량형의 단위, 십진법으로의 통일 등을 법령으로 정하였다. 프랑스 재정의 새로운 토대를 구축

하였다. 그리하여, 왕조 시절의 만성적인 파산 사태 대신 국책 은행이 등장하였다. 통신에 신호기를 도입하였고, 노인들에게 국고 보조 양로원을 마련해 주었고, 환자들에게 깨끗한 병원을 제공하였고, 교육계에 기술 학교를 설립해 주었고, 인간의 지성에 연구소를 마련해 주었다. 혁명 의회는 국가적 성격과 동시에 범세계적 성격을 가지고 있었다. 혁명 의회로부터 나온 11,210개의 법령들 중 3분의 1은 정치적인 것이었고, 나머지 3분의 2는 인간적 목적을 가진 것들이었다. 혁명 의회는, 보편적 윤리가 사회의 초석이며 보편적 양심이 법의 근간이라고 선언하였다. 그리고 그 모든 일을, 다시 말해 예속의 타파, 박애의 선포, 인간의 보호, 인간 양심의 교정, 노동법을 노동의 권리로 변형시켜 그것이 부담이 되는 것이 아니라 도움이 되게 한 조치, 국부(國富)의 내실화, 아이들의 교화와 보조, 문예와 학문의 선양, 모든 봉우리에 불 밝히기, 가난의 구호, 모든 원칙들의 발포 등, 혁명 의회는 자신의 내장에 방데 내란이라는 독사를 품고 어깨에는 군주들이라는 호랑이들을 짊어진 채, 그 모든 일을 이루어 내었다.

X

광막한 곳이었다. 인간적이고, 혹은 비인간적이고, 혹은 초인적인, 모든 유형들이 그곳에 있었다. 적대 관계의 거대한 무더기였다. 다비드를 피하는 기요땡, 샤보를 모욕하는 바지르, 쌩–쥐스뜨를 야유하는 가데, 당똥을 하찮게 여기는 베르니오, 로베스삐에르를 공격하는 루베, 에갈리떼를 고발하는 뷔죠, 빠슈에게 낙인을 찍는 샹봉 이외에, 모든 사람들이 마라를 몹시 싫어하였다. 하지만 아직도 이 목록에 등재하여야 할 이름들이 얼마나 많은가! 프리기아 빵모자를 쓰지 않고는 의석에 앉지 않기 때문에 〈붉은-빵모자〉라는 별명을 얻었고, 로베스삐에르의 친구였으되 균형을 중시하는 취향 때문에 〈루이 16세 다음에는 로베스삐에르의 목을 잘라야 한다〉고 했던 아르몽빌르. 입맞춤에 자신의 이름을 남기게끔 되어 있던 주교,[175] 그 착한 라무레뜨의 동료이며 그와 쌍둥이처럼 닮은 마씨으. 브르따뉴 지방 사제들에게 오명을 씌우던 모르비앙의 르아르디. 다수당에 속한 사람으로, 루이 16세가 심판대에 섰을 때 의장직을 맡았으며, 루베가 로도이스카에게 그랬듯이 빠멜라에게 모든 정성을 쏟던 바레르.[176] 〈시간을 벌자〉고 하던 오라토리오회 수도사 도누. 마라의 귓속말을 듣곤 하던 뒤부와-크랑쎄. 샤또뇌프 후작. 라글로. 앙리오에게 다음과 같이 소리치며 뒷걸음질하던 에로 드 쎄쉘. 〈포병들, 각자의 포로!〉 산악당원들을 테르모퓔라이 협곡의 결사대에 비유한 쥘리앵. 여인들 전용 방청석 하나를 마련하자고 하던 가몽. 혁명 의회에 와서 삼각 주교모를 벗어 바치고 붉은 빵모자를 쓴 주교 고벨에게 회의에 참석하는 명예를 허락한 랄루와. 〈다투어 사제복을 벗겠군!〉 그렇게 소리치던 르꽁뜨. 훼로. 부와씨-당글라가 그의 잘린 머리에 정중히 예를 표하

---

[175] 주교의 이름 라무레뜨Lamourette는 〈일시적(가벼운) 사랑〉을 뜻하는 *l'amourette*와 동음어이다.

[176] 로도이스카는 루베(1760~1797)가 아내에게 붙여 준 별명이며 그의 소설 『포블라 기사의 사랑』에 등장하는 여자이다. 빠멜라(1777?~1831)는 필립-에갈리떼와 쟝리스 부인 사이에서 태어난 사생아인데, 당시 유행하던 리차드슨의 『파멜라 혹은 보상받은 미덕』에 등장하는 여주인공의 이름을 쟝리스 부인이 그녀에게 붙여 주었다고 한다. 바레르(1755~1841)가 그 소녀를 사랑하여 많은 정성을 쏟았다고 한다.

였고, 그 행동이 역사가들 사이에 다음과 같은 의문을 남겼다. 〈부와씨-당글라가 머리에, 즉 희생자에게 예를 표하였는가 혹은 창에, 즉 살인자에게 예를 표하였는가?〉 쉐니에 형제처럼 서로를 증오하던, 하나는 산악파였고 다른 하나는 지롱드파였던 뒤프라 형제.

혁명 의회의 연단에서는 현기증 일으키는 말들이 쏟아졌고, 그것들이 때로는, 그 말을 하는 사람도 의식하지 못하는 사이에, 혁명들의 예언적 억양을 띠기도 하였다. 그리고 그 말에 뒤이어 일어난 사건들이, 무엇인지 모를 불만스럽고 열렬한 것을 불쑥 드러냈다. 사람들의 귀에 들린 것들을 몹시 못마땅하게 여기는 듯하였다. 실제 일어난 것이, 언급된 것에 대하여 몹시 화를 내는 것 같았다. 참화들이, 마치 사람들이 한 말에 격노한 듯, 맹렬한 기세로 닥쳤다. 산악 지역에서 사람의 음성 한 가닥이 눈사태를 일으키는 격이었다. 지나친 한마디에 붕괴가 뒤따랐다. 그런 말을 하지 않았더라면 그런 일은 일어나지 않았을 것이다. 때로는 사건들이 성마른 것처럼 보이기도 하였다.

바로 그러한 식으로, 다시 말해 연사의 말 한마디가 잘못 이해된 그 우연으로 인하여, 엘리자벳 부인[177]의 머리가 잘렸다.

혁명 의회에서는 폭언이 당연시되었다.

토론 중 협박조의 언사가 마구 날아다니며 서로 엇갈리는 양상은, 화재 현장에서 불똥이 마구 튀는 것과 같았다.

뻬띠옹 로베스뻬에르, 요점을 말하시오.

---

177 루이 16세의 손아래 누이로, 1792년 8월 10일 사태 후 뛸르리 궁에서 그녀와 그녀의 다른 오라비 아르뚜와 백작(훗날의 샤를르 10세) 간에 주고받은 서신들이 발견되어 처형되었다고 한다(미슐레,『프랑스 대혁명』).

로베스삐에르 요점은, 뻬띠옹, 당신이오. 곧 말할 테니, 당신도 알게 될 것이오.

어떤 음성 마라를 죽여라!

마라 마라가 죽는 날 빠리도 더 이상 없을 거야. 빠리가 죽는 날 더 이상 공화국도 없을 거야.

비요-바렌느가 일어서며 우리가 원하는바…….

바레르가 말을 끊으며 자네, 왕처럼[178] 말하는군.

(다른 날) 필리쁘 의원 하나가 내 앞에서 검을 뽑아 들었소.

오두왱 의장, 살인범을 징계하시오.

의장 기다리시오.

빠니스 의장, 내가 당신을 징계하오.

거칠게 서로를 비웃기도 하였다.

르꾸왱트르 샹-드-부 교구 사제가 자기의 주교 포쉐에 대해 불평을 털어놓았소. 주교 때문에 혼인할 수 없다고.

어떤 음성 많은 첩들을 거느린 포쉐 주교가 왜 다른 사람들이 아내 얻는 것을 방해하는지, 도무지 이유를 모르겠군.

다른 음성 사제, 장가가시오!

방청석도 그러한 대화에 끼어들곤 하였다. 방청객들이 의원들에게 아예 해라를 하였다. 어느 날 의원 뮈앙이 연단에 섰다. 그의 엉덩이는 한쪽이 다른 쪽보다 훨씬 실하였다. 방청객 하나가 소리쳤다.「그것을 오른쪽으로 돌리게, 자네의 〈볼〉이 다비드의 것을 닮았으니!」백성과 혁명 의회의 격의 없음이 그러했다. 그러나 한번은, 1793년 4월 11일의 소동 때 의사 진행을 방해하던 방청객을 의장 명령으로 체포하기도

---

178 왕이나 산적 두령들은 일반적으로 〈과인〉 혹은 〈나〉에 해당하는 뜻으로 〈우리〉라는 1인칭 복수 대명사를 사용한다.

하였다.

어느 날 — 이 광경의 증인은 늙은 부오나로띠[179]였다 — 로베스삐에르가 발언권을 얻어 두 시간 동안 연설을 계속하였는데, 어떤 순간에는 당똥을 쏘아보다가(중대한 일이었다), 또 어떤 순간에는 그를 흘겨보았다(더 심각한 일이었다). 그는 총구를 들이대고 벼락을 내리쳤다. 그리고 음산한 말 가득한, 일종의 분개한 폭발로 연설을 마무리하였다. 「모두들 누가 음모꾼들이고, 누가 타락의 증식자이거나 타락한 자들이며, 누가 배신자들인지 잘 알고 있습니다. 그들은 이 의회 안에 있습니다. 그들도 우리의 말을 듣고, 우리 또한 그들을 보며, 그들로부터 눈을 떼지 않습니다. 그들 모두 자기들의 머리 위를 한번 쳐다보기 바랍니다. 그곳에 법의 검이 있을 것입니다. 그들 모두 자신들의 양심을 들여다보기 바랍니다. 그곳에 있는 자기들의 수치가 보일 것입니다. 스스로를 단속하기 바랍니다.」

로베스삐에르가 연설을 마치자, 당똥이, 얼굴을 천장 쪽으로 향하고, 두 눈을 반쯤 감은 채, 팔 하나를 장의자 등받이 너머로 늘어뜨리며 상체를 뒤로 젖혔는데, 그의 입이 다음과 같은 구절을 흥얼거리는 소리가 들렸다.

> 까데 루쎌이 연설하네
> 짧을 때는 길지 않은.

---

[179] 미켈란젤로 Michelangelo Buonarroti(1475~1564)를 가리키는 듯하다. 즉, 회의장 풍경이 미켈란젤로가 그린 「최후의 심판」 장면을 연상시킨다는 의미일 터이다. 물론 그 회의장에 미켈란젤로가 있었을 리 만무하고, 그 이름은 곧 늙은 작가 위고를 가리킨다. 자신이 그 현장에 있었다는 말이다.

저주에 가까운 말들이 난무하였다. 「음모꾼!」 「살인범!」 「악당!」 「반역자!」 「온건파!」 그곳에 서 있던 브루투스의 흉상 앞에서 서로를 고발하였다. 들리느니 나무라는 말, 욕설, 도발적인 말뿐이었다. 노기 띤 시선들이 오가고, 주먹들이 불끈거리고, 권총들이 번득이고, 단검들이 칼집에서 반쯤 뽑혔다. 연단에 거대한 화염이 일렁거렸다. 어떤 이들은 마치 기요띤느에 이미 등을 기댄 사람들처럼 말하였다. 두려움에 사로잡혀 무시무시해진 얼굴들이 물결을 이루었다. 산악파, 지롱드파, 훼이양파, 온건파, 공포주의파, 쟈꼬뱅파, 꼬르들리에파, 시역자 사제 열여덟 등이 뒤섞여 있었다.

그 모든 사람들! 모든 방향으로 밀려가던 연기 덩이들이었다.

XI

바람에 휩쓸린 영혼들이었다.

그러나 그 바람은 기적의 바람이었다.

혁명 의회 의원이라는 것은 곧 대양의 파도라는 뜻이었다. 또한 가장 거대한 파도였다. 충동의 힘은 저 높은 곳으로부터 오고 있었다. 혁명 의회 속에는 모든 이들의 것이로되 그 누구의 것도 아닌 하나의 의지가 있었다. 그 의지는 하나의 이념이었다. 하늘 높은 곳의 어둠 속에서 불어오는 제어할 수 없고 광막한 이념이었다. 우리는 그것을 가리켜 혁명이라고 한다. 그 이념이 지나가면서 어떤 이들은 쳐서 쓰러뜨리고, 어떤 이들은 부축하여 일으켜 세웠다. 이런 사람은 포말 형태로 휩쓸어 가고, 저런 사람은 암초로 끌고 가 산산이 부수어 버렸다. 그 이념은 자기가 가는 곳을 알고 있었으며, 자기 앞에 심연을 밀고 다녔다. 혁명의 책임을 인간에게 전가하는 것은 조류의 책임을 물결에 전가하는 것과 같다.

혁명은 미지의 존재가 펼치는 행위이다. 각자가 열망하는 미래나 과거에 따라 선행이니 악행이니 부를 수 있다. 하지만 행위 자체는 그것을 행한 이에게 내버려 두라. 혁명이 큰 사건들과 위대한 개인들의 공동 작품처럼 보이지만, 그러나 실제로는 사건들의 결과이다. 사건들이 지출하고 그 경비를 인간들이 지불한다. 사건들이 구술하고 인간들은 서명만 할 뿐이다. 7월 14일 사건은 까미유 데물랭이 서명하였고, 8월 10일 사건은 당똥이 서명하였고, 9월 21일 사건은 그레그와르가 서명하였고, 1월 21일 사건은 로베스삐에르가 서명하였다. 그러나 데물랭, 당똥, 마라, 그레그와르, 로베스삐에르 등은 서기들에 불과하다. 그 어마어마하고 음산한, 위대한 페이지들을 집필한 이에게 이름 하나가 있으니, 그것은 신이다. 또한 그에게 가면 하나가 있으니, 그것은 운명이다. 로베스삐에르는 신을 믿었다. 틀림없는 사실이다![180]

혁명이란, 사방으로부터 우리에게 압력을 가하는, 그리하여 우리가 필요라고 부르는, 내재적 현상의 한 형태이다.

유익함과 고통이 신비하게 뒤얽히는 그 현상 앞에서 〈왜?〉라는 역사의 질문이 불쑥 일어선다.

〈때문에.〉 아무것도 모르는 이의 그러한 대답이 곧 모든 것을 아는 이의 대답이다.

문명을 파괴하며 그것에 생기를 부여하는 액년(厄年)[181]의

---

180 물론 볼떼르나 루크레티우스 등이 상상 내지 유추한 신을 의미할 뿐, 예수교도들이나 유대인들의 신은 아니다.
181 〈갱년기〉라 읽어도 좋을 듯하다.

대재앙 앞에서, 누구든 세부 사항에 대한 판단을 주저한다. 결과만을 가지고 사람들을 나무라거나 칭송하는 것은, 총계를 가지고 각 숫자를 칭찬하거나 나무라는 것과 거의 마찬가지이다. 지나가야 할 것은 지나가고, 불어야 할 바람은 분다. 영원한 평온은 그 몇 가닥 삭풍에 괴로워하지 않는다. 뭇 혁명들 위에는, 폭풍우 위의 별 반짝이는 하늘처럼, 진리와 정의가 고요히 머문다.

XII

측량할 수 없을 만큼 거대한 혁명 의회가 그러했다. 모든 암흑들로부터 동시에 공격을 당한 인류의 요새, 포위당한 이념의 군대가 밝힌 야간의 불, 심연의 벼랑에 둥지를 튼 영혼들의 거대한 야영지였다. 원로원이면서 동시에 하층민 집단이고, 교황 선출을 위하여 모인 추기경 회의이며 동시에 교차로이고, 아레이오스 파고스[182]이며 동시에 시민 광장이고, 재판정이며 동시에 피의자였던 그 집단에 비할 만한 것이, 역사에 일찍이 없었다.

혁명 의회는 항상 바람 앞에 휘었다. 하지만 그 바람은 백성의 입에서 나왔고, 그것은 곧 신의 숨결이었다.

그리고, 여든 해가 흐른 오늘날, 역사가건 철학자건, 그 사람의 사념 앞에 혁명 의회가 모습을 드러낼 때마다, 그는 걸음을 멈추고 명상에 잠긴다. 유령들의 그 대대적인 행렬 앞에

---

182 〈아레스의 동산〉이라는 뜻이다. 고대 아테네 시절, 그 동산에서 재판이 열렸다고 한다. 18세기 초부터는 판사들, 지식인들, 문인들의 회합을 가리키는 말로 사용되었다.

서 주의를 기울이지 않기란 불가능하다.

2
무대 뒤에 있는 마라

시몬느 에브라르에게 이미 예고한 바와 같이, 빵 로에서의 회합이 있던 다음 날, 마라는 혁명 의회로 갔다.

혁명 의회에는 마라를 추종하던 후작 루이 드 몽또가 있었다. 훗날, 마라의 흉상을 얹어 장식한 십진법 시계[183]를 혁명 의회에 기증한 사람이다.

마라가 들어서는 순간, 샤보가 몽또에게 접근하여 말을 건네고 있었다.

「종전의……」 샤보가 말하였다.

몽또가 그를 쳐다보며 물었다.

「왜 내 이름 앞에 〈종전의〉라는 말을 붙이는가?」

「자네가 그런 사람이니까.」

「내가?」

「자네가 종전의 후작이니까.」

「결코 그런 적 없네.」

「쳇!」

「나의 아버지는 평범한 병사이셨고, 나의 할아버지는 직조공이셨네.」

「몽또, 자네 도대체 무슨 소리를 지껄이나?」

---

183 *pendule décimale*. 1793년 십진법을 기초로 길이와 중량 단위를 통일할 때, 시간의 계측 단위 역시 십진법으로 통일하여 시계를 제작하였다고 한다.

「내 이름은 몽또가 아닐세.」
「그러면 자네의 이름이 무엇이란 말인가?」
「내 이름은 마리봉일세.」
「사실, 무엇이건 내겐 아무 상관 없네.」
그러면서 나지막하게 덧붙였다.
「후작이 싫으면 할 수 없지.」
마라는 왼쪽 복도에 멈추어 서서 몽또와 샤보를 바라보고 있었다.

마라가 들어설 때마다 웅성거림이 일곤 하였다. 하지만 그로부터 멀리 떨어진 곳에서였다. 그의 근처에서는 모두들 입을 다물었다. 마라는 그러한 것에 전혀 개의치 않았다. 그는 〈늪지에서 들리는 개구리 소리〉를 아예 무시하였다.

아래쪽 미미한 좌석들이 있는 컴컴한 곳에서, 꾸뻬 드 루와즈, 프뤼넬, 주교이며 훗날 한림원 회원이 된 빌라르, 부트루, 쁘띠, 뺄레샤르, 보네, 띠보도, 발드뤼슈 등이, 그를 서로에게 손가락으로 가리키고 있었다.

「저기 마라가 있군!」
「그러면 아프지 않단 말인가?」
「아픈 모양일세. 실내 가운 차림이니.」
「실내 가운 차림이라고?」
「정말일세!」
「멋대로군!」
「저런 차림으로 감히 혁명 의회에 나타나다니!」
「언젠가는 월계관을 쓰고 오기도 한 사람이니, 실내 가운을 입고 올 수도 있지!」
「구리 낯짝에 녹청(綠靑) 이빨이야.」

「실내 가운이 새것 같군.」

「무슨 천인가?」

「렙스[184]로 지은 것일세.」

「골이 파인 직물이야.」

「그 안을 보게.」

「모피군.」

「호랑이의.」

「아닐세, 담비 모피야.」

「모조품이야.」

「스타킹도 갖추었군!」

「괴이하군.」

「죔쇠 달린 구두를 신었군.」

「은으로 만든 죔쇠야!」

「저것이야말로 깡불라의 나막신들이 결코 용서하지 못할 물건일세.」[185]

다른 좌석에 있던 사람들은 마라를 못 본 척하였다. 그러면서 다른 이야기를 하였다. 싼또낙스가 뒤쏘에게로 다가갔다.

「아시오, 뒤쏘?」

「무엇을?」

「종전의 브리엔느 백작을 아시오?」

「종전의 빌르루와 공작과 함께 포르스 감옥에 있던 그 사람?」

---

184 벽포나 가구 포장용으로 짠 견직이나 모직이다. 표면이 골지게 만든 천인데, 어원은 알려지지 않았다. 영국인들이 〈렙*rep*(*repp*)〉 혹은 〈렙스*reps*〉 형태로 사용하기 시작했다.

185 깡불라(1760~1840)는 원래 상인이었으나 1792년 9월에 혁명 의회 의원으로 피선되었다고 한다. 그의 〈나막신〉은 어떤 일화와 관련된 것인지 확인할 수 없었다.

「그렇소.」
「내가 그 두 사람을 모두 알지요. 그래서요?」
「그들이 어찌나 겁을 먹었던지, 간수들의 붉은 빵모자들을 볼 때마다 그 앞에서 정중히 예를 표할 뿐만 아니라, 어느 날엔가는 삐께 카드놀이를 하자고 하였더니 완강히 거절하였다고 하더이다. 카드에 왕과 왕비 그림이 있었기 때문이라 하오.」
「그런데?」
「그 두 사람의 목을 어제 잘랐다 하오.」
「두 사람 모두?」
「두 사람 모두.」
「여하튼 그건 그렇고, 두 사람이 감옥에 있는 동안 처신은 어떠하였소?」
「비겁하였소.」
「그러면 단두대 위에서는?」
「불굴의 기상을 보였소.」
그러자 뒤쏘가 소리쳤다.
「죽기가 살기보다 더 쉽구나.」
바레르가 보고서 하나를 읽고 있었다. 방데 지역에 관한 것이었다. 모르비앙 지역 사람들 9백 명이, 낭뜨 시를 응원하기 위하여 대포를 가지고 출발하였다는 소식이었다. 르동 시가 농사꾼들의 위협을 받고 있다 하였다. 뺑뵈프 읍이 공격을 받았다고 하였다. 초계정 한 척이 적의 상륙을 막기 위하여 망드랭 만을 순항 중이라 하였다. 앵그랑드로부터 모르에 이르기까지, 루와르 강 좌안 일대가 왕당파 포대들로 빽빽하다고 하였다. 농민 3천이 뽀르닉 읍을 장악하고 있다 하였다. 그들이 〈영국인들 만세!〉를 외치고 있다 하였다. 쌍떼르가 혁명 의회에 보낸, 그리고 바레르가 읽고 있던 보고서의 마지막 구절은 이러하였다. 〈농민 7천 명이 반느 시를 공격하였다. 우리가 그들을 물리쳤고, 그들은 우리의 손에 대포 네 문을 남겼다…….〉

「그리고 포로는 몇 명이었나?」 어떤 음성 하나가 물었다.

바레르가 읽기를 계속하였다. 〈……추신. 포로는 없다. 더 이상 포로들을 억류하지 않기 때문이다.〉

마라는 시종 꼼짝도 하지 않았고, 바레르가 낭독하던 것에 귀를 기울이지도 않았다. 어떤 심각한 일에 몰두하고 있는 듯하였다.

그는 종이 한 장을 손에 들고 손가락들로 그것을 구기고 있었는데, 누가 그 종이를 펴 보았다면 다음과 같은 구절들을 읽을 수 있었을 것이다. 모모로의 필체였고, 마라의 질문에 대한 회신인 것 같았다.

파견된 감독관들의 절대권 앞에서는 속수무책인데, 특히 공안 위원회가 파견한 사람들 앞에서는 더욱 그러합니다. 제니씨으가 5월 6일 회의에서 〈각 감독관이 왕 이상〉이라며 항의하였으나 헛일, 아무 소용 없습니다. 그들에게는 생살 여탈권이 주어졌습니다. 앙제에 가 있는 마싸드, 쌩-아망에 있는 트뢸라르, 마르쎄 장군 측근에 파견한 니용, 싸블르 지역군 진영에 가 있는 빠랭, 니오레 지역군 진영에 가 있는 밀리에 등, 그들은 무소불위의 권한을 가지고 있습니다. 쟈꼬뱅 클럽 사람들은 심지어 빠랭을 여단 사령관으로 임명하기도 하였습니다. 그런데 상황에 따라 마구 풀어 줍니다. 공안 위원회가 파견한 감독관이 총사령관을 꼼짝 못 하게 합니다.

마라가 쪽지를 완전히 구겨서 호주머니에 넣은 다음, 그가 들어서는 것을 보지 못한 채 계속 이야기를 나누고 있던 몽또와 샤보에게로 천천히 다가갔다.

샤보가 말하였다.

「마리봉, 아니 몽또, 들어 보시게. 내가 지금 공안 위원회에서 나오는 길일세.」

「그래, 그곳에서 무슨 일이 있었나?」

「귀족 하나를 사제 하나에게 맡겨 감시토록 하였네.」

「아!」

「자네와 같은 귀족을……」

「나는 귀족이 아닐세.」 몽또의 대꾸였다.

「하나의 사제에게……」

「자네와 같은.」

「나는 사제가 아닐세.」 샤보의 대꾸였다.

두 사람이 함께 웃기 시작하였다.

「이야기를 좀 자세히 해보게.」 몽또가 다시 말하였다.

「일의 실상은 이러하네. 씨무르댕이라는 사제 하나에게 전권을 주어, 고뱅이라고 하는 자작 곁으로 파견하기로 하였네. 그 자작은 연안군 예하 원정 부대를 지휘하고 있네. 그 귀족이 속임수를 쓰지 못하게 미연에 방지하고, 그 사제가 배신하지 못하도록 하는 것이 관건일세.」

「아주 간단한 일이군.」 몽또가 대꾸하였다. 「그 일에 죽음을 끼워 넣으면 되지.」

「내가 그 일을 위해 왔네.」 마라가 불쑥 나서며 말하였다.

두 사람이 동시에 고개를 쳐들었다.

「안녕하신가, 마라.」 샤보가 먼저 인사를 건넸다. 「자네 회합에 참석하는 것이 뜸하네.」

「목욕을 자주 하라고 의사가 권하더군.」 마라가 대꾸하였다.

「목욕을 조심해야 하네.」 샤보가 다시 말하였다. 「쎄네카도 욕조에서 죽었다네.」

마라가 미소를 지으며 대꾸하였다.

「샤보, 여기에는 네로가 없네.」[186]

「자네가 있네.」[187] 거친 음성 하나가 들려왔다.

자기의 좌석으로 올라가는 길에 근처를 지나던 당똥이었다. 마라는 고개조차 돌리지 않았다.

그가 몽또와 샤보 두 사람의 얼굴 사이로 고개를 숙인 채 말하였다.

「내 말 유념해서들 들으시게. 내가 온 것은 매우 심각한 일 때문일세. 우리 세 사람 중 하나가, 오늘 중으로, 혁명 의회에 법령 한 건을 발의해야 하네.」

「나는 못 하네.」 몽또가 말하였다. 「내가 후작인지라, 모두들 내 말은 들은 척도 하지 않네.」

「내 말도 아예 들으려들 하지 않네. 내가 까뿌치노회 수도사이기 때문이지.」 샤보의 말이었다.

「그리고 내 말도 들으려 하지 않네.」 마라가 말하였다. 「내가 마라이기 때문이지.」

그들 사이에 잠시 침묵이 흘렀다.

---

[186] 서기 65년 네로 황제를 폐위시키려던 피손의 모반에 연루되었다는 혐의를 받은 쎄네카에게 네로가 자살을 명령했고, 그리하여 욕조에 들어가 혈관을 따서 자살하였다고 한다.
[187] 마라가 네로만큼이나 폭군적이라는 뜻이며, 따라서 죽음을 자초할 것이라는 말이다. 샤를로뜨 꼬르데가 욕조에 있는 그를 단검으로 찔러 살해하게 될 사건을 암시한다.

마라가 어떤 생각에 골몰해 있는 동안에는 그에게 질문을 던지기가 쉽지 않았다. 하지만 몽또가 우연히 물었다.

「마라, 자네가 원하는 법령이 어떤 것인가?」

「반군 포로가 탈출하게 내버려 둘 경우, 모든 지휘관들을 사형에 처한다는 법령일세.」

샤보가 끼어들었다.

「그러한 법령이 존재하네. 지난 4월 말에 가결되었네.」

「하지만 존재하지 않는 것이나 마찬가지일세.」 마라가 말하였다. 「사방에서, 방데 전 지역에서, 마치 경쟁이라도 하듯, 포로들이 탈출하게 내버려 두고 있으며, 그들의 은신처도 처벌하지 않고 있네.」

「마라, 그 법령이 효력을 상실하였다는 뜻일세.」

「샤보, 그것이 다시 효력을 발하도록 해야 하네.」

「물론이지.」

「그리고, 그렇게 되도록 하기 위하여 의회에 제안해야 하네.」

「마라, 의회까지 필요하지 않네. 공안 위원회면 충분하네.」

「공안 위원회가 방데 지역의 모든 읍에 벽보를 붙이고, 두세 번쯤 본때를 보여 주면 목표는 달성될 걸세.」 몽또가 덧붙였다.

「커다란 대가리들을 골라서.」 샤보가 다시 말하였다. 「예를 들면 장군들을 골라서.」

「정말, 그 정도로 족하겠군.」 마라가 중얼거렸다.

「마라, 자네가 공안 위원회에 가서 직접 제안하게.」 샤보가 다시 말하였다.

마라가 그의 양미간을 유심히 쏘아보았다. 샤보에게조차도 그러한 시선은 별로 유쾌하지 않았다. 그가 말하였다.

「샤보, 공안 위원회는 곧 로베스삐에르의 집일세. 나는 로베스뻬에르의 집에 드나들지 않네.」

「그러면 내가 가겠네.」 몽또가 나섰다.

「좋네.」 마라가 말하였다.

다음 날, 포로가 된 산적들과 반적들의 탈출에 연루된 모든 자들을 사형에 처하라는 법령을 철저히 이행하라는 공안 위원회의 포고문을 방데 지역의 모든 도시와 마을에 게시하라는 명령서가, 모든 방향으로 동시에 발송되었다.

그 포고령은 첫걸음에 불과하였다. 혁명 의회의 조치들은 더 심한 양상을 띠게 되어 있었다. 몇 개월 후, 즉 공화국 제2년 무월 11일(1793년 11월), 도망치던 방데 반군들에게 성문을 열어 준 라발 시의 사건을 계기로, 혁명 의회는 반군들에게 피신처를 제공하는 도시를 철두철미 파괴하겠다는 포고령을 발표하였다.

한편 유럽의 군주들 또한, 프랑스 망명파들의 생각을 담은, 그리고 오를레앙 공작의 집사인 린농 후작이 집필한 브라운 슈바이크 공작의 성명[188]을 통하여, 무기를 손에 든 채 체포된 프랑스인은 누구를 막론하고 총살형에 처할 것이며, 프랑스 국왕의 머리카락 하나라도 떨어지게 할 경우, 빠리를 황야로 만들어 버리겠노라 선언한 바 있다.

야만에 맞선 잔인함이었다.

〈하권에 계속〉

---

188 1792년 7월 25일 코블렌츠에서 발표되었고, 1792년 8월 1일에 빠리 시민들에게 알려졌다. 왕비 마리-앙뚜와네뜨의 입김이 작용하였으리라는 설도 있다. 8월 10일 사건(뛸르리 궁 점령)의 직접적인 원인이 된, 협박조의 성명이었다.

열린책들 세계문학 187 93년 상

옮긴이 이형식 서울대학교 불어교육과를 졸업하고 파리 8대학에서 마르셀 프루스트에 대한 연구로 박사 학위를 받았다. 현재 서울대학교 대학원 불어교육과 교수로 재직 중이다. 지은 책으로 『마르셀 프루스트』, 『프루스트의 예술론』, 『프랑스 문학, 그 천년의 몽상』, 『현대 문학 비평 방법론』(공저), 『프루스트, 토마스 만, 조이스』(공저), 『프랑스 현대 소설 연구』, 『그 먼 여름』이 있고, 옮긴 책으로는 루이 페르디낭 셀린의 『외상 죽음』, 싸드의 『사랑의 죄악』, 『미덕의 불운』, 카바니의 『철부지 시절』, 로베르 사바띠에의 『미소 띤 부조리』, 죠제프 베디에의 『트리스탄과 이즈』와 작자 미상의 『여우 이야기』, 『중세의 연가』, 『중세 시인들의 객담』, 『농담』, 『롤랑전』, 빅또르 위고의 『웃는 남자』와 『레 미제라블』 등이 있다.

지은이 빅또르 위고 **옮긴이** 이형식 **발행인** 홍예빈 · 홍유진
발행처 주식회사 열린책들 **주소** 경기도 파주시 문발로 253 파주출판도시
전화 031-955-4000 **팩스** 031-955-4004 **홈페이지** www.openbooks.co.kr
Copyright (C) 주식회사 열린책들, 2011, *Printed in Korea.*
ISBN 978-89-329-1187-8 04860 **ISBN** 978-89-329-1499-2 (세트)
발행일 2011년 10월 25일 세계문학판 1쇄 2022년 3월 15일 세계문학판 4쇄

이 도서의 국립중앙도서관 출판예정도서목록(CIP)은 서지정보유통지원시스템 홈페이지(http://seoji.nl.go.kr)와 국가자료공동목록시스템(http://www.nl.go.kr/kolisnet)에서 이용하실 수 있습니다.(CIP제어번호 : CIP2011004346)